Russ Rymer

Das Wolfsmädchen

Eine moderne Kaspar-Hauser-Geschichte

Aus dem Amerikanischen
von Almuth Dittmar-Kolb

Hoffmann und Campe

Die Originalausgabe erschien unter dem Titel
Genie. An abused child's flight from silence
bei Harper Collins, New York

Die Deutsche Bibliothek – CIP-Einheitsaufnahme
Rymer, Russ
Das Wolfsmädchen:
Eine moderne Kaspar-Hauser-Geschichte/Russ Rymer
Aus dem Amerikan. von Almuth Dittmar-Kolb
– 1. Aufl. – Hamburg: Hoffmann und Campe, 1996
Einheitssacht.: Genie <dt.>
ISBN 3-455-11047-9

Copyright © 1993 by Russ Rymer
Deutsche Ausgabe:
Copyright © 1996 by Hoffmann und Campe Verlag, Hamburg
Schutzumschlaggestaltung: Büro X, Hamburg
Gesetzt aus der Bodoni
Satz: Utesch Satztechnik GmbH, Hamburg
Druck und Bindung: Clausen & Bosse, Leck
Printed in Germany

Dies Buch ist für Jane

INHALT

DANKSAGUNG

Ich möchte einigen der Menschen meinen Dank sagen, die diesem Buch bei seiner schwierigen Geburt und dem Autor bei den sich hinziehenden Geburtswehen Beistand leisteten: meinen Eltern, Richard und Elizabeth Rymer, für ihre unbeirrbare Unterstützung und ihre eisernen Nerven, Melanie Jackson und Martha Kaplan dafür, daß sie entgegen aller Vernunft nie den Glauben aufgaben, daß eines Tages ein Manuskript vor ihnen liegen würde, und Sara Lippincott, meiner Redakteurin bei *The New Yorker*, für ihre sichere und kundige Hand. Jane Palecek dafür, daß sie so viele dieser Seiten in eine Form brachte und deren schier endlosen Rücklauf ertrug. Stephen Hall und Ed Dobb für ihr kritisches Augenmerk und ihren gespitzten Rotstift. Und Susan Faludi dafür, daß sie im Zustand ständiger Erwartung so lange ausharrte, bis diese Sache schließlich wirklich ihren Abschluß fand.

Dieses Buch verdankt seinen Ursprung besonders folgenden drei Menschen: Bill Sempreora aus Passaic, zu der Zeit, als er noch mein Lehrer war, als Bill Jacobs bekannt, und Bill Cutler aus Atlanta, der als Duncan Aswell geboren wurde und mein erster Redakteur war. Beide starben 1988, viel zu jung, und beide fehlen uns. Ich wünschte, sie hätten noch erleben können, wieviel Glück mir ihr Rat und Vorbild bringen würden. Und Bill Broder, meinem Freund, der sich als erster vorstellen konnte, daß hieraus ein Buch werden würde und der sich seither mit großer Raffinesse darum bemühte, daß der Autor seine Sache gut machte.

Die Grenzen, welche Vernunft und Verrücktheit das Gute und das Böse unserer moralischen Existenz voneinander trennen, sind sehr willkürlich gesetzt, hier die für den Arzt, da die für den Moralisten, und sie unterliegen dem Wandel.

ROBESPIERRE

Kann es sein, daß unsere Integrität manchmal darauf beruht, daß wir etwas nicht in der Lage sind zu tun? Ich glaube, für gewöhnlich ist es so.

FLANNERY O'CONNOR

I

GEFUNDEN

1

Das verbotene Experiment

Irgendwann gegen Ende des siebten Jahrhunderts v. Chr. kam es Psammetich I., dem ersten der saitischen Könige Ägyptens, in den Sinn, sich zu fragen, welche die Ursprache des Menschen sei. Psammetich war allen Berichten zufolge ein vorausschauender Herrscher. Er war der erste, der in großem Maßstab sein Land der Einwanderung öffnete, das dadurch einen bedeutenden Zustrom hellenischer Kultur und, nicht rein zufällig, auch jener griechischen Söldner erhielt, die ihm sein Reich gegen die Ansprüche von elf Rivalen und gegen die skythischen, äthiopischen und assyrischen Heere an seinen Grenzen sicherten. Bedenkt man, daß er seine gelehrten Studien inmitten nicht endender militärischer Operationen unternahm, so kann es nicht überraschen, daß sein Interesse an der Sprachenfrage nicht frei von machtpolitischen Erwägungen war: Unbestreitbar würde das die Weltsprache besitzende Land einen legitimen hegemonialen Anspruch haben. Dennoch suchte er die Antwort auf seine Frage mit einer unbeirrbaren Strenge und einer Hingabe an die wissenschaftliche Methode, die man als bewundernswert unsentimental, wenn nicht schlichtweg brutal bezeichnen könnte.

Wie uns Herodot aus einem Abstand von zweihundert Jahren danach berichtet, führte Psammetich ein einfaches Experiment durch: Zwei Neugeborene wurden ihren Müttern fortgenommen und in der Hütte eines Hirten isoliert. Dem Hirten wurde befohlen, nicht mit den Kindern zu sprechen. Sie wurden also mit Ziegenmilch und Schweigen aufgezogen, bis nach zwei Jahren die beiden eines Tages den zu seiner

Hütte zurückkehrenden Hirten mit ihrer ersten verbalen Äußerung überraschten. Das von ihnen produzierte Wort lautete »bekos«, das in der Sprache der Phrygier, einem indoeuropäischen Volk Kleinasiens, »Brot« bedeutete, wie nach einigen semantischen Nachforschungen des Königs festgestellt wurde. Den Bericht des Hirten überdenkend, ließ Psammetich seine nationalistischen Hoffnungen fahren und stand zu seinen Forschungsergebnissen. Er verkündete, daß Phrygisch die Ursprache sei, und machte sich damit zum ersten Linguisten und zum ersten, der eine wissenschaftliche Langzeituntersuchung durchgeführt hat.

Leider – oder dennoch ein Glücksfall, insofern uns außer dem Wort »bekos« sowie einigen Texten und Inschriften von der phrygischen Sprache nichts überliefert ist – hat Psammetichs Forschungsergebnis dem Urteil der Geschichte nicht standgehalten. Man hat ihm eine laxe Methodologie nachgesagt. Es war gar nicht geklärt worden, ob beispielsweise die beiden Kinder von Natur aus einen Begriff vieler Sprachen besaßen und lediglich eine angeborene menschliche Vorliebe für phrygische Backwaren erkennen ließen. Die Historiker begnügen sich jedenfalls damit, daß die Flöte und die dionysische Orgie in Phrygien ihren Ursprung haben, wahrscheinlich aber nicht die menschliche Sprache, und Psammetichs gedenkt die Wissenschaft hauptsächlich seiner Irrtümer wegen.

Nichtsdestoweniger, in fast jedem Lehrbuch zur Einführung in die Linguistik und in unzähligen nächtlichen Gesprächen unter Fachwissenschaftlern wird seiner gedacht. Eines dieser Bücher, Vivien Tartters anerkanntes Werk von 1986 über Sprachentwicklungsprozesse, schließt mit den Sätzen: »Wir haben noch einen langen Weg vor uns, bis wir verstanden haben werden, was Sprache ist und wie sie entsteht, und vor uns liegen viele aufregende Jahre wissenschaftlicher Forschung. Doch seit Psammetichs Tagen haben wir ein gutes Stück Wegs zurückgelegt!« Des Königs Erwähnung in diesem Text, wie überhaupt sein beharrliches Fortleben, beweisen allerdings das Gegenteil: Psammetich ist noch in hohem Maße gegenwärtig. Sein Experiment erreichte zwar nicht seinen erklärten Zweck, war aber in anderen Hinsichten brillant – ein prägnantes Stück wissenschaftlicher Prophetie. Es verkörpert sowohl die theoretischen Fragen als auch die praktischen Schwierigkeiten, die noch heute diese Disziplin plagen. Hinter den für die moderne Linguistik charakteristischen trockenen Statistiken und hochkomplizierten Analysen taucht eine philosophische Frage auf: Was macht uns als Gattung einzigartig? Welcher wesensmäßige Teil unseres Menschseins drückt sich in unserer Fähigkeit zur sprachlichen Kommunikation aus? Im Lichte dieser Fragen erhält Psammetichs wissenschaftlicher Sündenfall – sein Experiment an Kindern – jenes Gewicht, das die Wissenschaft fortgesetzt unterschwellig belastet. Denn seine Sünde ist der wesentliche Punkt: Während er einen Teil des menschlichen Bauplans erforschen wollte, tat Psammetich, aus Mangel an Barmherzigkeit, einem anderen Teil desselben Gewalt an.

Die vom König Ägyptens begründete Wissenschaft ist im Laufe der Jahrtausende viele Male revidiert und wiederentdeckt worden, in jüngster Zeit in einem Horn & Hardart an der Woodland Avenue in Philadelphia, wo Noam Chomsky einige so revolutionäre Gedanken auszuarbeiten begann, daß ihre Veröffentlichung im Jahre 1957 von manchen Linguisten schlicht als »das Ereignis« bezeichnet wird. Es gereicht ihrer Wissenschaft als einem menschlichen Bemühen zur Ehre, daß sie über Generationen hinweg eine gewisse melancholische Unentschiedenheit in der Frage ihrer Ziele bewahrt hat. Nur ein kompromißloser Linguist – oder ein besonders kurzsichtiger – kann der Versuchung widerstehen, gelegentlich von seinen voluminösen Aufzeichnungen zur Syntax und Phonetik den Blick zu erheben und auf den inneren Kern der menschlichen Natur zu richten, wie etwa der Astronom durch die Quarzlinse in die Ursprünge der Zeit und des Universums schaut oder der Physiker in den Zahlen Gott entdeckt.

Linguistik und Astronomie bilden ein merkwürdiges Geschwisterpaar, denn beide sind oft genötigt, stärker beobachtend als experimentell vorzugehen: Die Gegenstände der Astronomie sind für Experimente zu weit entfernt, die der Linguistik zu menschlich. Heutzutage werden Kinder nicht mehr in Psammetichs Manier brutal aus der Wiege gerissen, um als Versuchskaninchen zu dienen. Aber die Erkenntnisse über unsere Art des Spracherwerbs werden immer noch an Kindern gewonnen – an sogenannten Wildlingen oder Wolfskindern, die unter Tieren aufwuchsen, die ihre einzigen Gefährten waren, und an mißhandelten oder vernachlässigten Kindern, in deren Familiengeschichten sich das Schicksal der Isolation in der Hütte des Hirten wiederholte, manchmal unter viel schrecklicheren Begleitumständen. Die Fälle sind äußerst selten und stehen im allgemeinen nur kurz im Rampenlicht. Sie werden zum Besitz des jeweiligen Wissenschaftlers, dem das Glück zufiel, in der jeweiligen dunklen Stunde in der Nähe zu sein.

In diesem Zusammenhang gesehen, ist der Wissenschaft nie zuvor ein Forschungsobjekt aus einer derart unbegreiflichen Welt in den Schoß gefallen wie jenes kleine Mädchen, das im Herbst 1970 durch die Türen einer Sozialdienststelle des Los Angeles County humpelte, begleitet von seiner fast gänzlich erblindeten und in nahezu gleichem Maße psychisch traumatisierten Mutter.

2

Temple City in Kalifornien ist in vielerlei Hinsicht eine typische Stadt des San Gabriel Valley, und die nach Norden führende Golden West Avenue ist typisch für ihre Wohnstraßen. In ihrer geraden Ausrichtung – und gerade ist sie wie die Latte eines Landvermessers – könnte man einen Sinn vermuten und meinen, sie solle die San Gabriel Mountains erreichen, deren dunkle Schluchten und in Schnee gefaßten Gipfel sich über dem Tal mit seinem endlosen Gitter von Vorortstraßen erheben wie das Versprechen einer weniger eingegrenzten Welt. Die Golden West Avenue erreicht die Berge nicht, so nahe sie auch sind. Sie gelangt nicht einmal hinaus in die wohlhabenderen Bezirke von Arcadia. Ihr Vordringen nach Norden wird unterbrochen durch andere geradlinige Straßen, die breiter und schneller zu befahren sind, und die San Gabriel Mountains blicken tadelnd herab aus einer Ferne, die ebenso unerreichbar scheint wie die Hügel der Reichen im 25 Kilometer weiter westlich gelegenen Hollywood.

Wenn man vom Las Tunas Drive, der Hauptstraße von Temple City, der Golden West Avenue folgt, kommt man an dem parkartigen Gelände des Rathauses und der Stadthalle vorbei und an der Christus-Kirche mit ihrem steilen Dach. Dann hat man die Stätten der Öffentlichkeit hinter sich, und das geordnete Regiment kleiner Einzelheime, aus Holz oder mit Stuck versehen, bestimmt die Szene. Sie wirken, auf dem Weg nach Norden, von Block zu Block bescheidener, verwitterter, ausgeblichener und immer stärker voneinander isoliert. Jedes Haus hat seine eigene Auffahrt und seinen Vorgarten, der von dem des Nachbarn durch einen niedrigen, grellen Flechtzaun oder ein Mäuerchen, oft auch nur durch den andersartigen Graswuchs geschieden ist.

Nahe der Stadtgrenze von Arcadia schwebt über der Avenue wie eine fremdartige Erscheinung eine Gruppe von fünf Königspalmen, deren Stämme wie Raketen aus dem Bürgersteig aufschießen, bis sich 30 Meter darüber ihr Blattwerk sternförmig entfaltet. Sie sind das einzige von aristokratischem Gepränge in dieser Straße. Hier gibt es keine landsitzartigen Hügelgrundstücke, keine bewachten Eingangstore, keine »Achtung, Wachdienst« ankündenden Warnschilder, wie sie die Straßenränder in Bel Air und am Mulholland Drive zieren. Die in den reichen Bezirken von Los Angeles herrschende Gleichung von Prominenz und Abgeschiedenheit ist hier auf den Kopf gestellt: Sicherheit bietet die respektierte Anonymität – in einem Land geballter Privatsphären von gleicher Bedeutung wie die Mahnung, sich um seine eigenen Angelegenheiten zu kümmern. Kein Mensch kommt nach Temple City, um entdeckt zu werden; wer hierher zieht, will unbehelligt bleiben. Golden West Avenue ist vor allem eine ruhige Straße mit ruhigen Familien. Bevor diese Ruhe im November 1970 plötzlich zerrissen wurde, galten die Bewohner eines kleinen Hauses hinter der Königspalmenreihe bei ihren Nachbarn als von allen Familien die ruhigste.

Die Störung dieser Ruhe war spektakulär, sie bot der *Los Angeles Times* eine Woche lang Stoff für Geschichten, die zwischen Berichten über den Charles-Manson-Prozeß, die Politik von Ronald Reagan (damals Gouverneur von Kalifornien), den Freispruch der am Massaker von My Lai beteiligten Soldaten und dem Bombardement Hanois erschienen. »MÄDCHEN, 13, EINGESPERRT SEIT FRÜHESTER KINDHEIT. ANKLAGE ERHOBEN, ELTERN VERHAFTET«, verkündete die Schlagzeile vom 17. November. Am folgenden Tag las man: »WELCHES GEHEIMNIS BIRGT DAS ELTERNHAUS DES EINGESPERRTEN KINDES?«, und der Text war mit einem Foto von zwei Männern in einer Einfahrt illustriert: der schon ältere Vater in ausgebeultem Khakizeug, mit zerknautschtem Hut und Brille, eine Hand in der Hosentasche, die andere lässig eine Zigarette haltend; neben ihm der Bruder des Mädchens, ein lang aufgeschossener Jugendlicher, schwarz gekleidet, mit verschränkten Armen und einem mit Kummer und Aggressivität wie gepanzerten Gesicht.

Doch eigentlich beflügelte ein anderes Foto die Phantasie der Öffentlichkeit und verursachte den Autokorso der Neugierigen auf der Golden West Avenue, jene gemächliche, hälsereckende Prozession, die fast eine Woche andauerte. Das Foto zeigt ein Mädchengesicht – glatt, oval, hübsch. Eine dunkle Haarsträhne hat sich hinter dem Ohr gelöst und hängt über die Stirn. Der Kopf, leicht geneigt, scheint der Kamera aufmerksam zugewandt, doch die Augen blicken nicht ins Objektiv. Sie blicken über uns hinweg, als schwebe über den Schultern des Fotografen irgend etwas Interessantes. Das Gesicht verrät uns nichts. Es wirkt ruhig und unbefangen; nach innen gekehrt, aber ohne eine Spur von Trotz. Der Mund ist geschlossen, die volle Unterlippe liegt der schönen Doppelschwingung der Oberlippe an, die nach oben gezogenen Mundwinkel könnten den Beginn eines Lächelns andeuten, wäre der Ausdruck insgesamt nicht so ernst, so schwermütig und wachsam.

Alle Kraft dieses Gesichts liegt in den Augen, die einen in den Bann ziehen, ohne etwas Flehentliches zu haben. Steht auf den Zügen auch der Ernst eines Erwachsenen, so zeigen die Augen die unverstellte Neugier eines kleinen Kindes, noch unbeschwert von irgendeiner spürbaren Fähigkeit zu Vorurteil oder Kritik. Seine Unschuld will gar nicht zu den Zeitungsberichten über das Ausmaß des Leidens und der Mißhandlung dieses Mädchens passen.

Der besorgniserregende Zustand des Mädchens sprang der Sozialarbeiterin sogleich in die Augen, die es eines Morgens Anfang November mit seiner Mutter in den Diensträumen empfing. Daß es dort eintrat, ist wie vieles andere in seinem Leben gleichsam eine Laune des Schicksals. Die Mutter suchte Hilfe nicht für ihr Kind, sondern für sich selbst; sie war drei Wochen zuvor endlich einer unerträglichen Ehe entflohen und wohnte in der Nähe bei ihren nahezu mittellosen Eltern. Durch grauen Star und eine Netzhautablösung war ihr linkes Auge zu 90 Prozent, ihr rechtes gänzlich erblindet. An der einen Hand die Tochter, an der anderen ihre alte Mutter, suchte sie die Blindenfürsorge und war versehentlich ins allgemeine Empfangsbüro der Sozialen Dienste geraten. Sie näherte sich der für den Berechtigungsnachweis zuständigen Angestellten, die beim Anblick des Kindes erstarrte: ein kleines, verhutzeltes Wesen mit einem schwerfälligen Gang und einer merkwürdigen, unnatürlich nach vorn geneigten Körperhaltung, wobei es die Hände angehoben hatte, als ruhten sie auf einer unsichtbaren Lehne. Die Angestellte machte ihre Vorgesetzte aufmerksam auf das, was sie für einen nicht gemeldeten Fall von Autismus bei einem, ihrer Einschätzung nach, sechs bis sieben Jahre alten Kind hielt.

Die Autismus-Diagnose mochte die Leiterin nicht bestätigen, war aber gleichfalls überzeugt, daß irgend etwas nicht stimmte. Die anschließenden Nachforschungen ergaben, daß das Mädchen, obwohl nur 1,37 m groß und ganze 27 Kilo schwer, ein Teenager war. Seine körperliche Verfassung war weit schlechter als zunächst angenommen: Es war noch nicht trocken, konnte feste Nahrung nicht kauen, nur mit Mühe schlucken, war unfähig, über drei Meter hinaus die Augen zu fokussieren und konnte, einigen Berichten zufolge, auch nicht weinen. Ständig speichelte es und spuckte, ohne hinzuschauen, wohin. Es hatte rund ums Gesäß einen Ring harter Schwielen und fast vollständig erhaltene, zweifache Zahnreihen. Das Haar war schütter. Hüpfen, Springen, Klettern, nichts, was die volle Streckung der Glieder erfordert, war ihm möglich. Hitze und Kälte vermochte es nicht zu unterscheiden.

Daß es nicht sprechen konnte, war für die Wissenschaftler, die zu ständigen Begleitern des Mädchens werden sollten, von größtem Interesse. Was die Sozialarbeiterin als autistische Abwehr gegen verbale Kommunikation gewertet hatte, stellte sich als völliges Unvermögen heraus. Das Vokabular des Mädchens bestand nur aus wenigen Wörtern – wahrscheinlich weniger als 20. Sie verstand »rot«, »blau«, »grün« und »braun«; ferner »Mutter« und einige andere Namen; die Tätigkeitswörter »gehen« und »spazierengehen«; außerdem ein Sammelsurium von Hauptwörtern, darunter »Tür«, »Schmuckkästchen« und »Häschen«. Ihr aktiver Wortschatz, Ausdrücke, die sie selbst benutzen konnte, war noch begrenzter. Sie schien nur »Stopit« (Hör auf!) und »Nomore« (Schluß!) und ein paar kurze verneinende Wörter aussprechen zu können.

Die Sozialarbeiterin besuchte das Zuhause des Kindes und überzeugte die Mutter davon, daß ihre Tochter Betreuung benötige. Sie wurde in ein Krankenhaus, das »Childrens Hospital of Los Angeles«, zur Behandlung ihrer extremen Unterernährung aufgenommen. Dank der Bemühungen der Polizei von Temple City in den Tagen nach ihrer Entdeckung sowie der beharrlichen Arbeit von Wissenschaftlern und Sozialarbeitern in den folgenden Jahren wurde schließlich Stück für Stück eine Erklärung für ihren Zustand gefunden.

Eine Doktorarbeit über das Kind, verfaßt von Susan Curtiss, einer Linguistin der Universität von Kalifornien in Los Angeles (UCLA), die von allen die längste Zeit mit dem Mädchen verbrachte, beginnt mit den Worten: »Um diesen Fall zu verstehen, muß man den familiären Hintergrund kennen.« In der Tat, jeder der mit dem unglücklichen Geschöpf befaßten Wissenschaftler mußte wieder und wieder durch diesen »Hintergrund« hindurch – ganz wie jene hälserekkenden Schaulustigen, die es damals durch die Golden West

Avenue trieb – in der Hoffnung, irgendwelche Antworten aus der Nachbarschaft, in dem Haus oder nunmehr in der Familiengeschichte zu finden.

3

Ihr Leben war am Hochzeitstag vorbei

Wie es meistens geht, reichte auch die Lebensgeschichte dieses Kindes weit vor seine Geburt zurück. Seine Eltern waren aus verschiedenen Gegenden, aber ähnlich verzweiflungsvollen Lebenssituationen nach Los Angeles gekommen. Clark, sein Vater, im pazifischen Nordwesten geboren, war in Pflegestellen und Waisenhäusern groß geworden; seine Mutter, Irene, stammt aus Altus in Oklahoma. Obwohl sie in Verhältnissen aufwuchs, die im Vergleich zu Clarks Kindheit als unerschütterlich wie ein Felsen erscheinen mögen, wären sie wohl kaum als idyllisch zu bezeichnen. Sie war so häufig der Betreuung durch Freunde der Familie überlassen, daß sie zwei Elternpaare zu haben glaubte. Sie nannte auch die Freunde »Mamah« und »Dadah« und folgte darin lediglich einer Art Tradition, denn Irene war nicht die erste in ihrer Familie, die diese Freunde großziehen halfen. Jahre zuvor hatten »Mamah« und »Dadah« bereits Irenes Vater aufgenommen, der als Jugendlicher von seinem unehelichen Vater aus dem Haus gejagt worden war.

Als Kind fühlte sich Irene stärker zum Vater als zu ihrer Mutter hingezogen, die sie als streng und kalt empfand. Sie erinnert sich an ein Kindheitserlebnis, als ihre Mutter sie zwang mitzuhelfen, die Wäsche zum Auswringen durch eine

24

altmodische Mangel zu ziehen. Die Handkurbel rutschte ihr weg und traf sie so heftig am Kopf, daß neurologische Schäden entstanden, die später zur Erblindung ihres einen Auges beitrugen. Eine andere ihrer Erinnerungen betrifft Männer mit Eimern, die in großer Zahl immer wieder an ihrem Haus vorbeizogen. Sie fragte, wohin die Männer wollen, und ihre Mutter sagte: »Die gehen in die Stadt, nach Suppe anstehen. Die haben nicht soviel Glück wie wir. Wir haben zu essen.« Die Dürrekatastrophe hatte Oklahoma erreicht.

In der Tat, Irenes Familie gehörte zu den glücklicheren – ihr Vater war als Vorarbeiter in einer Baumwollfabrik beschäftigt. Doch als die Dürre anhielt, beschlossen auch sie, Altus zu verlassen. Sie zogen westwärts, ins südliche Kalifornien, wo Irenes Vater in einer Tankstelle Arbeit fand. Ihre Einkommensverhältnisse sollten sich in der neuen Heimat niemals weit über das Lebensnotwendige erheben. Wie manche, die auszogen, um ihr gelobtes Land zu suchen, hatten sie vergeblich einen Kontinent durchmessen, und ihre drei Kinder näherten sich der Volljährigkeit mit wenig mehr Zukunftschancen als der sicheren Aussicht auf ein eingeschränktes Leben. Als Irene Anfang Zwanzig war, fand sie einen traditionellen Ausweg aus ihrer traurigen Lage, und ebenso traditionell waren ihre Eltern dagegen. Der Mann, den sie heiratete, war 20 Jahre älter.

Sie hatten sich in Hollywood kennengelernt, in einem Drugstore, wo Irene am Sodawasserausschank bediente und Clark gelegentlich einkehrte, um mit dem Chef über Pferderennen zu fachsimpeln. Clark war arbeitslos, doch nicht mehr lange – der Krieg hatte begonnen, und alle wurden gebraucht. Er wurde vom Staat zu einer Tätigkeit dienstverpflichtet, für die er trotz mangelhafter Schulbildung durch persönliche Neigung geeignet war, denn Clark liebte die Mathematik und verschlang alles, was ihm an Büchern über Algebra, Trigonometrie und Geometrie in die Hände fiel. Er erhielt eine, wie Irene es nannte, »Auffrischung« seiner mathematischen Kenntnisse und wurde zu einem tüchtigen Techniker ausgebildet, den man in den Flugzeugwerken in Santa Monica ans Fließband stellte. Auf einem Foto aus ihren ersten Jahren sieht man Irene und Clark als glückliches, fast elegant zu nennendes Paar: Angelehnt an eine blankpolierte schwarze Limousine, Clark den Homburg keß in den Nacken geschoben, stehen Gatte und Gattin einander zugewandt da und schenken sich ein breites Lächeln.

Nach dem Ende des Krieges gegen Japan brachte Clark seine jüngst erworbenen Fähigkeiten in eine gute Stellung im Flugzeugbau ein und bewährte sich. An der nahe gelegenen Rennbahn von Santa Anita plazierte er maßvolle Pferdewetten. Er wie seine Frau achteten auf ihr Geld und hatten ihren Spaß an den Unterhaltungsprogrammen im Radio. Bei allem vordergründigen Glück war Irene aus den eingeengten Verhältnissen ihrer Kindheit geradewegs in die Schranken einer einengenden Ehe geraten. Clark war eifersüchtig auf jede Beachtung, die sie anderen schenkte; sie beschreibt seine Haltung großzügig als »überängstlich«. Sie äußerte aber auch, ihr Leben sei am Tage ihrer Hochzeit vorbeigewesen.

Am einschneidendsten war Clarks ausdrücklicher Wunsch, keine Kinder zu haben. Vor allem wären die laut. Fünf Jahre nach der Hochzeit erwartete Irene das erste Kind. Clark schlug seine hochschwangere Frau so brutal, daß sie zur Behandlung ihrer Verletzungen ins Krankenhaus mußte, wo die Wehen einsetzten und eine gesunde Tochter zur Welt kam. Da das Geschrei des Kindes Clark nervte, wurde es in der Garage abgestellt, wo es nach zweieinhalb Monaten verstarb. Irene behauptete allerdings, das Kind sei nur dorthin verbracht worden, um ihm den Lärm in der Küche während der Erneuerung des Linoleumfußbodens zu ersparen, und kaum in der Garage, habe »eine heftige Lungenentzündung« es erwischt. Wahrscheinlich verbirgt sich hinter dieser schönfärbenden Darstellung eine Tötung durch Aussetzen.

Ein weiteres Kind wurde buchstäblich ein Opfer der Unvereinbarkeiten des Ehepaares: Es starb bald nach der Geburt an Rh-Vergiftung seines Blutes. Irenes dritte Schwangerschaft erbrachte einen gesunden Sohn. Er überlebte, aber seine Entwicklung wurde durch fast den gleichen Grad von Vernachlässigung beeinträchtigt, der für sein ältestes Geschwister tödlich gewesen war. Erst spät lernte er gehen und war mit drei Jahren noch nicht sauber. Doch er wurde durch das Eingreifen seiner Großmutter väterlicherseits gerettet, die ihn für mehrere Monate bei sich aufnahm – lange genug, um ihn wieder in ein normales Leben zurückzubringen. Im April 1957 bekamen Clark und Irene ihr viertes Kind, ein Mädchen. Auch sie hatte die Rh-Vergiftung, erhielt aber gleich nach der Geburt eine Bluttransfusion.

Als Clark und Irene mit ihrer neuen Tochter wieder zu Hause waren, traf ein Päckchen mit Poststempel Oklahoma ein. Es enthielt eine Bibel. In ihrem Umschlag steckte ein Glückwunschbrief mit folgenden Worten: »Liebe Irene, wir haben uns so gefreut, von Deiner kleinen Tochter zu hören. Nun hast Du einen Jungen und ein Mädchen. Wir wünschen, wir könnten ihr etwas Schönes schenken, doch ich kenne nichts, was ihr besser durchs Leben helfen könnte als dieses kleine Buch, es wird ihren Schritten voranleuchten. Gott segne Dich als ihre Mutter, und ich bete dafür, daß sie ein gutes Mädchen wird vor unserem Herrn Jesus.« Das Geschenk war von »Mamah«, die bereits über zwei Generationen der Familie gewacht hatte und nun einer dritten ihre guten Wünsche mitgab. Doch schon früh gab es Anzeichen, daß ihr Gebet unerhört bleiben würde, denn bei dem Mädchen zeigte sich die gleiche Entwicklung wie bei ihrem älteren Bruder – es blieb im Verhalten und im Längenwachstum zurück, und diesmal war keine Großmutter mehr da, um ihm in der schwierigen Situation beizustehen.

Clark war seiner Mutter durch eine ungewöhnliche Anhänglichkeit verbunden, was überrascht, bedenkt man, wie wenig von seiner Kindheit er mit ihr verbracht hat. Sie war eine auffällige Erscheinung – eine Zeitlang hatte sie ein Bordell geführt – und pflegte auf Reisen eine Waffe bei sich zu tragen. Die reuige Mutter schien ihr früheres mangelndes Interesse an Clark wettmachen zu wollen, indem sie in seinen mittleren Jahren mit einer Affenliebe an ihm hing. Bis zu seiner Anstellung als Techniker sorgte sie für seinen Unterhalt. Sogar danach half sie ihm, seine Rechnungen zu begleichen, und schaute häufig bei ihm und Irene vorbei, um im Haushalt Hand anzulegen – und allen, wie Irene es empfand, auf die Nerven zu gehen. Waren sie zusammen, stritten Clark und seine Mutter. Sie nannte ihn dann einen unerträglichen Moralapostel. Dennoch war er ihr so sklavisch ergeben, daß Irene in seinem Leben nie mehr als einen zweiten Platz belegen konnte.

Im Dezember 1958 wurde Clarks Mutter während eines Besuchs bei ihnen von einem Auto tödlich überfahren, als sie mit ihrem Enkel die Straße überqueren wollte, um ihm ein Eis zu kaufen. Irene verständigte Clark telefonisch an seinem Arbeitsplatz. Er eilte ins Krankenhaus, doch seine Mutter war kaum noch wiederzuerkennen – das Auto hatte sie in seiner wilden Flucht ein langes Stück Straße mitgeschleift. Ein tags darauf verhafteter Jugendlicher wurde wegen Fahrerflucht und Trunkenheit am Steuer angeklagt – und erhielt eine Bewährungsstrafe. Die Milde des Gerichts verstärkte Clarks Wut und Verzweiflung noch.

Nach dem Unfall, erinnert sich Irene, veränderte sich ihr Leben. Clarks völlige Verwandlung wurde mir später von Jay Shurley beschrieben, einem Professor der Psychiatrie und Verhaltensforschung an der Universität von Oklahoma, der, als Gutachter zu diesem Fall hinzugezogen, die noch lebenden Familienmitglieder kennengelernt hatte, aber für Clark bereits zu spät kam. »Clark steigerte sich tief in seinen Kummer hinein«, sagte mir Jay Shurley. »Seine Depression bezog ihre Nahrung allmählich aus sich selbst, aus seiner zunehmenden Isolation. Die Außenwelt hatte ihm bedeutet, daß er selbst keinen Wert besaß, daß seine Mutter keinen Wert besaß. Clark war ein sehr ernst denkender Mensch. Er gestattete sich nicht die Freiheit, seine Probleme ruhen zu lassen. Er war nicht einmal religiös in einer Weise, die ihm hätte helfen können, ein seelisches Trauma zu überwinden. Er verstrickte sich in seinen inneren Rückzug. Sein Mißtrauen verließ den Boden der Realität.«

Clark entschied, daß er mit einer Welt ohne seine Mutter nichts zu tun haben wolle – mit einer Welt, der es unwichtig war, ihren Mörder angemessen zu bestrafen. Er gab seine Arbeit auf und zog in das mit zwei Schlafzimmern ausgestattete kleine Haus seiner Mutter an der Golden West Avenue, wo er die letzten zehn Jahre seines Lebens als Eremit verbringen sollte. Die anderen Familienmitglieder wurden praktisch zu seinen Gefangenen.

4

Das Mädchen in dem kleinen Zimmer

Erst jetzt sollte Irenes Welt zu einem trostlosen Gefängnis für sie werden. Ihre zunehmende Erblindung machte sie fast gänzlich abhängig von ihrem Quälgeist. Ihr Sohn durfte das Haus nur zum Schulbesuch oder zum Spielen bei einem Nachbarn und sonst so gut wie gar nicht verlassen. Innerhalb des Hauses war er eine Art Geisel. Er schlief auf einer Matratze auf dem Wohnzimmerfußboden; hier schliefen auch seine Eltern, seine Mutter ebenfalls auf dem Fußboden, sein Vater in einem Lehnstuhl vor dem defekten Fernseher, manchmal mit einem Gewehr auf dem Schoß. Das eigentliche Schlafzimmer wurde einigen Berichten zufolge nicht benutzt – zum Gedenken an Clarks Mutter. Die kleine Tochter, beim Umzug der Familie erst 20 Monate alt, sollte jedoch die Hauptlast der Weltverneinung des Vaters tragen. »Man könnte sagen, daß Clark sich zum Wächter über seine Familie bestellte«, erklärte mir Jay Shurley. »Irrtümlich glaubte er, seine Tochter sei geistig zurückgeblieben und daher in besonderem Maße der Gefahr der Ausbeutung ausgesetzt. Die Vorstellung, daß andere ihren Zustand ausnutzen könnten, schreckte ihn zutiefst.«

Nach einer der seltenen medizinischen Untersuchungen des Kleinkindes hielt die Kinderärztin in ihrer Akte fest, es sei »langsam«, und beurteilte es als ein »in der Entwicklung zurückgebliebenes Mädchen mit Kernikterus« – eine Anomalie, die bisweilen als Folge einer fehlerhaften Bluttransfusion bei Rhesus-Unverträglichkeit auftritt. »Clark hat das mit irrsinniger Intensität hochgespielt – als sei das Mädchen total schwachsinnig«, sagte mir Shurley. »Er war überzeugt, daß es seines Schutzes gegen das Böse in der Welt bedürfe und kein anderer besser in der Lage sei, dieses Böse zu erkennen, als er. Das eigene Böse in sich selbst erwog er natürlich nicht. Das tun solche Leute nie.«

Susan Curtiss beschreibt Clarks Idee eines beschützenden Gewahrsams in ihrer 1977 als Buch erschienenen Doktorarbeit: *Genie: A Psycholinguistic Study of a Modern › Wild Child ‹* (»Genie. Eine psycholinguistische Studie über ein › Wolfskind ‹ unserer Zeit«). Dissertation wie Buch nennen nicht den bürgerlichen Namen des Mädchens, sondern bezeichnen es mit seinem wissenschaftlichen: »Genie«, einem zum Schutz seiner Identität erfundenen Pseudonym, das auch in den Beiträgen eines Symposiums, in den Artikeln psychologischer Zeitschriften und in den Lehrbüchern verwendet wird.[*]

---

[*] Anm. d. Ü.: *genie* (sprich: dschini) bedeutet Dschinn, dienstbarer Geist, Flaschengeist.

Susan Curtiss' Bericht stimmt mit den Untersuchungsergebnissen anderer überein. Sie schreibt: »Genies Verbleib beschränkte sich auf ein kleines Schlafzimmer des Hauses, wo sie mit einer Art Laufgeschirr an einen Kinderstuhl mit Töpfchen festgebunden wurde. Ihr Vater hatte das Geschirr selbst genäht; unbekleidet bis auf diese Fesselung, war Genie sich selbst überlassen. Unfähig, mehr zu bewegen als Finger und Hände, Füße und Zehen, saß sie angebunden da – Stunde um Stunde, oft bis in die Nacht hinein, Tag für Tag, Monat auf Monat, jahraus, jahrein. Hatte man Genie nicht vergessen, wurde zur Nacht das Geschirr entfernt, nur um sie in eine andere behindernde Umkleidung zu stecken – einen Schlafsack, den ihr Vater so zugeschnitten hatte, daß sie die Arme nicht bewegen konnte (angeblich, um ein Ausschlüpfen zu verhindern). Tatsächlich war es eine Zwangsjacke. Auf diese Weise jeder Bewegungsmöglichkeit beraubt, wurde sie in ein Kinderbettchen gelegt, Drahtgitter beiderseits und darüber. Nachts im Käfig, tags gefesselt, war es Genie überlassen, die Stunden und die Jahre ihres Lebens irgendwie zu ertragen.

Da war kaum etwas für sie zu hören; es gab weder Fernsehen noch Radio im Haus. Genies Schlafzimmer lag neben dem Hauptschlafraum und einem Bad ... Der Vater konnte kein lautes Geräusch ertragen, also wurde das wenige, was an Gespräch innerhalb der Familie stattfand, auf niedriger Lautstärke gehalten. Nur in Augenblicken der Erregung, wenn ihr Vater wütend fluchte, konnte Genie hinter ihrer Tür Sprachlaute vernehmen; ansonsten empfingen ihre Ohren keinerlei Reize außer den Badezimmergeräuschen. Ihr Raum hatte zwei Fenster, und das eine blieb ein paar Zentimeter breit geöffnet. Sie könnte daher gelegentlich ein Flugzeug oder irgendwelche Geräusche von der Straße oder aus der Nachbarschaft wahrgenommen haben; aber in dem hinteren Teil des Hauses, wo sie untergebracht war, dürfte kaum etwas von der Straße zu hören gewesen sein.

Hungrig und vergessen, machte Genie manchmal den Versuch, durch eigene Geräusche auf sich aufmerksam zu machen. Dadurch aufgebracht, hat der Vater sie oft dafür geschlagen. Tatsächlich wurde in einer Ecke von Genies Zimmer ein langes Stück Holz aufbewahrt, das der Vater ausschließlich dazu benutzte, sie zu züchtigen, sobald sie einen Laut von sich gab. Genie lernte zu schweigen und jede stimmliche Äußerung zu unterdrücken ...

Sowenig zu hören war, sowenig gab es für Genie zu berühren oder anzusehen. Die einzigen Möbelstücke ihres Raumes waren Kinderbett und Töpfchenstuhl; kein Teppich auf dem Fußboden, keine Bilder an den Wänden. Da waren die zwei Fenster, doch abgedunkelt bis auf jeweils etwa eine Handbreit am oberen Ende, wo Genie in dem einen ein Stück Himmel, durch das andere eine Seitenmauer des Nachbarhauses sehen konnte. An der Decke hing eine schwach leuchtende, nackte Glühbirne; an einer Wand waren Schränke, in einer anderen war die Tür zum Schlafzimmer. Der ganze Raum war in einem schmuddeligen Lachsrosa gestrichen. Gelegentlich hingen am Schrank zwei Plastikregenmäntel, durchsichtig der eine, gelb der andere, und Genie durfte bisweilen mit ihnen ›spielen‹. Obendrein erhielt Genie manchmal alte, teilweise ›zensierte‹ Fernsehprogramme, aus denen ihr Vater Bilder, die er für zu anzüglich hielt (wie etwa Frauen in Anzeigen für Swimmingpools), entfernt hatte. Manchmal wurden ihr auch leere Käseschachteln, Garnspulen und dergleichen gegeben. Das waren Genies Spielsachen und – Fußboden, Geschirr und ihr eigener Körper eingerechnet – ihre einzigen Quellen visueller und taktiler Stimulation.

Nicht weniger einförmig war ihre Ernährung. Sie bekam Babynahrung, Cornflakes, gelegentlich ein weich gekochtes Ei. Unter dem Druck des Vaters, jeden Kontakt mit Genie auf ein Minimum zu begrenzen, wurde sie in großer Hast gefüttert, indem ihr das Essen meistens einfach in den Mund

gestopft wurde. Wenn sie sich verschluckte und etwas aus-
spuckte, wurde es ihr ins Gesicht geschmiert...

Der Vater glaubte fest, daß Genie frühzeitig sterben würde. Er war sicher, sie werde höchstens zwölf. Er war so überzeugt davon, daß er seiner Frau versprach, sie dürfe Hilfe für
das Kind suchen, wenn es sein zwölftes Jahr überlebe. Doch
das zwölfte Jahr kam und ging, Genie lebte, der Vater aber
hielt sein Versprechen nicht. Die Mutter – zu blind, um das
Telefon bedienen zu können, und mit dem Tode bedroht, falls
sie ihre Eltern verständige (sie wohnten in der Nähe) – fühlte
sich hilflos und vermochte nichts zu tun.

Erst als das Kind dreizehneinhalb Jahre alt war, gelang es
Genies Mutter – nach heftigem Streit mit dem Vater, in dem
sie ihm drohte, ihn zu verlassen, falls er nicht ihre Eltern
hole – Clark dazu zu bewegen, ihre Mutter anzurufen. Noch
am selben Tag nahm sie ihre Tochter und verließ das Haus
und ihren Ehemann.«

Im weiteren schildert Susan Curtiss die Entdeckung des
Kindes: Wie die Polizei es in Gewahrsam nahm; wie man die
Eltern verhaftete und wegen Kindesmißhandlung unter An-
klage stellte; wie das Kind ins Krankenhaus aufgenommen
wurde. Das Familiendrama wird, wie die Geschichte der
Little Dorrit von Charles Dickens, mit einem frohlockenden
Aufseufzer beendet: »Endlich hatte man sie gefunden.«

Den eigentlichen Grabspruch auf diesen Zeitabschnitt
schrieb jedoch Clark. Am Morgen des 20. November 1970 –
es war der Morgen, an dem er und seine Frau, angeklagt des
vorsätzlichen Mißbrauchs bzw. der Schädigung der Person
oder der Gesundheit eines Minderjährigen, vor Gericht zu
erscheinen hatten – breitete er auf dem Fußboden seines
Wohnzimmers eine Decke und eine dünne Plastikplane aus
und schoß sich mit einem Revolver, der einst seiner Mutter
gehört hatte, einem Smith & Wesson, Kaliber .38, durch die
rechte Schläfe. Er war 70 Jahre alt. Er hinterließ zwei mit
einem Kugelschreiber rasch hingeschriebene Nachrichten.

In der einen, an die Polizei adressierten, hieß es u. a.: »Mein Sohn ist vorne vorm Haus. Er hat nicht die geringste Ahnung, was passieren wird.« Die zweite war für seinen Sohn bestimmt und enthielt die folgenden Anweisungen:

»Leg das Hemd nicht zurück. Es ist für meine Bestattung. Du weißt, wo mein blaues Hemd ist. Unterwäsche im Schrank in der Diele. Ich liebe Dich. Auf Wiedersehen und bleib ein guter Junge.

Vater«

Clark hinterließ nichts Schriftliches für seine Frau oder seine Tochter, aber in seinen Abschiedsworten findet sich ein Satz, der so klingt, als meine er die ganze Öffentlichkeit: die Presse, die das Elend seiner Familie breittrat; die Menschen in den vorbeipromenierenden Autos, deren ausgestreckte Zeigefinger ihn so schrecklich gedemütigt hatten; die Wissenschaftler und Ärzte, die seine Tochter fortnahmen und umbenannten. Der Satz ist ebensosehr ein Fluch auf die zukünftigen Bemühungen der Wissenschaftler wie, rückblickend, eine indirekte Verteidigung seines eigenen Handelns. Er schrieb: »Die Welt wird es nie verstehen.«

Irene war an jenem Morgen bereits im Gerichtssaal und hörte ihren Anwalt auf »nicht schuldig« plädieren mit der Begründung, ihre Rolle in der Sache habe der Ehemann mit Gewalt erzwungen. Da erhielt der Richter eine Nachricht und bat den Anwalt in sein Zimmer. Der Anwalt kam zurück, um Irene mitzuteilen, daß ihr Mann nicht mehr lebe. Sie sei sichtlich erschüttert gewesen, aber nicht zusammengebrochen, wie sich der Anwalt später noch erinnert: »Sie saß nur schweigend da.« In der nächsten Verhandlung wurde ihr »Nicht schuldig« akzeptiert.

Clarks Selbstmord – eine Mediennachricht wie zuvor die Verhaftung der Eltern – hatte keineswegs ein Nachlassen des Interesses an dem Fall zur Folge. Die Presse schlug ihre Zelte rund um das Childrens Hospital auf, wo Genie jetzt untergebracht war. Dieses Kinderkrankenhaus ist eine der angesehensten und modernsten pädiatrischen Einrichtungen an der Westküste, zusätzlich erfahren in den besonderen Sicherheitsvorkehrungen, die Genies Anwesenheit erforderte, denn zu seiner Klientel gehörten auch Kinder von bekannten Hollywood-Größen, obwohl es in einer ärmlichen Gegend liegt und viele seiner Patienten arm sind. Genie, aus ihrem Kämmerchen erlöst und in die Hände bester Fachleute gegeben, war aus der Sicht der Ärzte und Psychologen und all der anderen, die sich mit ihrer Entwicklung verbinden sollten, befreit. Falls das überhaupt noch möglich wäre, wollte man ihr das Tor zu einem neuen Leben aufstoßen, wollte ihr mit ihrem neuen Namen zugleich eine neue Welt, eine neue Zukunft – und sogar ein neues Lebensziel geben.

5

Hypothese und Häresie

Der Raum 2113 von Campbell Hall auf dem Campus der University of California in Los Angeles – das Dienstzimmer von Susan Curtiss im Sommer 1988, als ich sie kennenlernte – wirkte wie das Ende einer stickigen, schäbigen Sackgasse, die in Reiseführern, wäre es eine Straße in Paris, als *impasse* ausgewiesen würde. In der akademischen Welt wertet man anders: Es war nicht gerade ein Boulevard, aber wenigstens ein respektabler Weg zum Ziel.

Susan Curtiss hatte während ihres akademischen Aufstiegs zum Associate Professor für Linguistik an der UCLA eine Reihe solcher Büroräume durchlaufen. Ihren jetzigen

Raum teilte sie mit zwei ihrer graduierten Studenten. Ihr Schreibtisch war in die hinterste Ecke gepfercht, und darüber hingen mehrere, an einen orangeroten Raumteiler gepinnte Bilder. Es waren Fotos ihrer beiden Töchter, fünf die eine, ein Jahr alt die andere, und ein Porträt, das sie selbst zeigte und das Genie vor 15 Jahren gefertigt hatte – eine einfache Strichzeichnung, mit Malkreide rasch aufs Blatt gebracht. Es war nicht leicht zu entscheiden, ob es als Versuch einer für ihr Alter unreifen 15jährigen oder als ein gelungener Wurf in primitivistischer Manier zu gelten habe, denn die Wiedergabe ist treffend: Susan Curtiss ist groß, überschlank und nervös wie ein Blitz am Sommerhimmel. Dabei wirkt sie außerordentlich zielstrebig, gestählt durch den jahrelangen Kampf mit den Zwängen und Abwegen der akademischen Welt.

Als Genie 1971 in ihr Leben trat, war Susan Curtiss 26 Jahre alt und arbeitete seit einem Jahr als graduierte Studentin am Fachbereich Linguistik. »Ich war an dieser Universität eine der wenigen Linguisten, die den Spracherwerb bei Kindern erforschen«, erzählte sie mir. »Ich hatte die Vorstellung, sobald wir einmal verstanden hatten, wie Sprache erworben wird, würden wir die Antworten auf die meisten zentralen Fragen der Linguistik gefunden haben. Außerdem liebe ich Kinder und versprach mir deshalb viel Freude davon, mein Quellenmaterial gerade bei ihnen zu suchen.«

Ihre Interessen hatten sie offenkundig zur rechten Zeit an die rechte Stelle geführt. Sie erinnert sich, daß sie eines Nachmittags im Frühjahr in das Dienstzimmer der für sie zuständigen Professorin Victoria Fromkin gebeten wurde, die später Dekanin des Fachbereichs Linguistik wurde und mittlerweile emeritiert ist. Diese begann ihr zu erläutern, wie es um den Fall eines mißhandelten und an der Aneignung der Muttersprache gehinderten Kindes stand.

Susan Curtiss hatte bereits von dem Fall gehört. »Alle Zeitungen waren ja voll davon gewesen«, erzählte sie. Doch jetzt wurde sie hinzugebeten, gleichsam an die vorderste Front. »Das war vor der ersten Bewilligung finanzieller Mittel für die diesbezügliche Forschung«, sagte sie mir, »noch bevor die Umstände dieses Falles alle bekannt waren. Mir, einer jungen Studentin, war eine günstige Gelegenheit in den Schoß gefallen. Sie sollte mein Leben in jeder Hinsicht, wissenschaftlich wie auch persönlich, verändern. Da es ein so wichtiger Fall war, beeinflußte er meine gesamte weitere Forschungsarbeit bis zum heutigen Tag. Damals näherte ich mich gerade den Kernproblemen meiner Wissenschaft. Viele der durch Genies Fall aufgeworfenen Fragen waren mir noch fremd. Ich kannte nicht einmal die Hypothese von der sensiblen Phase des Spracherwerbs.«

1971 befand sich die Wissenschaft der Linguistik selbst für einige ihrer alten Mitstreiter in einem verwirrenden Zustand. Die Hypothese der sensiblen Phase – die Vorstellung, daß es in der Entwicklung eines Menschen bestimmte eingegrenzte Lebensabschnitte gibt, in denen allein Fähigkeiten wie die der ersten Sprache, der Muttersprache, erlernbar sind – war nur eine von einer großen Zahl neuartiger Überlegungen. Mit den rasch sich ändernden Fragen ging auch ein Wechsel bei den Fragestellern einher. Susan Curtiss' Arbeitsgebiet, der Spracherwerb bei Kindern, war vordem eine sorgsam gehütete Domäne der Psychologen – wenigstens während des 20. Jahrhunderts, wenn auch nicht viel früher. Man könnte sagen, die Linguistik sei für die Wissenschaft, was der Monongahela-Fluß für Nordamerika im Bürgerkrieg: das am heißesten umkämpfte Gebiet des ganzen Landes. Es ist durchtränkt mit dem Herzblut von Dichtern, Theologen, Philosophen, Philologen, Psychologen, Biologen und Neurologen, neben dem der Grammatiker, sofern in deren Adern überhaupt Blut fließt. Jede Disziplin hat irgendwann einmal ihre Fahne auf diesem Gelände gehißt, wohl wissend, daß ihre internen Streitigkeiten durch den jeweiligen Eigner des Sprachproblems mitentschieden würden. Susan Curtiss be-

fand sich in der Vorhut der jüngsten von unzähligen beute-
gierigen Spähtrupps.

Bis zur Hochrenaissance hatten die europäischen Philosophen das Problem der Sprache, wie die meisten anderen
Fragen der Wissenschaft, auf die Bibel bezogen. Jede Eigenschaft des Menschen mußte notwendig, so dachte man, ebenso geheimnisvoll und göttlich unerforschlich sein wie der
Schöpfer, den sie widerspiegelt. Dann beging Descartes die
Ketzerei, den Menschen in zwei Teile zu spalten: Er lehrte
die Unabhängigkeit der Seele vom Körper, des Geistes vom
Gehirn. Dieser Dualismus eröffnete der aufkeimenden biologischen Wissenschaft viel Spielraum. Waren Geist und
Seele immer noch tabu, so konnte man wenigstens an ihr
körperliches Gegenstück das Skalpell anlegen. Eindrucks-
volle historische Zeugnisse sprachen dafür, die Erforschung
der Sprache der Biologie, dieser neuen naturalistischen Wissenschaft, zu unterstellen. Epikur, unter den griechischen
Philosophen der erste, der sich zum Ursprung der Sprache
äußerte, war im dritten Jahrhundert v. Chr. der Meinung, sie
sei eine Schöpfung weder Gottes noch des menschlichen In-
tellekts, sondern einer weit weniger parteilichen Instanz,
nämlich der Natur. Sprache, sagte er, sei eine biologische
Funktion, wie das Sehen oder die Verdauung. Seine Ansicht
war jedoch in den Augen späterer Zeiten Ketzerei, als man
die Sprache als wesentlichen Bestandteil – vielleicht sogar
als den Grundstein – der menschlichen Seele oder (weniger
häufig) des menschlichen Verstandes oder beider betrachtete. Im späten 17. Jahrhundert erhob Leibniz die Sprache zu
einem Geschenk Gottes, dessen Gestaltung und Ausdruck
durch den natürlichen Instinkt bestimmt werde – mit Ausnahme des Chinesischen, das, wie er anheimstellte, die
Erfindung eines Weisen sei. Somit stand die Linguistik mit
einem Bein im Hafen der Theologie und mit dem anderen auf
dem Schiff der Naturwissenschaft.

Diese unbequeme Position wurde mit dem Aufstieg der

Gesellschaftswissenschaften gegen Ende des 18. Jahrhunderts etwas erleichtert. Befand sich die Sprache irgendwo zwischen Theologie und Biologie, dann konnte man sie möglicherweise als Problem der Anthropologen einstufen und der Linguistik eine unterstützende Rolle zuweisen. Entdeckungsreisen und Kolonisation hatten das Bewußtsein der Öffentlichkeit in einer Weise geformt wie in früheren Zeiten die Kreuzzüge; der gesuchte Gral war allerdings utilitaristischer Natur: Richard Löwenherz mußte sich dem Reisenden, Länder-, Völker- und Sprachkundler Sir Richard Burton geschlagen geben. Die Linguisten gaben es auf, sich mit textlichen Fragen der Vulgata herumzuschlagen, und begannen die neuentdeckten Sprachen zu katalogisieren, die in die Hunderte gingen. (Bis heute dauern ihre Bemühungen an, in den Seminarräumen der Universitäten wie in den entlegensten Regenwäldern rund um den Globus. Einige der geschicktesten von ihnen verdingen sich den Bibelgesellschaften. Sie lassen sich in kartographisch noch nicht erfaßte Gegenden der Erde schicken, um die Bibel in die Sprachen soeben entdeckter Völkerstämme zu übersetzen. Nach zwei, drei Stunden können sie sich bereits in der neuen Sprache verständigen, nach ein paar Tagen darin fließend Konversation machen, und nach einigen Wochen tauchen sie aus dem Dschungel auf und können die Erschaffung der Welt auf Hua oder Yanomamö vortragen.)

Als sich im späten 19. Jahrhundert die vergleichende Sprachwissenschaft den Beziehungen der Sprachen untereinander zuwandte, verschwand der Großteil der Fragen, welche die Beziehung von Mensch und Sprache betreffen, in der Psychologie – einer Disziplin, die jene Fragen mitbegründen halfen. Und mehr oder weniger blieb es dabei bis zu »dem Ereignis« im Jahre 1957 – der Erstveröffentlichung von *Syntactic Structures* (*Strukturen der Syntax*, deutsch 1973) von Noam Chomsky. Es war auch Genies Geburtsjahr.

6

Die galvanische Wirkung der chomskyschen Neuerungen beschrieb mir einmal Catherine Snow, Professorin für Psychologie und menschliche Entwicklung an der Harvard University. »In den vierziger und fünfziger Jahren drohte die Erforschung des Spracherwerbs unfruchtbar zu werden«, sagte sie. »In der letzten Auflage, vor Chomskys Durchbruch, des *Handbook on Developmental Psychology* (»Handbuch der Entwicklungspsychologie«) findet sich ein Kapitel, das eine sehr beschlagene und renommierte Frau verfaßt hat, deren ganze akademische Arbeit dem Wortschatz gewidmet ist. Bis 1957 glaubten die Linguisten, ihr wichtigster Forschungsgegenstand sei das Vokabular. Dann rückte Chomsky die Syntax ins Zentrum, und erstmals wurde deutlich, wie groß das Arbeitsgebiet ist, vor welch schwieriger Aufgabe das Kind beim Erlernen der Sprache steht. Der neue Begriff vom Wesen der Sprache machte die damit verbundenen Fragen um so drängender und interessanter. Es war, als sei man durch die Prärie gefahren, und plötzlich erheben sich vor einem die Rocky Mountains.«

Chomskys Sicht der Syntax weist wenig Ähnlichkeit mit dem Regelwerk der Grammatik auf, das unsere Schüler so widerwillig pauken. Diese Regeln betreffen die Oberflächenstruktur der Sprache – Chomsky wollte wissen, was sich dahinter verbirgt. Als er und seine Mitstreiter anfingen, einige der inneren Gesetze zu isolieren und zu definieren, um sie dann gleichsam als Vergrößerungsglas bei ihrer Untersuchung der Sprache zu verwenden, bemerkten sie, daß sich aus einer großen Zahl verschiedener Oberflächenstrukturen ein Kern von Grundprinzipien destillieren läßt. Lila Gleitman, die Leiterin des Fachbereichs Linguistik an der University of Pennsylvania, erklärte mir diese Reduktion am Beispiel des Satzbauplans.

»Stark vereinfachend«, sagte sie mir, »könnte man es so sehen, daß Chomsky behauptet, es gebe nur einen einzigen Satz, den wir verstehen, daß aber die meisten der gehörten Sätze von diesem Modell abweichen. Deshalb müssen wir den Satz beweglich machen, um ihn zu verstehen. Für die Linguisten ist dieses ›Bewege irgend etwas!‹ die verallgemeinerte Bewegungsregel. Der Satz ist ein Geheimnis. Er hat einen Täter und ein Opfer, oft außerdem einen unscharfen Gegenstand, gewöhnlich ein ›der‹, ›die‹, ›das‹. Wer eine Sprache erlernen will, steht vor der Aufgabe, das Geheimnis zu enträtseln.«

Die verallgemeinerte Bewegungsregel hat nicht nur die unbegrenzte Vielfalt der Sätze auf einen gemeinsamen Nenner gebracht, sie enthält auch einen radikalen Gedanken: Sogar die Sätze ganz verschiedenartiger Sprachen – etwa des Japanischen mit seinen Inversionen; des Finnischen, das die Fälle nach Art des Lateinischen bildet; des unter den heutigen europäischen Sprachen dem Sanskrit am nächsten stehenden Litauischen; des Spanischen, in welchem das Subjekt des Satzes gewöhnlich ausgelassen wird – unterscheiden sich nicht grundsätzlich von englischen (oder deutschen) Sätzen.

Einige Linguisten haben die vornehmlich auf Ähnlichkeiten in Wortschatz und Aussprache gestützte Hypothese aufgestellt, daß alle Sprachen einer gemeinsamen Wurzel entstammen. Chomsky ist anderer Meinung. Aus dem Blickwinkel seines Forschungsgebietes, der Syntax, weisen die Sprachen nicht nur Ähnlichkeiten auf – sie sind identisch. Der Grund für solch eine erstaunliche Gleichförmigkeit, so argumentiert Chomsky, müsse näher liegen als etwa in einer prähistorischen Ursprache. Er müsse in uns selbst zu finden sein – im Menschen als Gattung. Die inneren Sprachregeln, von Chomsky als »universale Grammatik« bezeichnet, seien entweder eine – mit keiner ihrer anderen vergleichbare – Leistung der menschlichen Erkenntnis oder auf fundamentalere Weise als durch unser Denken begründet. Von diesen möglichen Erklärungen entschied sich Chomsky für die letztere: Die inneren Regeln der Sprache werden nicht erlernt, sie sind uns angeboren. Die Frage lautet nicht mehr schlicht: »Wie ist Sprache strukturiert?«, sondern: »Wie spiegelt die Sprache *unsere Beschaffenheit* wider?«

Chomskys Anstrengungen haben ihm Ablehnung wie Gefolgschaft eingebracht. Unfreiwillig und manchmal zu Unrecht trägt jeder Sprachwissenschaftler unserer Tage eine kurze, seine Lebensarbeit zusammenfassende Vita mit sich herum, die ihn als Anhänger oder Gegner Chomskys ausweist. Da sind jene, die gegen seine fachlich herausgehobene Rolle auftreten, und jene, denen seine herausragende Rolle auf anderen Gebieten wie Politik, Philosophie und Technik nicht gefällt. Doch hauptsächlich dreht sich der Streit um die linguistische Theorie. Die Vertreter Chomskys – ihre Schule wird mal als »nativistisch« oder »generativ«, mal als »transformationell« oder »rationalistisch« bezeichnet – trafen schon bald auf den hitzigen Widerstand der Schule der »Milieutheoretiker« oder »Empiristen«, die der Ansicht sind, daß Kinder die Sprache durch Interaktion mit der Welt und durch die Sprache ihrer Eltern lernen.

Beide Schulen haben sich inzwischen aufgesplittert, ihre Ideen und Beobachtungen sich im Laufe der Jahre vermischt, und heutzutage nimmt sich ihr Ringen für den Zuschauer wie ein typischer Streit unter Fachgelehrten aus. Wie Gene Searchinger, ein Dokumentarfilmer, mir einmal sagte: »Die Arbeit eines jeden von ihnen steht unter dem Einfluß der Ideen Chomskys.« Searchinger hat seit zehn Jahren in seinem New Yorker Studio an der 72. Straße

(»Über dem Obststand, gleich neben dem Wettbüro«) gearbeitet und etliche Filme über Linguisten gedreht – ein so umfangreiches Projekt, daß es bei Betroffenen die Furcht auslöste, Filmemacher seien dabei, den nächsten Sturmangriff auf die Sprachproblematik ins Werk zu setzen. »Ich liebe die Debatten für und wider Chomsky«, erklärte Searchinger. »Sie erinnern mich an einen Witz, wo der eine sagt: ›Den Soundso mag ich nicht, der ist Kommunist.‹ Und der andere sagt: ›Der ist kein Kommunist, der ist Antikommunist.‹ Und dann wieder der erste: ›Egal, welche Art Kommunist er ist, ich mag ihn trotzdem nicht.‹«

Chomskys Neider haben sich alle möglichen akademischen Scherze mit ihm erlaubt; viele davon bewiesen Phantasie und waren ungewollt geradezu liebevoll. (Einem Kollegen gelang es, seine Verballhornung des Namens in den ansonsten der Satire nicht zugänglichen akademischen Annalen zu verewigen, indem er eines seiner Versuchstiere, einen Affen, »Nimchimpsky« nannte.) Es war jedenfalls schwierig, in den vergangenen Jahrzehnten in diesem Fach zu wirken, ohne in Chomskys Schatten zu wandeln.

Von denen, die mich durch die Untiefen der linguistischen Theorie geführt haben, ist Catherine Snow eine Chomsky abgeneigte, bekennende Anhängerin der »Milieutheorie« und Lila Gleitman eine entschiedene »Nativistin«, die von der Zeit vor Chomsky als der Zeit »B. C.« (dt.: vor Chr., hier aber »before Chomsky«, Anm. d. Ü.) spricht. »Er ist unter den Wissenschaftlern des 20. Jahrhunderts eine überragende Gestalt«, sagte sie mir. Lila Gleitman wurde kurz nach Chomskys Fortgang Studentin an der University of Pennsylvania in einer noch auf mancherlei Weise von alten Ansichten und Gewohnheiten geprägten Zeit: Die Stoßstangen der Autos waren geschwärzt, da Chromglanz die religiösen Gefühle der Amish verletzte, und Lila Gleitman durfte ihre Dissertation nicht durch eigene Experimente abrunden, denn eine experimentierende Linguistin – das hätte die Psychologen der Universität stören können. Sie studierte in demselben Horn & Hardart (das inzwischen dem Bau einer Bibliothek gewichen ist), wo Chomsky seine Theorien ausgearbeitet hat.

»Dort saß ich nun einen ganzen Sommer lang über meinem Thukydides«, erzählte sie mir, »schleppte mich und schleppte mich und schleppte mich. Ich wollte eine klassische Philologin werden, aber ich war schon über die ›sensible Phase‹ hinaus.« Glücklicherweise führte die altgriechische Literatur sie auch zu Herodot, der sie etwas über akademische Wiederauferstehung lehrte. »Wissen Sie, Herodot erzählt uns an einer Stelle, wie die alten Ägypter zu säen pflegten, indem sie die Ackerfurche abschritten und kleine Schweinchen hinter sich herlaufen ließen, die mit ihren kleinen Hufen die Saatkörner ins Erdreich drückten.« Sie prustete vor Vergnügen über dieses Bild und machte aus ihren Händen kleine Hufe, die sie wie die Kolben eines Motors auf und nieder bewegte. »Man dachte, Herodot wolle uns mal wieder einen Bären aufbinden: Im alten Ägypten habe es doch gar keine Schweine gegeben. Aber dann wurde eine Grabkammer geöffnet, wo auf einem der Friese Leute bei der Aussaat zu sehen sind, gefolgt von kleinen Schweinchen! Herodot hat schließlich doch recht behalten.«

Herodot war es auch, der Lila Gleitman zu Psammetich, auf diese Weise zur Linguistik und schließlich zu Chomsky geführt hat, dessen einstiger Mentor nun ihr Professor wurde. »Chomsky war Zelig Harris' bester Student«, sagte sie, »einer seiner besten Studenten. Ich gehöre auch dazu, aber es wäre peinlich, sich selbst und Chomsky in einem Atemzug nennen zu wollen. Wir anderen sind nur die Untertanen eines modernen Kaiser Augustus. Wir sind die kleinen Schweinchen, die hinter ihm her stapfen«, und wieder bewegte sie ihre Hände wie zwei Kolben, lachte aber nicht: »Wir drücken die Saat in den Boden.«

Während ihrer ersten sprachwissenschaftlichen Semester

fragte sie einmal ihren Professor, wie er über die Ideen seines berühmten Schülers dächte. Harris hatte sich mit Chomsky entzweit, und dieses Schisma hatte unter den Fachgelehrten die Wirkung eines Erdbebens, als hätte sich Johannes der Täufer losgesagt von dem, der nach ihm kommen soll. Auf Lila Gleitmans Frage bemerkte Harris: »Das Problem mit Noam liegt darin, daß er meint, es gebe eine Sprache und einen Gott, und ich denke, dies sind entweder zu wenig oder zu viele.«

7

»Er hat einen Heiligenschein. Ist das okay?«

Seit Mitte der fünfziger Jahre lehrt Chomsky am Massachusetts Institute of Technology. Sein Büro lag im Haus 20, einem unansehnlichen Plattenbau hinter einem Stacheldrahtzaun am Rande des Campus. Das Gebäude ist ein Restbestand aus den Anfangstagen des MIT und fast das einzige seiner Art, das nicht durch etwas Neues und Schickeres ersetzt wurde. Sein aufs unscheinbare angelegtes Äußeres paßt zu den Täuschungsabsichten vergangener Zeiten. Während des Zweiten Weltkrieges wurde es in der Forschung zur Radarentwicklung genutzt; die damals dort arbeitenden Wissenschaftler nannten sich Radiologen, um nicht etwa Stellenangebote von deutscher Seite zu erhalten. Doch die »Radiologen« haben längst das Gewirr von Korridoren, unverputzten Wänden, frei liegenden Rohren und Kabeln anderen, darunter die Linguisten, überlassen. Die Flügel des Bauwerks gleichen den fünf Fingern einer Hand – von oben müßte es wie ein Baseballhandschuh aussehen, den Kinder auf eine Zaubertafel gezeichnet haben. Am Ende eines dieser Finger liegen die vollgestopften Räume, die Chomsky sein Reich nennt – der größere für die Sekretärin, der kleinere für Chomsky, mit einem geflochtenen Teppich auf dem Boden, einer Karte von Italien an der Wand und einem Schreibtisch an einem Fenster, von dem aus man das Schwimmbecken für den Lehrkörper sehen kann.

Doch nicht im Haus 20 bekam ich Noam Chomsky zu fassen, sondern im Raum 250 des Hauses 10, einem Hörsaal mit steil ansteigenden Sitzreihen und einer Bühne voller Schiebetafeln. Er saß auf einem blaßroten Stuhl der untersten Reihe und sprach in eine von Gene Searchingers Filmkameras. »Kürzlich war dieser ganz gewöhnliche Hörsaal angefüllt mit vielen jungen Linguisten, die zentrale Fragen ihrer Wissenschaft diskutierten«, sagte er. »Vor 30 Jahren war die Zahl der Menschen, die diese Fragen auch nur verstanden hätten, gleich Null.«

»Schnitt«, schrie Searchinger, und die Kamera hielt an. Chomsky, ein schüchterner, schmaler Mann, ließ sich in seinen Stuhl sinken und wandte sich im Plauderton an Searchinger, während das Filmteam die Scheinwerfer justierte. Searchinger wirkte wie ein Börsenmakler an zwei Telefonen.

Beleuchter (zu Searchinger mit lauter Stimme): »Ist das gut so?«

Searchinger: »Ja. Nein. Etwas höher.«

Chomsky (zu Searchinger): »Was könnte gotteslästerlicher sein als die Religion?« (Der Beleuchter hebt die Scheinwerfer an.)

Kameramann (zu Searchinger): »Die Stuhllehne ist beleuchtet. Wollen Sie das?«

Searchinger: »Das ist okay.«

Chomsky (zu Searchinger): »... aber Vollkommenheit? Dergleichen gibt es nicht, es sei denn, man ist religiös.«

Kameramann (zu Searchinger): »Er hat jetzt einen Heiligenschein. Ist das okay?«

Searchinger: »Auch in Ordnung.«

Schließlich rief Searchinger: »Klappe«, und eine Tafel mit der Beschriftung »Aufnahme 5« wurde Chomsky vors Gesicht gehalten, schnappte zu, und Chomsky kehrte zum Thema seiner Lebensarbeit und Searchingers Film zurück.

»Sprache ist ein Werkzeug«, sagte er. »Das Werkzeug ist unendlich nützlich – in dem Sinne, daß wir im allgemeinen Sätze bilden und verstehen, die wir nie zuvor gehört haben. Wie machen wir das? Die Sprache ist wie ein Hammer: Sie ist vielseitig verwendbar, und was mit ihr getan wird, hängt vom Anwender ab. Gleichwohl ist sie ein System mit einer bestimmten Struktur. Was Struktur hat, muß Grenzen haben. Das ist notwendig; sonst wäre nichts damit anzufangen. Wäre ein Hammer ein gestaltloser Klumpen, würde ihm die Nützlichkeit fehlen.

Das Problem taucht auf, wenn man diese Struktur sorgfältig betrachtet – wenn man die Sprache ernst zu nehmen beginnt. Hat man eine bestimmte Struktur gefunden, so steht man erst am Anfang. Man ist so weit, daß man an die Welt mit neuen Fragen herantreten kann. In den fünfziger Jahren gab es, was das Studium der Sprache und des menschlichen Verhaltens angeht, eine Grundannahme: Wir sollten unsere Aufmerksamkeit auf das richten, was Menschen tun und machen. Jetzt hat sich eine bedeutende neue Perspektive eröffnet: Eine Verlagerung der Blickrichtung auf die inneren Mechanismen, die jedem Verhalten zugrunde liegen. Welches sind die inneren Mechanismen?«

Zu den aufschlußreichsten der von den Nativisten bei näherer Betrachtung jener inneren Mechanismen entdeckten Rätsel gehört der gelegentlich so genannte Stolperstein der Induktion. Schlicht gefragt: Wie sind Kinder dazu in der Lage, ein System von Regeln nicht nur für die begrenzte Zahl der bereits von ihnen gehörten Sätze zu entwickeln, sondern auch für all die unendlich vielen Sätze, die sie eventuell noch zu formulieren haben? Tatsächlich beachten die Kinder bei der Sprachverwendung schon frühzeitig Regeln, die so verborgen sind, daß selbst Erwachsene sie selten formulieren und, dazu aufgefordert, sie nicht erklären könnten.

Einige typische Beispiele für solche verborgenen Regeln nannte mir Steve Pinker, ein eingeschworener Chomskyaner und Fachkollege am MIT. Kleine Kinder, sagte er mir, verstünden durchaus, daß Verben verschiedenen Klassen angehören. Ein Unterscheidungsgrund liegt darin, ob die bezeichnete Aktion in einer unmittelbaren Berührung stattfindet (z.B. »pushing«, also: »schieben«, »schubsen«) oder eher »mit Distanz« (wie bei »throwing«, »werfen«). Die Kinder wissen, daß in einem Satz mit »auslösender, distanzierender« Aktion eine Umstellung möglich ist, so daß statt »Kick the ball to John« (Schieß den Ball zu John) auch »Kick John the ball« gesagt werden kann. Nicht möglich ist jedoch eine Umwandlung von »Push the ball to John« in »Push John the ball«, da geführte, gelenkte Bewegungen einer anderen syntaktischen Regel folgen. In der gleichen Weise läßt sich der Satz »I gave him a book« (Ich gab ihm ein Buch) ändern zu »I gave the book to him«. Doch aus »I donated the painting to the museum« (Ich vermachte das Gemälde dem Museum) darf nicht »I donated the museum a painting« werden. Warum? Weil angelsächsische Verben wie »give« einer anderen Klasse angehören als die Verben lateinischen Ursprungs, die Wilhelm der Eroberer im Jahr 1066 vom Kontinent nach England gebracht hat. Man kann John den Ball zuwerfen – »throw John the ball« –, aber nicht zuschleudern – »propel John the ball«.

Bemerkenswerterweise erkennen die Kinder die unterschiedliche Klassenzugehörigkeit der im allgemeinen einsilbigen muttersprachlichen Wörter und der längeren lateinischen. Sie wissen, daß »shake something up« (etwas aufschütteln) möglich ist, aber nicht »vibrate something up« (vibrieren, zittern, rütteln). Bei Tests haben bereits Kinder von dreieinhalb Jahren sinnlose, künstlich gebildete Verben

48

wie »pilk« anders behandelt als ebenso sinnlose Formen wie
»ogulate«.

Ins Reich der bei Verben anzutreffenden Merkwürdigkeiten gehört auch die Ballspiel-Anomalie, wie man sie nennen könnte. Es gibt eine ganze Klasse von Verben, die hier
eine andere Vergangenheitsform annehmen als das gleichlautende Verb sonst. Das Imperfekt von »fly« (fliegen) beispielsweise lautet »flew«, aber, Pinker wies mich darauf
hin, von einem Baseballspieler sagt man nicht »he flew
out«, sondern »he flied out«. Der Hockeytorwart war nicht
»high-stuck«, sondern »high-sticked« (hielt seinen Stock
zu hoch). Insbesondere die Amerikaner lieben es, Verben
aus Substantiven wie »stick« und »fly ball« zu machen.
Alle diese hausgemachten Verben haben im Imperfekt die
Endung »-ed«, auch wenn das gleichlautende Verb unregel-
mäßig ist.

Es gibt Unterschiede, die beachtet werden, ohne daß jemand über sie nachdenkt. Wenn Linguisten fragen »Who
threw the most underwear?« (Wer warf die meiste Unterwäsche), antworten die Testpersonen »She outflung him« (Sie
übertraf ihn im Wegwerfen). Werden sie gefragt, wer die meisten Flirts (flings) hatte, antworten sie mit »She outflinged
him«. Kinder kennen diese Regel von Anfang an, genauso
wie sie auch wissen, daß mit dem unregelmäßigen Plural die
Bildung von Zusammensetzungen möglich ist, nicht aber mit
dem regelmäßigen, auf »-s« auslautenden. Man kann »teeth
marks« (Bißspuren) haben, aber keine »claws marks« (von
Klauen, Tatzen).

Peter Gordon, ein Linguist der University of Pittsburgh,
testete Drei- bis Fünfjährige mit der Frage »The monster that
likes to eat mud is a …« (Das Ungeheuer, das Matsch frißt,
ist ein …), und die Kinder antworteten »Mud-eater«.

»The monster that likes to eat mice (unregelmäßiger Plural von »mouse« – Maus) is a …«

»Mice-eater!«

»And the Monster that likes to eat rats (regelmäßiger Plural von »rat« – Ratte) is a ...«

»Rat-eater!«

Bei sinnlosen Wortbildungen antworteten die Kinder genauso zuverlässig. Doch wie war das möglich? Die Vorstellung, sie könnten diese Regeln gelernt haben, lehnen die Nativisten ab. Zusammensetzungen mit einem Plural (d.i. bei »mice«) kämen schließlich nur einmal auf eine Million Wörter vor. Die Regel ließe sich sogar einem Erwachsenen nur schwer erklären. Und ein Kind, das da einen Fehler gemacht hat, würde wahrscheinlich niemand verbessern. Die Gefolgsleute Chomskys behaupten, die Kinder müßten die Kenntnis all dieser und noch tausend anderer, ähnlich subtiler Unterschiede bereits bei ihrer Geburt mitbringen, weil ihnen die Regeln, aus denen sie hervorgehen, angeboren seien.

»Nun, ich bin Materialist genug, um zu denken, daß die Sprache ihren Sitz im Gehirn hat«, erklärte Chomsky in die Kamera im Raum 250. »Wird jemandem ein Fuß amputiert, kann er immer noch sprechen. In der Tat ist es nützlich, die Sprache als ein Organ des Geistes zu betrachten. Mit dem Gehirn ist es wie mit jedem biologischen System: Es besitzt spezielle Strukturen mit speziellen Funktionen, und eine von diesen ist die Sprache. Doch haben wir sie erfunden, da wir denkende Wesen sind? Genausowenig wie unseren Blutkreislauf. In Wahrheit scheint das Grundmuster der Sprache in unseren Genen angelegt zu sein. Die Gene bestimmen ihre Struktur und ihren Aufbau. Soweit wir wissen, dürfen wir annehmen, daß es keine Abweichungen in dem Rechensystem gibt – in den Prinzipien, welche die Organisation einer für uns sinnvollen Lautfolge festlegen. All das geschieht in strengster Gesetzmäßigkeit, so präzise wie die Rechenarbeit in Ihrem Computer.«

»Nein, nein«, ging Searchinger dazwischen, »können Sie das noch mal bringen. So klingt es zu umständlich.«

Einen Augenblick lang sah Chomsky verwirrt aus.

»Man könnte es mit dem Gehen vergleichen«, regte Searchinger an.

»Gut, nehmen wir beispielsweise den aufrechten Gang«, fuhr Chomsky fort. »Wenn ein Kind von einem Vogel großgezogen würde, wird es dann zu guter Letzt fliegen? Mitnichten. Oder die Aufzucht eines Hundes durch einen Menschen – endet das damit, daß der Hund aufrecht auf seinen Hinterbeinen geht? Nein. Daß wir zum Gehen angelegt sind, ist unbestritten. Wenig einleuchtend wäre die Annahme, wir würden diese Fähigkeit durch Unterricht erwerben.«

Während ich zuhörte, wie sich diese Erklärung entfaltete, wurde mir klar, warum verschiedenartige akademische Disziplinen das Problem der Sprache so heftig für sich beanspruchen: Es läßt sich nur schwer aufteilen und miteinander teilen. Kaum hatte Chomsky begonnen, über die Sprache zu sprechen, war er schon bei der Natur des Menschen allgemein. Schon hatte er eine geheiligte Vorstellung verletzt – die Mutterschaft. Nativisten wie Chomsky zufolge lernen Kinder die Sprache nicht von ihrer Mutter oder sonst jemandem in ihrem menschlichen Umfeld, sie bringen sie vielmehr schon mit auf die Welt.

Diese Hypothese setzt sich über den gesunden Menschenverstand hinweg, und trotz ihrer inzwischen weit verbreiteten Akzeptanz stößt sie immer noch auf leidenschaftlichen Protest. »Die Nativisten glauben, daß der Spracherwerb sehr schnell und sehr leicht bewältigt wird und in starkem Maße in der Verantwortung des Kindes liegt«, erklärte mir Catherine Snow. »Sie sehen außerdem die Sprache als ein einziges großes Problem. Wir hingegen meinen, daß der Spracherwerb ein langwieriger, mühevoller Prozeß ist und vom Kind viel Arbeit erfordert. Und das Kind arbeitet daran so hart wie es kann, 15 bis 16 Stunden pro Tag. Für notwendig halten wir ferner die Beziehung zu einem Erwachsenen und obendrein eine ganze Reihe kognitiver Fähigkeiten. Wir sind auch der

Ansicht, daß sich ein Kind jeweils ein Teilstückchen des sprachlichen Systems nach dem anderen erarbeitet.

Jene, die so gern auf die nativistische Erklärung zurückgreifen, erliegen der Suggestion einer Metapher. Es ist eine höchst interessante Metapher. Was sie fasziniert, ist die Idee des Kindes als Sprachwissenschaftler: In jeder seiner Äußerungen ist es der vollkommene Sprecher einer fremdartigen, geheimnisvollen Sprache. Doch kein noch so fanatischer Nativist kann ein spezifisches Gen oder eine Zelle für die Sprache nachweisen. Und selbst der entschiedenste Empirist muß zugeben, daß nicht alle Gattungen von Lebewesen fähig sind, eine Sprache zu erlernen, und dies auch nicht möglich ist, wenn zu große Teile des Gehirns nicht vorhanden sind. Die Wahrheit liegt irgendwo in der Mitte. Man muß erst einmal das ganze Problem aus dem Reich des Geheimnisvollen herauslösen. George Miller, ein Psycholinguist der Princeton University, sagte einmal: ›Das Ärgerliche am Spracherwerb liegt darin, daß die Nativisten beweisen, daß er ein Mysterium ist, und die Empiriker beweisen, daß er gar nicht möglich ist.‹«

Im Hörsaal des MIT mußten Noam Chomsky und Gene Searchinger ihre Filmarbeit unterbrechen: Dem Stundenplan entsprechend trudelte eine Gruppe Studenten ein, auch ein Professor war schon gekommen, nickte schüchtern in Chomskys Richtung, bevor er sich umwandte und an die Tafel schrieb: »Entwicklungsstadien amphibischer Oozyten.«

Chomsky sagte gerade: »Nehmen wir einmal an, ein Kind hört überhaupt keine Sprache. Dann gibt es zwei Möglichkeiten: Entweder hat es gar keine Sprache, oder es erfindet sich eine neue. Würde man Kinder noch vor dem Spracherwerb auf einer Insel aussetzen, so bestünden gute Aussichten, daß sie aufgrund ihres Sprachvermögens schon bald eine eigene Sprache hervorbrächten. Vielleicht nicht in der ersten Generation. Und wenn es ihnen gelänge, würde sie den uns bekannten Sprachen ähneln. Die Ausführung des

Experiments ist nicht möglich, da man Kinder eine solche Erfahrung nicht zumuten kann.«

Die Scheinwerfer verloschen, und die Bühnenarbeiter begannen hastig die Kabel und Mikrofone einzupacken. »Es gibt natürlich Experimente«, erläuterte Chomsky, während er sich mit Searchinger durch die Menge der einströmenden Jungsemester hinaus in den Hof kämpfte, »welche die Natur selbst arrangiert.«

8

Presse, Ärzte, Wohltäter, Spinner

Als Victoria Fromkin sie zur Mitarbeit einlud, hatte Susan Curtiss mehr Glück, als sie ahnte, denn der Zugang zu Genie war aufs heftigste umkämpft. Bis in den Mai 1971, sechs Monate nach der Entdeckung des Mädchens, war noch gar nicht sicher, ob unter seinen wissenschaftlichen Beobachtern auch Sprachwissenschaftler sein sollten. Und nicht nur Wissenschaftler verlangten Einlaß. »Das Interesse an Genie, die Publizität, war sofort da und enorm«, erzählte mir Howard Hansen, der Chef der psychiatrischen Abteilung des Childrens Hospital. »Wir erhielten Anrufe aus der ganzen Welt – Presse, Ärzte, Wohltäter, Spinner. Wir bemühten uns um Anonymität. Andererseits mußten wir sie im Krankenhaus behalten. Sie hatte damals einen Vormund bei Gericht. Wenn wir sie entlassen hätten, wäre sie in ein staatliches Kinderheim gekommen, und das war ganz und gar nicht das Richtige. Darum machte sich David daran, ein Forschungsprogramm zu entwerfen, und wir legten ein bißchen Geld zusammen.«

»David«, das war David Rigler, ein Professor für Kinderheilkunde und Psychologie an der University of Southern California und Chefpsychologe der psychiatrischen Abteilung des Childrens Hospital. Dort war er seit einem Jahr tätig. Zuvor hatte er für das *National Institute of Mental Health*, kurz NIMH genannt (Nationales Institut für geistige Gesundheit) in Bethesda, im Bundesstaat Maryland, die Anträge für Forschungsgelder ausgewertet. Seine Erfahrung erwies sich als nützlich und verhalf dem Kinderkrankenhaus zu den ersten, von zwei Stiftungen überwiesenen Spenden für Forschungen an Genie und, im Februar 1971, auch zu einem Vertrag über 21 500 Dollar mit dem NIMH selbst. Der lief bis September, und bis dahin sollten Spezialisten für die Voruntersuchungen hinzugezogen und eine Konferenz für die Diskussion längerfristiger Forschungspläne vorbereitet werden.

Hansen und Rigler überwachten den Zugang zu diesen Vorhaben, und James Kent, ein weiterer Psychologe des Childrens Hospital, stand ihnen dabei zur Seite. Kents Mitwirkung schien für Genie ein gutes Vorzeichen zu sein. Er war eine Autorität hinsichtlich eines bestimmten Phänomens, das uns inzwischen nur zu vertraut ist, aber vor 20 Jahren eher verleugnet wurde. Hansen führte dazu aus: »Ich war damals Kinderarzt. Schon in den fünfziger Jahren sah ich häufig seltsame Kombinationen von Verletzungen auf Röntgenbildern von Kindern – wir haben uns inzwischen angewöhnt, so etwas als zusammenhanglose Frakturen zu bezeichnen: Verheilende Brüche von Röhrenknochen bei gleichzeitigen subduralen Schädelbrüchen. Wir konnten uns nicht völlig erklären, was wir da sahen. Es dämmerte uns erst langsam, daß es Zeichen körperlicher Mißhandlung von Kindern waren; von psychischer oder gar sexueller wollen wir gar nicht reden – das war immer noch ein Tabu.«

James Kent wußte, was er hier vor sich hatte. Er war in Fragen der Kindesmißhandlung zum Experten geworden, so daß er 1972 in eine Kommission des US-Präsidenten zum

Studium dieser Problematik berufen wurde und dabei noch stärker zu der (von der Nixon-Regierung letztlich nicht geteilten) Überzeugung gelangte, man reagiere nur unzureichend auf ein gesellschaftliches Übel. Kent war der Arzt, der als erster Genies Behandlung leitete. »Ich sollte Genie therapeutisch behandeln«, erinnerte er sich. »Doch meistenteils bedeutete das nur, die Besserung ihres Zustandes zu beobachten und Aufzeichnungen über ihre Fortschritte zu machen. Ich wurde dabei mehr ihr Eckermann als ihr Therapeut.«

Kent besuchte Genie am Tage nach ihrer Aufnahme in das Childrens Hospital. Sie war in Windeln gekommen, und als er den Raum betrat, erhielt sie gerade eine frische. Nachdem es gelungen war, ihr einen neuen Pyjama anzuziehen, verließ sie das Bett und schlurfte auf ihn zu; anscheinend fühlte sie sich von den Sachen angezogen, die er mitgebracht hatte: eine Illustrierte, Malpapier, Buntstifte und einen Denver-Test, der dazu dient, mit Hilfe von Spielzeug die Entwicklungsstufe von Kindern zu ermitteln. Kent war erstaunt über die Fixigkeit, mit der sie das Magazin durchblätterte. Dabei schien all ihre Geschicklichkeit in den Fingerspitzen zu liegen, denn andere Tests ergaben, daß sie insgesamt nur über die motorischen Fähigkeiten einer Zweijährigen verfügte. Als er einige Gegenstände aus dem Denver-Testkasten hervorholte – eine Glocke, einen Bauklotz, eine kleine Puppe –, nahm sie diese in die Hand, drückte sie einen Augenblick gegen ihre Wange, legte sie aber dann beiseite. Ihr Augenkontakt zu ihm war gut, sie schien an ihrer Umwelt sehr interessiert zu sein, nahm Geräusche aufmerksam wahr und bewegte sich im Raum umher, um die Geräuschquelle zu entdecken. Das fand Kent vielversprechend. Doch insgesamt ließ seine Beurteilung kaum Hoffnung. »Wenn Sie mich fragen, so ist Genie das am schwersten geschädigte Kind, das ich je gesehen habe«, sagte er mir kürzlich. »Etwas Vergleichbares gab es auch nur annäherungsweise in keinem anderen Fall. Dies war mehrere Größenordnungen schlimmer. Sogar ein kürzlich von mir betreutes Kind – das trotz intakten Gehörs mit Gebärdensprache aufgezogen worden war und im Kreis eines Satanskults mit Mord- und Prostitutionsritualen und allem nur möglichen Dreck leben mußte – ist im Vergleich zu Genie normal zu nennen. Genies Leben war wie eine Wüste.«

Für Kent stellte sich die im weiteren auch für Susan Curtiss wichtige Frage, wie sich Genies Schädigung auf ihre emotionale und geistige Verfassung auswirkte. Da sie nicht sprechen konnte, waren ihre intellektuellen Fähigkeiten kaum zu testen. Doch etwas Gefühlsausdruck zeigte sich: Kent bemerkte ihre Furcht, als er eine Handpuppe aus dem Denver-Kasten hervorholte. Genie fuhr zusammen, riß ihm die Puppe aus der Hand und warf sie auf den Boden. Kent mimte große Besorgnis und sagte: »Wir müssen sie zurückholen.« Zu seinem Erstaunen wiederholte das Kind das Wort »back« (zurück) und gab ein schrilles, nervöses Lachen von sich. Kent fühlte sich ermutigt, mit ihr eine närrische Pantomime zu inszenieren: Er nahm die Puppe auf und ließ Genie wieder damit werfen, was sie mit einem Lachanfall tat. Sie hatte Spaß an dem Spiel und schnell begriffen, daß er die dazu passende Rolle übernahm.

Darüber hinaus kam wenig von ihr, und Kent berichtete 1972 in einem Symposiumsbeitrag, »abgesehen von dem eigenartigen Lachen« sei »Frustration das einzige klar erkennbare affektive Verhalten.« Ihre Frustration äußerte sich ebenso eigenartig. Sie zeigte eine finstere Miene, zerriß Papier, bekratzte Gegenstände mit ihren Fingernägeln. Wenn sie sehr wütend war, zerkratzte sie ihr Gesicht, schnaubte ihre Nase heftig in ihre Kleider aus und urinierte. Doch kein Laut ihrer Stimme war zu hören, und nie richtete sie ihre Wut nach außen gegen eine andere Person. Erst später fanden ihre Betreuer heraus, wie gewaltsam sie gezwungen worden war, jede Gefühlsregung zu unterdrücken.

Kent fragte sich immer wieder nach dem verborgenen seelischen Erbe des Kindes. Sie hat »Entzug erfahren, und man hatte sie weitgehend isoliert«, bemerkt er in seinem Symposiumsbeitrag, »aber sie hatte ja nicht in einem Dauerschlaf gelegen. Sie kam bereits mit einem Schatz von Erfahrungen, Erinnerungen und Erwartungen, die zwangsläufig ihre Reaktionen irgendwie färben und formen.«

Zunächst jedoch reagierte Genie fast gar nicht. Ihr gewöhnliches Betragen beschreibt Kent als »düstere Abgewandtheit«. Wenn sie sich nicht aus eigenem Antrieb an etwas beteiligte, ließ sie sich in der ihr eigentümlichen Häschenhaltung – mit angewinkelten Armen – durch ihre neue Welt treiben, spuckte in ihre Kleider oder in den Saum eines Vorhangs und schenkte dem Raum weit mehr Aufmerksamkeit als den Menschen darin. Sie schien nicht einmal zwischen den verschiedenen Besuchern zu unterscheiden. Einige Beobachter nannten sie »gespenstisch«.

9

In Kürze ein bewaffnetes Heerlager

Zu den ersten extern hinzugezogenen Spezialisten gehörte Jay Shurley. »Ich habe Jay zu uns eingeladen«, sagte mir Hansen, »und ihn vom Flughafen abgeholt. Ich erinnere mich noch, wie er aus der Maschine kam, dieser riesige Texaner. Es war auch ziemlich komisch. Er trug einen Cowboy-Hut und all so was.«

»Die Kosten der ersten Reise habe ich selbst getragen«, sagte kürzlich Shurley im Rückblick auf jene Zeit. »Ich verbrachte eine Woche mit Genie, in der ich sie medizinisch untersuchte. Dann entschied ich für mich, daß sie ein echter Fall war – daß sie das Äußerste an langzeitiger sozialer Isolation von allen Kindern erlitten hatte, deren Schicksal in der mir bekannten Literatur beschrieben ist.«

Shurley hatte die Masse seines Gepäcks auf dem Landweg kommen lassen – 270 Kilo an Geräten auf dem neuesten Stand der Technik zur Untersuchung der Gehirnaktivität. Bei jedem seiner drei ersten Besuche wurde Genie drei Nächte lang mit einer Vielzahl von Instrumenten verbunden, um ihre Gehirnströme während des Schlafes zu messen und nach Anomalien zu forschen, die auf eine abnormale Entwicklung des Gehirns deuten könnten. »Genie war die denkbar reichste Quelle für Informationen«, sagte er. »Mich interessierte das, da ich Grundlagenforschung betreibe. Da gab es alle möglichen Fragen, auf die ihr Fall vielleicht Licht werfen könnte. Naturalistische Fälle ausgeprägter Isolation sind nicht häufig – wenigstens nicht mit einer Aussetzungsdauer dieser Länge.«

Shurley hatte ein lebensgeschichtlich begründetes Interesse an der Frage der Isolation; er war unter ungewöhnlichen Umständen aufgewachsen, in einer hart ums Überleben ringenden texanischen Farmersfamilie. »Ich war ein schwarzes Schaf«, sagte er zu mir. »Alle in meiner Familie sind Rancher. Ich bin der erste, der studieren wollte.« Nach seinem medizinischen Abschlußexamen an der University of Texas in Galveston ging Shurley zur psychiatrischen Ausbildung nach Philadelphia an das Pennsylvania Hospital. Nach einer kurzen Tätigkeit in einer Privatpraxis in Austin (wo er eine Zeitlang der einzige klinische Psychiater von ganz Südtexas war) wurde er zum Militärdienst eingezogen und in San Antonio am Brooke Army Medical Center beschäftigt, wo er Sanitätsärzte, die mit den Truppen nach Korea gehen sollten, in psychiatrischen Hilfsleistungen unterwies.

Nach seinem Militärdienst ging er an das NIMH nach Bethesda als Leiter der Psychiatrischen Abteilung für Erwachsene. Sein offizieller Forschungsauftrag bezog sich auf Schizophrenie, und seine Faszination durch die Halluzinationen dieser Kranken führte ihn zu einigen im Lehrplan nicht vorgesehenen, umstrittenen Experimenten. Er widmete seine Freizeit der Mitwirkung an der Entwicklung von Warmwasserkabinen zur sensorischen Deprivation (einer möglichst vollkommenen Ausschaltung aller Sinnesreize), die schließlich ihren Weg von der Wissenschaft in die Parapsychologie machen sollten. In den späten fünfziger und frühen sechziger Jahren, zunächst am NIMH, dann in Oklahoma City am Krankenhaus der Kriegsopferfürsorge, benutzte Shurley die Behälter für Experimente an sich selbst, bis er in ihrem Null-Milieu im Wasser treibend die lebhaften Halluzinationen seines losgelösten Geistes erlebte. Einige dieser Traumzustände erinnerten ihn an Geschichten aus seiner Militärzeit – an die Berichte von Testpiloten, die mit den neuen Aufklärungsjägern so hoch aufstiegen, bis sie weder Wolken noch einen Horizont sahen und dann dem Schall der eigenen Maschine davonflogen. Die Luftwaffe bestritt, daß ihre Piloten während des Fluges halluzinierten, doch die Piloten selbst hatten einen Namen für den Punkt, an dem sie die Realität anscheinend hinter sich ließen und in einen Traumzustand gerieten – der »breakoff« (Abriß). Ähnliche Erscheinungen wurden von Soldaten berichtet, die einsam auf vorgeschobenem Posten an der Frühwarnlinie am 70. Breitengrad in Nordamerika standen oder aus Einzelhaft in nordkoreanischer Kriegsgefangenschaft zurückkehrten. Shurley begriff, daß, genau besehen, sein Erlebnis in den Warmwassertanks auf zwei Faktoren beruhte, die er gern auseinandergedröselt hätte. »Man kann die Isolation der Sinneswahrnehmungen nicht ohne eine soziale Isolation erzielen«, erklärte er. »Für ein vollentwickeltes, intaktes menschliches Wesen liegt die reichste Quelle sinnlicher Erfahrung in dem, was es von einem anderen Menschen aufnimmt.«

Um die Wirkungen sozialer Isolation unabhängig von der

sinnlichen zu studieren, begab sich Shurley dorthin, wo sich nur wenige Menschen aufhalten. Er befaßte sich mit Seeleuten auf kleinen Schiffen, und in den sechziger Jahren verbrachte er drei Sommer in der Antarktis und machte Aufzeichnungen über Stoffwechsel, Schlafrhythmus und psychosoziales Verhalten der Wissenschaftler und Arbeitsmannschaften, die für eine Aufenthaltsdauer von dreizehn Monaten von der National Science Foundation (Nationale Stiftung für die Wissenschaft) dorthin geschickt worden waren. Auf jenem Kontinent fühlte man sich ihm schließlich so verbunden, daß die Vermessungsingenieure vom National Geodetic Survey einen Berg im Pensacola-Gebirge den Namen »Shurley-Berg« gaben. Die Studenten der University of Oklahoma haben sein Hauptseminar umbenannt in »Der starre 20-Fuß-Blick in einem 10-Fuß-Raum«. Die Geräte, an die er Genie anschloß, waren noch mit den Frachtaufklebern vom Südpol versehen.

Von seinem ersten Besuch bei Genie ist Shurley erinnerlich, daß sie alles, auch die Menschen, als Gegenstand behandelte. »Hielt man ihr ein Spielzeug hin, streckte sie die Hand danach aus, um es anzufassen; sie hielt es in den Händen, streichelte es mit ihren Fingerspitzen, als ob sie ihren Augen nicht traute«, erzählte er mir. »Dann pflegte sie es an ihrer Wange zu reiben, um es zu fühlen. Nun, bei unserer ersten Begegnung, wurde sie auf mich aufmerksam, als ich neben ihrem Bett stand; ich hielt meine Hand hin, und sie streckte die ihre aus und nahm sie, dann befühlte sie sorgfältig meinen Daumen und jeden einzelnen meiner Finger und drückte schließlich meine Hand an ihre Wange.« Aufgrund seiner klinischen Erfahrung konnte er dieses seltsame Verhalten einordnen. »Sie agierte wie ein blindes Kind«, sagte er. »Sie konnte ihre taktilen und visuellen Wahrnehmungen nicht integrieren. Auch ihre Häschenhaltung beim Gehen – Hände voraus – gehört dazu. Wir nennen das »blindism« – ein Merkmal blinder Menschen. So verhält sich ein Mensch, der seinen Augen nicht zu trauen vermag.«

Shurley erschien noch rechtzeitig genug auf der Bildfläche, um einige von Genies allerersten Fortschritten mitzuerleben. »Als ich sie zum ersten Mal sah, hing rund um ihr Gesäß loses Fleisch herunter, dort wo die Öffnung des Töpfchenstuhls angelegen hatte. Es hatte die Schwärze eines Blutergusses. Das ist in keinem Dokument festgehalten, nur in meiner Erinnerung. Drei Wochen später war alles absorbiert, und die schwarze Färbung war einer gelben gewichen.« Als er nach zwei Monaten zurückkehrte, bemerkte er andere, weniger erfreuliche Veränderungen. »Aus dem total vernachlässigten, heimatlosen Kind zur Zeit meines ersten Besuchs«, erzählte er mir, »war eine Art Wanderpokal geworden. Man kämpfte darum, wer sie untersuchen würde und wie – und welche Richtung Behandlung und Forschung nehmen sollten. Man kann nicht alle Richtungen einschlagen. Es gab einige Anhaltspunkte, und nach meiner anfangs durchgeführten Schlafstudie überlegte ich, in welche Richtung ich gehen wollte. Der Spracherwerb gehörte zu meinen Interessengebieten, wenn er auch nicht an erster Stelle stand. Victoria Fromkin hatte ihr Interesse am kognitiven Bereich signalisiert; falls sich jedoch herausstellen sollte, daß Genie ein geistig zurückgebliebenes Kind war – genetisch bedingt oder infolge ihrer einseitigen Ernährung –, wäre sie kein geeigneter Fall für das Studium kognitiver Entwicklung gewesen. Eine kognitive Entwicklung wäre dann nicht möglich; zu einem Aufblühen würde es nicht kommen. Dieses Mädchen hatte nur von Brei und von Milch aus Baby-Flaschen gelebt.

Ich meinte, es ließe sich unschwer untersuchen, ob ihr Gehirn durch den Entzug vollwertiger Nahrung, gehaltvoller Information und sozialer Kontakte verkümmert war. Ich wollte wissen, wie sich das auf das Wachstum ihres Gehirns und, zum zweiten, auf ihre sich entwickelnde Persönlichkeit ausgewirkt haben könnte. Ich war mehr an den sozio-emotionalen als an den kognitiven Aspekten interessiert. Es war meiner Ansicht nach eine wirklich der Erforschung werte Frage, ob sie noch einmal an eine mütterliche Figur zu binden war. Ich hielt es für wichtig, sie mit einem Menschen in Kontakt zu bringen, mit dem sie eine Bindung herstellen konnte. Dies war ein Fall, der sich nicht würde wiederholen lassen. Es war wichtig, ihn gründlich und in der richtigen Weise auszubeuten – und ich meine ›ausbeuten‹ nicht im schlechten Sinne des Wortes.«

Einige von Shurleys Behandlungsvorschlägen erschienen neuartig, um nicht zu sagen extrem. Bei einer Besprechung zur Zeit seiner ersten Besuche regte er an, daß es für Genie gut sein könnte, wenn sie in eine reizarme Umgebung zurückversetzt würde, »ganz ähnlich jener, aus der sie aufgetaucht ist«, doch ohne alle Bestrafungen und Quälerei. Daraus sollte sie dann nach und nach herausgeführt werden, in einem exakter kontrollierten und protokollierten Vorgehen als in dem Holterdiepolter nach ihrer Entdeckung. Auf diese Weise, meinte Shurley, könnte ein etwaiges, durch die Plötzlichkeit ihres Hinaustretens in die Welt entstandenes Trauma noch korrigiert werden. Und natürlich würde man damit auch eine bessere Ausgangsposition für die wissenschaftliche Beobachtung schaffen. Die Idee beeindruckte Rigler, er fand sie originell und »bedenkenswert«, andererseits sorgte er sich, daß Genies »Auftauchen« schon zu weit fortgeschritten und eine Rückstufung menschlich nicht zumutbar sei. Er verwarf den Vorschlag.

Im Lauf seiner mehrmaligen Besuche sah Shurley seine Hoffnungen für die Forschung schwinden. »Es war, fast von Anfang an, eine von Machenschaften beherrschte Situation, ein mörderischer Krieg entstanden«, sagte er. »Das Childrens Hospital war in seiner Funktion allzu exponiert für ein Vorhaben, das eher der Ruhe und Stille bedurfte. Sehr schnell kam es zum Krach – zu diesem typischen Konflikt zwischen Arzt und Krankenhaus, zwischen Lehrerin, Schule, Psychiatrie und Psychologie. Sehr bald ging es zu wie in einem Heerlager.« Shurley schrieb diesen Zerfall dem Konkurrenzkampf um Einfluß und Ansehen in einer Klinik zu, die wegen der Nähe zum Prominentenviertel Los Angeles' von einem »Schickeria-Faktor« befallen sei. Die Angestellten im Krankenhaus selbst, die sich dessen Lage in einem wenig eleganten Stadtteil und seiner ärmeren Patientenschar bewußt waren, sahen das interne Ränkespiel mehr als Folge bürokratischer Borniertheit.

10

Wohlergehen

Genie selbst schien von diesen Kämpfen hinter den Kulissen nichts zu merken. Zum ersten Mal in ihrem Leben wurde sie fast genauso behandelt wie andere Kinder, und sie gedieh verhältnismäßig gut. Eine geistige und körperliche Entwicklung hatte bei ihr schon bald nach ihrer Aufnahme ins Krankenhaus eingesetzt. Am dritten Tag half sie bereits mit, sich selbst anzukleiden, und benutzte freiwillig die Toilette, obwohl ihre diesbezüglichen Schwierigkeiten noch andauern sollten. Nach zwei Wochen schien sie in der Lage, eine weitere Ausdehnung ihrer Welt zu verkraften, und wurde in das Rehabilitationszentrum des Childrens Hospital verlegt, einem vom Haupttrakt abgesonderten, einstöckigen Bau mit einem Hof und einer Spielschule. Dort konnte sie frei herumlaufen oder bloß beobachten, sie konnte sich an Spielen beteiligen und ebenso wie die viel jüngeren Patienten die Materialien für gestalterisches oder handwerkliches Tun benutzen. Während die anderen Kinder sich in kreativer Selbstdisziplin übten, lernte sie Freiheit erleben. Sie entdeckte, daß sie für Fallengelassenes, auch wenn etwas zerbrach, nicht zurechtgewiesen, gelegentlich sogar ermutigt wurde, die Aktion zu wiederholen. Ihre Reaktion auf diese Freizügigkeit beschrieb James Kent als die »ganz spontan und am regelmäßigsten wiederkehrende« ihrer affektiven Äußerungen.

»Sie verfiel schnell in eine rituelle Art des Spiels«, berichtete er in seinem Symposiumsreferat von 1972, »in dessen Verlauf sie schließlich ihr Spielzeug zu zerstören pflegte. Das zunächst mit diesen Episoden verbundene nervöse, angespannte Lachen wich allmählich einem unverkrampften, ansteckenden Lachen, bei dem sie sich bisweilen krümmte und Tränen in den Augen hatte. Oft begleitete sie ihre eigenen Aktionen mit Schreien wie ›Stop it‹ (Hör auf) – brach in ein Lachen aus und machte das gleiche noch einmal.« Trotz der Mißbilligung seitens einiger der Betreuer, die befürchteten, daß Genie bei soviel Nachgiebigkeit in ihrer Destruktivität zu weit gehen könnte (wie es eines Tages wohl auch geschah, als sie fröhlich auf ihre neue Brille sprang und sie dann aufs Dach warf), doch Kent sah ihr die kleinen Zerstörungsorgien nach, die er als »Versuche zur aktiven Bewältigung einstmals traumatischer Situationen« einschätzte.

Taten, die einem normalen Kind einen Klaps eingetragen hätten, wurden bei Genie als Zeichen der Gesundung und des Aufwachens gewertet. An einem der ersten Frühlingstage machte sie sehr zur Überraschung und zum Vergnügen ihrer Beobachter gegen ein in der Rehabilitationsklinik neu angekommenes Mädchen gerichtete Gesten, als wolle sie es schlagen. Früher hatte sie ihre Wut stets gegen sich selbst gerichtet. Susan Curtiss schreibt dazu in ihrer Dissertation: »Genie pflegte in wilde Wutanfälle auszubrechen, in deren Verlauf sie um sich schlug, kratzte, spuckte, ihre Nase ausschnaubte, heftig Gesicht und Haare mit ihrem Schleim einrieb, immer wieder versuchte, sich die Finger in die Augen zu stoßen oder auf andere Weise sich selbst Schmerz zuzufügen – alles, ohne einen Laut von sich zu geben. Unfähig, die eigene Stimme zu gebrauchen, pflegte Genie Gegenstände oder Teile ihres eigenen Körpers einzusetzen, um Geräusche zu machen und ihre Wut auszudrücken: einen Stuhl über den Fußboden zu schrubben, mit den Fingern einen Luftballon zu kratzen, Möbel umzustoßen, Dinge fortzuschleudern oder gegen andere zu schlagen, ihre Füße schlurren zu lassen. Das waren Genies Geräusche bei ihren klaglosen, stummen Anfällen. Wenn sie schließlich körperlich erschöpft war, schwand ihre Wut, und sie kehrte ebenso wortlos zu ihrem scheuen Verhalten zurück.«

Jetzt hatte Genie endlich etwas Wut nach außen, auf eine Quelle ihrer Frustration gerichtet. Sie ärgerte sich über das neue Mädchen, weil sie es in einem von der Wäscherei des Krankenhauses ausgegebenen Kleid sah, das sie früher selbst getragen hatte; der Vorfall war das erste Anzeichen, daß Genie ein Gefühl für ihr eigenes Selbst entwickelte.

Sie hatte bereits einen Sinn für eigenen Besitz gezeigt; sie hortete, was sie fand – Bücher, Pappbecher und alles, was aus Plastik war. Allmählich deutete sich an, daß sie ihre Besitzwünsche auf Menschen auszudehnen begann. Von Anfang an gehörten Spaziergänge auf dem Klinikgelände mit James Kent zu ihrem Tagesablauf, und an den meisten Tagen war damit auch eine Ausfahrt zu einem nahegelegenen Geschäft oder in einen Park verbunden. Sie schien James, ihrer Eigenart entsprechend, interessant zu finden und sich zu freuen, wenn sie ihn kommen sah, zeigte aber in keiner Weise, daß sie zwischen ihm und anderen einen Unterschied machte oder über seine Abwesenheit traurig war. Es dauerte einen Monat lang, bis ein flüchtiger Ausdruck ihres Gesichts andeutete, daß sie sein Gehen überhaupt bemerkte; schließlich, nach einem weiteren Monat, streckte sie eines Tages die Hand aus und ergriff die seine, um ihn zurückzuhalten. Seitdem pflegte sie ihn zu sich herunterzuziehen, damit er neben ihr sitzen bleibe, wenn es für ihn Zeit war zu gehen. Sie interessierte sich überhaupt nicht für die anderen Kinder; ihre Zuneigung galt Erwachsenen – vor allem Männern, die wie Shurley – und anders als ihr Vater – einen Bart trugen.

Sie freundete sich aber auch mit Frauen an – insbesondere mit Jean Butler (für die Kinder »Miss Butler«, was Genie zu »Mibbi« verkürzte), die im Auftrag der Schulbehörde von Los Angeles im Rahmen eines speziellen Unterrichtsprogramms an der Rehabilitationsklinik als Lehrerin tätig war. »Eine außergewöhnlich engagierte Lehrerin«, nannte Kent sie in einem Bericht, und Shurley hatte dem noch einiges hinzuzufügen. »Jean konnte sich mit Kindern auf Anhieb identifizieren«, sagte er, »das ging blitzartig«, und er untermalte das mit einem Fingerschnippen. »Sie war eine kinderlose Frau, die Kinder liebte. Sie konnte sich in sie einfühlen, sogar in jene, an die kaum heranzukommen war, auch in die sehr schwer behinderten – und es gab wirklich einige schwierige Fälle im Reha-Zentrum. Jean Butler war selbst als Kind krank gewesen und litt an Vaskulitis, einer Blutkrankheit, die sie als Schülerin oft für viele Monate zwang, dem Unterricht fernzubleiben. Das hatte sie Mitleid und Geduld gelehrt, und bei schwer gestörten Kindern vermochte sie wirklich ein äußerstes Maß an Geduld aufzubringen.«

Genie freundete sich auch mit dem Hausmeister der Klinik an und mit einigen der Köchinnen; und als eines Morgens ein Erdbeben Los Angeles erschütterte, suchte sie bei diesen Zuflucht. Sie rannte in die Küche und begann in einem solchen Wortschwall zu reden, daß eine der Köchinnen später sagte, ein einziger weiterer Erdstoß hätte genügt, und Genie hätte auf der Stelle normal sprechen können.

Tatsächlich war sie jetzt dabei, Sprache zu erwerben, wenn auch nicht mit einem Schlag. Ihr waches Interesse an ihrer neuen Umgebung trieb sie zu einer ständigen Suche nach den Namen der Dinge an. Sie führte den einen oder anderen ihrer Betreuer herum, nahm deren Finger, um damit auf Gegenstände zu zeigen oder diese zu berühren, damit man ihr die dazugehörigen Namen nannte. »Sie hungerte danach, die Wörter für all das Neue zu lernen, das ihre Sinne beschäftigte«, schrieb Susan Curtiss, »so daß sie draußen manchmal auf die ganze Umgebung deutete und frustriert und wütend wurde, wenn man nicht sofort den Gegenstand herausfand, der ihre Aufmerksamkeit erregte.«

Obwohl Genies Wortschatz wuchs, blieb ihr Sprechen auf wenige kurze Ausdrücke begrenzt; es wurde bald klar, daß sie mehr verstand, als sie selbst auszudrücken vermochte. Eines Tages im Mai fragte Jean Butler während einer Unterrichtsstunde in der Rehabilitationsklinik einen Jungen, der zwei Luftballons in der Hand hielt, wie viele er habe. »Drei«, sagte das Kind, und mit bestürzter Miene gab ihm Genie einen Ballon dazu, damit seine Antwort richtig wurde. Nun legte man ihr Intelligenztests vor, und sie machte beachtliche Fortschritte, in einigen Bereichen innerhalb weniger Monate die eines ganzen Lebensjahres. Ihre Fähigkeiten zeigten ein unausgewogenes Testprofil, wie Entwicklungspsychologen es nennen: In einigen Fertigkeiten – beispielsweise in der Abwicklung solch regelmäßig wiederkehrender Aufgaben wie sich zu waschen – stand sie, die 14jährige, auf der Stufe einer durchschnittlichen Neunjährigen; in anderen Bereichen wie etwa ihrer nahezu völligen Unfähigkeit, Nahrung zu kauen, war sie nicht weiter als ein Kleinkind. Innerhalb dieser Streuung rangierte ihre Sprachkompetenz am unteren Ende der Skala.

Immerhin übertraf sie die bisherigen Erwartungen, und im Mai begannen sich ihre Fortschritte plötzlich zu beschleunigen. Ihr Bemühen um Erweiterung ihres Wortschatzes wurde intensiver, und ihre spontanen (wenn auch weitgehend unzusammenhängenden) Sprachäußerungen traten häufiger auf. In ihren Bewegungen zeigte sie zunehmendes Selbstvertrauen, und sie begann sich aktiv an Spielen mit »Risiko« zu beteiligen. Sie wollte auf dem Rücken getragen oder wirbelnd im Kreis durch die Luft geschwungen werden. Mit schrillem Vergnügen reagierte sie darauf, wenn jemand so tat, als wolle er sie fallen lassen. »Die Veränderung gegenüber dem Kind, das bei seiner Aufnahme ins Krankenhaus vor jedem körperlichen Kontakt zurückwich, war beachtlich«, schrieb James Kent.

11

Eine Konferenz: »Ich geb' ihr nur 'n bißchen Liebe.«

In diesem Mai 1971 sollten auch Entscheidungen fallen; dann sollten nach den Vereinbarungen des NIMH-Vertrags die zur Beobachtung Genies hinzugezogenen Experten zusammenkommen, um über Genies Zukunft zu beraten. Mehrere eher informelle Konferenzen hatten bereits stattgefunden, aber diese war die offizielle, die spätere Grundlage der Entscheidungen über Therapie und Forschung und die Verwendung langfristig bewilligter Gelder. David Rigler und Howard Hansen verschickten die Einladungen; für die Teilnehmer wurden im Hollywood Plaza Hotel an der Vine Street Zimmer gebucht. Am ersten Abend – Sonntag, den 2. Mai – hatte Hansen alle zu einem gemütlichen Beisammensein in sein Haus gebeten. Damit war der unterhaltsame Teil auch schon vorbei, und am nächsten Morgen ging es im Sitzungssaal des Childrens Hospital hart zur Sache.

Kein Zweifel, das Wagnis war groß. Einsperrungsfälle wie der Genies (sogenannte »closet children«) und Wildlinge oder Wolfskinder (die als Kleinkind in der Wildnis ausgesetzt worden waren) sind in der Vergangenheit immer wieder einmal bekannt geworden und zu einem schon traditionellen Anlaß für eine sehr faßbare Form von Wissenschaft geworden – sichtbar, faßbar, schwierig, im nachhinein gewöhnlich auch fragwürdig.

Das erste »wilde« Kind, das die Aufmerksamkeit einer Form von moderner Wissenschaftsgesinnung erregte, war Victor, bekannt geworden als der Wolfsjunge aus dem Aveyron, ein bemitleidenswertes Geschöpf, das im Januar des Jahres 1800 im Languedoc in Südfrankreich entdeckt wurde, als es nackt bei der Hütte eines Gerbers herumstreunte. Der etwa Zwölfjährige war fast gänzlich verwildert und hatte wie ein einzelgängerisches Tier in den Wäldern gelebt und sich von Eicheln und gestohlenen Kartoffeln ernährt. Er konnte nicht sprechen; sein letzter menschlicher Kontakt scheint jener Unbekannte gewesen zu sein, der ihm die Kehle durchschnitt und ihn zum Sterben liegenließ, als er etwa zwei bis drei Jahre alt war. »Gerettet« brachte man ihn nach Paris zum »Institut National des Sourds-Muets« (Staatliche Anstalt für Taubstumme), wo er dann von einem jungen Arzt namens Jean Marc Gaspard Itard beobachtet, unterrichtet, gequält und geliebt wurde. Itards Laufbahn verlief derart vielseitig und fruchtbar, daß sie geradezu verschwenderisch wirkt; unter anderem hat man ihn den Vater der Kinderpsychologie und den Vater des speziellen Studiums der Hals-, Nasen- und Ohrenkrankheiten genannt. Victor wurde sein berühmtestes und zugleich ein überaus frustrierendes Forschungsobjekt.

Die emotionale Bindung zwischen dem ehrgeizigen Lehrer und seinem seltsamen Schüler geht aus Itards Aufzeichnungen hervor. Er spricht von seinen Gewissensbissen, als der von ihm ausgeübte Druck stille Tränen oder Schluchzen hervorrief; wir erfahren, wie er minutenlang in unbeweglicher Haltung sitzen blieb, während Victor vor ihm saß und zärtlich die Knie seines Lehrers streichelte und küßte. Gleichwohl konnte Itard nicht davon Abstand nehmen, die Zuneigung des Knaben als Mittel zu benutzen – er prüfte sein Vertrauen, indem er ihn mit einer Leidener Flasche (einer Art Batterie, die einen Elektroschock bewirken kann) terrorisierte, und er bestrafte ihn ungerechterweise während des Unterrichts, um seinen Sinn für Gerechtigkeit auf die Probe zu stellen. Victor wußte genug von Gerechtigkeit, um außer sich zu geraten, und Itard fand seine Wut erbaulich. Unter Itards aggressiver Anleitung (einmal hielt er den Knaben im fünften Stockwerk aus dem Fenster, um ihm durch den Schrecken die Widerspenstigkeit auszutreiben) machte Victor einige hart erarbeitete Fortschritte. Er lernte die Buchstabenfolge des französischen Wortes für Milch und nahm bei seinen Besuchen im Nachbarhaus die passenden Lettern aus dem metallenen Lehralphabet des Instituts mit, damit er »L-A-I-T« buchstabieren konnte, wenn er ein Glas davon trank. Sprechen lernte er jedoch nie.

Nichtsdestoweniger blieb Victors Fall nicht ohne Nachwirkungen. 1912 nannte die italienische Pädagogin Maria Montessori das Werk Itards »praktisch die ersten Versuche zu einer experimentellen Psychologie« und legte seine Erfahrungen mit Victor einigen ihrer Neuerungen zugrunde. Aus Metall geschnittene Buchstaben und Formen werden noch heute in Montessori-Schulen benutzt; es sind die Abkömmlinge der von Victor verwendeten. Auch noch in anderer Hinsicht ist die Welt dadurch eine andere geworden, daß Victor von solchen Leuten einer wissenschaftlichen Durchleuchtung unterzogen wurde, die etwas von Methodik und den Vorzügen objektiver Beobachtung verstanden. Trotz allem – Thierry Gineste, die derzeitige akademische Autorität, was den Fall dieses Wolfsjungen betrifft, und Verfasser des Buches *Victor de l'Aveyron: Dernier enfant sauvage, premier enfant fou*, vertritt in seinem Werk die These, das aus diesem Fall hervorgehende Wissen sei von begrenztem Nutzen, weil man zuwenig über die Vergangenheit und das Begabungspotential des Knaben erfahren habe. Letztlich bleibe er ein Rätsel.

Von den anderen im Laufe der letzten sieben Jahrhunderte entdeckten wilden Kindern sind über 50 Fälle dokumentiert. In diese Liste gehört: das hessische Wolfskind, das irische Schafskind, Kaspar Hauser, das erste litauische Bärenkind, Peter von Hannover, das zweite litauische Bärenkind und das dritte, das Bärenkind aus Karpfen, Tomko von Zips, das Salzburger Saumädchen; Clemens, das Schweinekind aus Overdyke; Dina Sanichar aus Sekandra, das indische Pantherkind, das Schneehuhn aus Justedal, das mauretanische Gazellenkind, das Affenkind aus Teheran, Lucas, das südafrikanische Paviankind, Edith aus Ohio. Im allgemeinen wurde die Untersuchung dieser Fälle durch zu große Emphase und einen Mangel an Methodik auf seiten derer beeinträchtigt, die aus dem Unglück solcher Kinder hätten Erkenntnisse gewinnen können. Als Genie auftauchte, existierte bereits eine traurige Folge verpaßter Gelegenheiten. »Wenn sich ein Experiment dieser Art ankündigt, entsteht große Aufregung und ein starker Druck«, bemerkte Jay Shurley mir gegenüber. »In solchen Situationen werden die Handlungen der Menschen mehr durch den Thalamus als vom Kortex bestimmt.«

Am ersten Tag der Konferenz im Childrens Hospital trug Shurley die Ergebnisse seiner Schlafstudien vor: Genies Gehirnstromwellen wiesen in großer Zahl sogenannte Schlafspindeln auf – Muster, die auf Entwicklungsstörungen deuten könnten. Die Beobachtungen anderer waren weniger technisch, eher subjektiv. Jean Butler berichtete, daß Genie an Feiertagen und Wochenenden häufig euphorisch sei, wenn sie die Rehabilitationsklinik in Begleitung von Betreuern zu Ausflügen verlassen dürfe; sie sage oft »nein«, ohne es zu meinen; Leute (»people«) nenne sie »peepa«, und »dert« bedeute »doctor«. Probleme durch Einnässen bestünden seit Weihnachten nicht mehr. Sie habe sich gefürchtet, als eines Tages einige Knaben mit Gewehren am Klassenzimmer vorbeigingen. Sie habe Angst vor großen Hunden und vor allen Männern in Khaki-Kleidung. Sie glaube, das Singen fände nur ihr zuliebe statt. Videobänder wurden gezeigt, auf denen Genie in der Klinik zu sehen war, und Rigler beschrieb eine Party, die man zur Feier ihres 14. Geburtstages veranstaltet hatte: Sie sei dermaßen überwältigt gewesen, und ihre Angst habe sich bei jedem Öffnen eines weiteren Geschenkpäckchens so gesteigert, daß sie schließlich den Raum verlassen mußte, um, in einer Ecke sitzend, Riglers Hand zu halten, bis sie sich beruhigte.

Der zweite Tag war »Besprechungen auf fachlicher Ebene« vorbehalten, was all jene ausschloß, die nur als Betreuer galten und wie Jean Butler und die Köchinnen der Klinik nur für den Montag eingeladen waren. (»So, Genie reagiert also positiv auf Ihre persönlichkeitsstützenden Initiativen?« fragte ein Wissenschaftler eine der Köchinnen. »Ich geb' ihr nur 'n bißchen Liebe«, war die Antwort.) Der Dienstag war also der Tag der Wissenschaftler; neben Shurley, Rigler, Hansen, Kent und Fromkin waren das ungefähr 15 weitere Psychologen und Neurologen aus allen Teilen des Landes. Bei ihrer Zusammenkunft war die Diskussion nicht allein durch die Protokolle des ersten Sitzungstages bestimmt, sondern ebensosehr durch ein Ereignis vom Vorabend.

12

Ein seelenloser Roboter?

Es gehört zu den vielbeachteten Merkwürdigkeiten in Genies Geschichte, daß der Zeitpunkt ihrer Entdeckung in Los Angeles mit der dortigen Premiere des François-Truffaut-Films *Der Wolfsjunge* zusammenfällt, der die Geschichte von Itard und Victor, »l'enfant sauvage de l'Aveyron«, erzählt. Zwischen den Zeitungsberichten über Genies Rettung auf Seite eins und den Kinoanzeigen im Unterhaltungsteil schien der Bezug zwischen Kunst und Leben wie abgesprochen.

»Haben Sie diesen Film schon gesehen?« schrieb Jean Butler im Januar an Jay Shurley. »Ich leider noch nicht ... Viele meiner Freunde haben ihn gesehen und sagen, es gebe so viele beeindruckende Ähnlichkeiten zwischen Victor und Genie ... Viele meinen, es sei ein entmutigender Film, aber alle stimmen darin überein, daß er Itards Fallstudie buchstabengetreu folgt ... Tatsächlich richtet sich Truffaut genau nach Itards Aufzeichnungen ... Der Film läuft während der nächsten zwölf Wochen in einem Kino ganz in der Nähe des Kinderkrankenhauses ... Das Kino gehört einem meiner Freunde ... Es werde ihm eine Ehre sein, sagt er, ihn meinen Freunden, die ihn noch nicht gesehen haben oder gern ein zweites Mal sehen würden, außerhalb der Vorstellungen einmal privat vorzuführen ... Ich werde Rigler und Hansen verständigen, damit sie etwas arrangieren.«

Jean Butlers Brief ist in seiner spontanen Begeisterung bemerkenswert, stammt er doch von einer Frau, in deren späterer Korrespondenz zum Thema »Genie« nüchterne Gekränktheit vorherrscht. »Sie werden zweifellos von unserem aufwühlenden Erlebnis gehört haben«, fuhr sie fort und setzte sechs Ausrufungszeichen dahinter. »Ich werde Ihnen von Genies Reaktionen berichten, wenn Sie hier sind ... Sie war verängstigt ... David Rigler ist dabei, die [im letzten Brief] erwähnten Probleme mit der Schulverwaltung zu regeln ... Das macht er mit so viel diplomatischem Geschick, daß wir ihn sicherlich eines Tages ans Außenministerium verlieren werden ...« Sie beendete den Brief mit: »PS: Behalten Sie Ihren Bart um der Wissenschaft willen«, und fügte als Zugabe vier weitere Ausrufungszeichen hinzu.

So gingen dann am 3. Mai, einem Montagnachmittag, um halb fünf, nachdem die Anhörungen über Genie beendet waren, die Mitglieder des Symposiums in die Los-Feliz-Lichtspiele zu einer privaten Vorführung von Truffauts Film.

»Der Eindruck auf die ganze Gruppe war enorm«, erinnerte sich Shurley. »Zunächst herrschte Schweigen. Es war sehr bewegend – keiner brachte ein Wort heraus. Als die Leute schließlich ihren Schock überwunden hatten, ging das Fragen los.« Und die Fragen hörten während des Abendessens nicht auf und reichten noch bis in die nächste Morgensitzung, aber wer da erwartet hätte, der Film werde unter seinen Betrachtern Eintracht fördern, irrte sich. »Es gab so viele Dinge, zu denen Meinungen vorgetragen wurden«, sagte Shurley. »Jeder von uns sah in dem Film nur, was ihm zur Bestätigung seiner persönlichen vorgefaßten Meinung diente.«

Die Vorurteile betrafen zwei Bereiche: Zu welchen wissenschaftlichen Offenbarungen war der Fall Genie am besten geeignet? Und welche Anforderungen konnte, aus ethischer Sicht, die Wissenschaft im Verlauf dieses Prozesses der »Offenbarung« an Genie stellen? In Shurleys handschriftlichen Notizen von der Dienstagssitzung steht der Satz: »Rigler sprach am zweiten Tag über Beschränkungen, die Gesetz und Moral der Forschung auferlegen.« Nach der Betrachtung des Films schienen sich alle stärker als zuvor mit moralischen Bedenken zu tragen.

»Ich vertrat den Standpunkt – und einige der anderen stimmten mir zu –, daß die Bedürfnisse des Mädchens nach therapeutischer Hilfe Vorrang haben müßten und alles, was die Wissenschaft durch Genie gewinnen könnte, erst an zweiter Stelle und nur im Zusammenhang mit ihrer Therapie zu erwägen sei«, sagte mir Shurley. »Andere sagten, daß dies eine für die Wissenschaft zu wichtige Gelegenheit sei und deshalb die Interessen der Forschung obenan stehen müßten.«

Drei Monate nach der Konferenz formulierte Rigler in einem Brief an Jean Butler auf elegante Weise die Wechselbeziehung zwischen diesen beiden Themen: »Die Rechtfertigung für die Bewilligung dieser NIMH-Mittel lag in der wissenschaftlichen Bedeutung der Erforschung des Kindes, die wiederum wesentlich auf seiner erfolgreichen Rehabilitation beruht. Die Entwicklungstheorien besagen, daß es für Kinder grundlegende Erfahrungen gibt, die für ein normales physisches und psychisches Wachstum notwendig sind. Wenn diesem Kind geholfen werden kann, sich kognitiv, sprachlich, sozial und in anderen Bereichen zu entwikkeln, so werden sich daraus nützliche Erkenntnisse über die entscheidende Rolle der frühen Erfahrung ergeben – Erkenntnisse, die anderen unter Deprivationen leidenden Kindern zugute kommen könnten. Der Erfolg der Bemühungen um seine Rehabilitation liegt im ureigensten Interesse der Forschung. Deren Ziele und Genies Wohlergehen und zukünftiges Glück sind eins. Wenn umgekehrt unsere Forschungsmethoden die Entwicklung [Genies] behindern sollten, würden sie damit ihren eigenen Zweck verfehlen.«

In Shurleys Erinnerung an die Konferenz wurde die Wissenschaft bereits zu einer Behinderung im eben genannten Sinne. »Dr. Rigler und andere sprachen sich zugunsten eines Vorrangs der Forschung aus – selbstverständlich im Rahmen ethischen Verantwortungsgefühls«, sagte er mir.

Die Konferenz endete in einem Zustand, den einer ihrer Teilnehmer als »einen beträchtlichen Grad an Verwirrung« beschrieb. Rigler blieb die Aufgabe, all die Diskussionsbeiträge zu verarbeiten und den letztgültigen Bedingungen gemäß, unter denen die NIMH-Mittel gewährt wurden, zu entscheiden, welche Arbeiten damit finanziert werden sollten und wer sie ausführen sollte. Vielleicht hatte er mehr gute Ratschläge erhalten, als er sich erhofft hatte. »Er sah aus wie ein Durstiger, der um einen Schluck Wasser bittet und einen Feuerwehrschlauch in die Hand gedrückt bekommt«, erinnerte sich Shurley. Nach der Konferenz dankten Rigler und Hansen den Teilnehmern in einem Brief für den »bereichernden Gedankenaustausch« und baten um Stellungnahmen zum Verlauf der Veranstaltung.

Die ließen nicht lange auf sich warten, und einige waren in warnendem Ton gehalten. David Elkind, Professor der Psychologie an der University of Rochester, schrieb: »Obwohl Spracherwerb nicht mein Arbeitsgebiet ist, möchte ich hier den Worten der Vorsicht, die ich bereits auf der Konferenz geäußert habe, Nachdruck verleihen. Es könnte schädlich sein, wenn allzu großes Gewicht auf den Spracherwerb gelegt wird und sich bei dem Kind das Gefühl einstellte, daß Liebe, Zuwendung und Akzeptanz hauptsächlich von seinen sprachlichen Leistungen abhängen.«

David A. Freedman, ein Professor der Psychiatrie am Baylor College of Medicine in Houston, gab zu bedenken, daß der Spracherwerb abhängig sein könnte von dem, was Elkind und die erwähnte Köchin »Liebe« genannt hatten. Er war hocherfreut über Genies offenkundige Fortschritte, wie sie sich auf den Videoaufzeichnungen darstellten, und konstatierte eine »sehr dramatische ... Entwicklung von totaler Apathie über ein von Mattigkeit geprägtes, erbarmungswürdiges Erscheinungsbild zu dem eines bisweilen lebhaften und beteiligten kleinen Mädchens, eine Veränderung, die auch in einem guten Verhältnis zum zeitlichen Ablauf zu stehen scheint«. Doch seine klinische Erfahrung mit anderen unglücklichen Kindern hatte ihn gelehrt, vorsichtig zu sein angesichts des Oberflächenglanzes, mit dem Videobänder und zu großer Optimismus solche Fälle überstrahlen können. Vordergründiges vermochte ihn nicht zu überzeugen. Sein abwartender Blick war auf ein »Auftauen« im Zentrum gerichtet, und ein Besuch bei Genie hatte ihn beunruhigt:

Als ich ankam, war sie gerade beim Frühstück. Obwohl sie mit zwei anderen Kindern an einem Tisch saß, die

in recht typischer kindlicher Manier miteinander redeten und spielten, nahm sie keinerlei Anteil. Es ist schwer, das Gefühl in Worte zu fassen, das ich angesichts ihres Verhaltens hatte. Ich glaube, es wäre nicht zutreffend zu sagen, daß sie die beiden absichtlich nicht beachtete oder ablehnte. Eher schien es mir, daß sie für sie nicht mehr waren als die Wände und Möbel des Raumes … Es stellt sich die Frage, wie man diesem Kind zu der Fähigkeit verhelfen kann, sich sowohl seiner selbst wie anderer Menschen bewußt zu sein, sich für die anderen zu interessieren und ein Bedürfnis nach ihnen zu empfinden. Falls dieses Ziel erreicht werden kann, hätte sie nach meinen Erfahrungen die Aussicht, einmal ein relativ normales Leben zu führen; falls nicht, wird sie ein seelenloser Roboter bleiben. Meine Erfahrung sagt mir auch, daß es, um dieses Ziel zu erreichen, notwendig ist, daß Genie eine besonders enge Beziehung zu einer bestimmten Person herstellt, deren Sorge für sie mit einem guten Maß an körperlichem Wohlgefühl einhergeht. Ich meine etwas, das dem entspricht, was eine gute Mutter ganz von selbst und unbewußt ihrem Kind gibt, wenn sie es badet, füttert und windelt. Natürlich wird das mit einer 14jährigen nicht so leicht sein. Dennoch sehe ich ein notwendiges Vorstadium jeder weiteren wirksamen Erziehung darin, daß sie eine intensive, verläßliche Bindung an eine einzige Person entwickelt, so daß sie dann interessiert sein würde, sich sowohl mit dieser zu identifizieren als auch ihr zu gefallen …
Ohne die Herstellung einer solchen Bindung mit allem, was dazu gehört, auch bezogen auf Genies Bedürfnis, diese nach eigenen besten Kräften aufrechtzuerhalten, bezweifle ich, daß sie dafür gerüstet sein wird, irgendwelche erworbenen Fähigkeiten zu integrieren. Ich glaube, daß uns allen etwas dieser Art vorschwebte, als

wir uns darüber einig waren, daß es nicht ratsam sei anzustreben, Genie im Sprechen zu trainieren ... Meiner Ansicht nach sollte es eine einzige Person sein, die sie badet, ankleidet, zur Toilette führt, massiert, küßt, in den Arm nimmt und mit ihr schmust. Es sollten auch andere Leute um sie herum sein, aber in einer deutlich nachgeordneten Rolle. Aus einer solchen intensiven Beziehung sollte sie zu einem Bewußtsein ihrer selbst wie eines jeden, der sich für sie interessiert, erwachen. Eine solche Wahrnehmungsfähigkeit scheint mir, um es zu wiederholen, der notwendige erste Schritt in ihrer Erziehung zu sein.

Später in jenem Sommer traf Rigler seine Entscheidung über die Verteilung der Geldmittel, und an erster Stelle stand dabei das Interesse am Spracherwerb – weniger ein Sprachunterricht als vielmehr die Beobachtung Genies bei ihrem Versuch, sich Sprache anzueignen. Die Hauptbegünstigte war eine Wissenschaftlerin, die Shurley während der Konferenz im Mai kaum beachtet hatte. »Es war eine Überraschung für mich, daß Victoria Fromkin eine größere Forschungsaufgabe übernehmen würde«, sagte mir Shurley. »Doch Rigler hielt eine linguistische Studie für eine gute Idee.«

Shurley war sich vollauf bewußt, warum die für den Fall richtungweisende Entscheidung zu einer komplizierten Aufgabe werden könnte. »Als wir erstmals mit diesem Kind konfrontiert waren, wußten wir nicht, welche Fragen wir ihm stellen sollten«, sagte er mir. »Genie war in jeder Hinsicht ein hervorragendes Beispiel für einen bestimmten Vorgang: Wenn man vor der Natur steht – vor der unverstellten menschlichen Natur –, stolpert man ratlos herum und bringt schließlich ein oder zwei Fragen heraus. Die Fragen haben ihren Ursprung in der Kultur, der man angehört. Victor, das Wolfskind aus dem Aveyron, trat ans Licht, als die für die Epoche der Aufklärung typischen Fragen in der Luft lagen, und sie wurden an ihn gerichtet. Doch er beantwortete sie nicht. Nur wenn man die richtigen Fragen stellt – das heißt, wenn es die der Sache angemessenen Fragen sind –, dringt man zum Wesentlichen vor und kann lesen, was von jeher dort geschrieben stand.«

II

VORBOTEN

13

Trotz der Betroffenheit, die Truffauts Film bei Shurley und den übrigen Konferenzteilnehmern auslöste, hätte doch niemand von denen, die da in dem ansonsten leeren Saal der Los-Feliz-Lichtspiele saßen, sich vorstellen können, wie ausgeprägt die Parallelen zwischen den beiden so weit auseinanderliegenden Fällen waren – des zur Zeit der Französischen Revolution in den Wäldern ausgesetzten Knaben und des im Amerika des 20. Jahrhunderts im Schlafzimmer eines Vororthauses eingesperrten Mädchens – und wie unabweislich diese Gemeinsamkeiten zum Vorschein kommen würden. Schon dadurch, daß sich die Teilnehmer der Konferenz den Spielfilm anschauten, stellte die Gruppe den derzeitigen Fall mit dem auf der Leinwand gezeigten in eine Reihe: Im Jahr 1800 hatten die Wissenschaftler, die über das Schicksal des Wolfsjungen zu entscheiden hatten, gleichfalls in der Welt der populären Kunst Rat gesucht und sich ein Theaterstück über ein fiktives *enfant sauvage* angesehen, von dem damals ganz Paris sprach. Das Melodram hatte den Titel »Das Waldkind«, und Victor wurde nach dessen Hauptfigur benannt.

Genau wie Genie schien Victor zum Zeitpunkt seiner Entdeckung gegen Hitze wie Kälte unempfindlich zu sein: Er holte mit bloßen Händen Kartoffeln aus dem Feuer und tanzte nackt im Schnee herum. (Auch später, nachdem Itard Victors erstes Niesen bewundernd als Zeichen einer Annäherung des Jungen an eine gewisse Empfindsamkeit gedeutet hatte, lief Victor spärlich bekleidet in die Gärten des »Institut National des Sourds-Muets« hinaus, um die Wonnen des

Neuschnees zu genießen.) Wie Genie schien er keinen Unterschied zu machen zwischen dem, was besser durch den Tastsinn und was schon mit den Augen zu erkennen ist; er litt, wie einer der mit ihm befaßten Wissenschaftler es ausdrückte, an einer »Dissonanz von Gesicht und Gefühl«. Genau wie Genie war auch er blind dafür, daß es außer ihm selbst noch andere Menschen gab. (»Es betrübt mich zu sehen, daß der Naturmensch so egoistisch ist«, schrieb J.-J. Virèy, einer der ersten Beobachter Victors.) Genau wie bei Genie eineinhalb Jahrhunderte später, schien sich auch bei Victor der Egoismus, zumindest oberflächlich, allmählich aufzulösen. Wie für Genie im Rehabilitationszentrum wurde auch für Victor das Tischdecken zur Lieblingsbeschäftigung. Als er eines Tages das Gedeck des kürzlich verstorbenen Gatten seiner liebevollen Betreuerin Madame Guérin aufgelegt hatte, zeigte er Verwunderung angesichts ihrer Tränen; es war seine erste Begegnung mit menschlicher Trauer. Er legte das Platzdeckchen in den Schrank zurück und holte es nie wieder heraus.

Genau wie Genies Entdeckung bedeutete die Victors eine Sensation, wenn auch von weitaus größeren Dimensionen. Als er aus Rodez, der Hauptstadt seines Departements, nach Paris kam – die Reise mit der Kutsche hatte eine Woche gedauert, wobei der Junge an einer Leine gehalten wurde –, löste seine Ankunft dort einen öffentlichen Aufruhr aus. In der Menge, die sich um das Institut versammelte, machte das Gerücht die Runde, er sei der seit langem vermißte Louis XVII, der angeblich, gleichsam das Schicksal der Zarentochter Anastasia vorwegnehmend, die Hinrichtung seiner königlichen Eltern durch die Flucht in die Wälder überlebt hatte; allerdings schien das Alter des Findlings nicht zu passen. Ein neues Theaterstück lief dem »Waldkind« in der Publikumsgunst den Rang ab; es war eine Vaudeville-Nummer, die speziell über den »wilden Jungen« geschrieben worden war und den Titel »Der Wilde aus dem Aveyron oder

Auf nichts ist Verlaß« trug. Auf der altehrwürdigen Rue Saint-Jacques und ihrer gewundenen Nebenstraße, der Rue de l'Abbé de l'Épée, schlugen die Buchmacher ihre Stände auf und nahmen Wetten an, ob der Junge jemals sprechen lernen würde, ob er je zivilisiert werden könne. In den Zeitungen wurden die Wettquoten abgedruckt. Itard schirmte Victor vor den zudringlichsten Aufmerksamkeiten ab, begleitete ihn aber später als Anstandsperson in die gefahrvollen Untiefen der Pariser Gesellschaft. Als die beiden einer Einladung bei Madame Récamier folgten, der hinreißenden jungen Dame, deren Bekanntheit in der Hauptstadt einer gesellschaftlichen Seligsprechung gleichkam, verließ Victor während des Diners die Tafel, rannte auf den Hof, riß sich die Kleider herunter und kletterte auf einen Baum; er wurde nicht wieder eingeladen. Bei einer anderen Gelegenheit traf er den Marquis de Sade – eine Begegnung, die in der offiziellen Chronik des Instituts als »vraiment un rendez-vous manqué« bezeichnet wird.

Das öffentliche Interesse an Victor war nicht nur durch die Lust am Elend, am Außergewöhnlichen geprägt. Wenn heutzutage mißbrauchte oder vernachlässigte Kinder unsere Aufmerksamkeit erregen, liegt es gewöhnlich daran, daß wir sie als beunruhigende, wenn auch symptomatische Ausnahmen von der geltenden Ordnung unserer Gesellschaft betrachten. Im Frankreich des Jahres 1800 wurde kein geordneter Zustand vorausgesetzt, dafür hatten der Wohlfahrtsausschuß und die Zeit der Schreckensherrschaft zur Genüge gesorgt. Selbst in der geltenden Ordnung früherer, ruhigerer Zeiten erfreuten sich Kinder nicht ihres heutigen umsorgten Status. Zwar hatte sich durch die Aufklärung die Vorstellung vom Wert des Individuums auch auf das einzelne Kind ausgedehnt, doch auf eine eher widerstrebende Weise, und der Ausweg, die unerwünschten Kinder zum Sterben in den Wald zu schicken, war nicht unbekannt und wurde auch nicht mit völligem Entsetzen aufgenommen. Der Knabe, den man

nackt auf der Türschwelle des Gerbers fand, interessierte die
Bürger seines Landes nicht deshalb, weil die Schrecknisse
seiner Lebensgeschichte ihre edleren Gefühle anrührte, sondern weil die Aufklärung und die Zeit des Terrors bestimmte
Fragen aufgeworfen hatten, die der Knabe möglicherweise
beantworten konnte – Fragen hinsichtlich der Natur des
Menschen. In einem Zeitalter wie dem unseren, in dem es
keine Verbindungen mehr zwischen Philosophie und Mas-
senkultur gibt, mutet es seltsam an, daß die Wett-Tabellen in
den Pariser Journalen eine Art Volksentscheid über die Ideen
von Montaigne, Rousseau, Descartes, Condillac und Locke
darstellten.

Von ihren allgemeineren Folgen einmal abgesehen,
schien sich die Revolution auf Victors Fall durchaus vorteil-
haft ausgewirkt zu haben. Vor allem war es ein Glück, daß
sie rechtzeitig endete, so daß den Fragen der Wissenschaft
ein gesteigertes Interesse zuteil werden konnte. Während
des vorangegangenen Jahrzehnts war Paris keine glückliche
Heimstatt für Wissenschaftler (zweifellos nicht nur für diese)
gewesen. Unabhängiges Denken hatte als fast ebenso sub-
versiv gegolten wie priesterliche Frömmigkeit. Die »Gesellschaft der Beobachter des Menschen«, die anthropologische
Organisation, die die Erforschung Victors in Gang setzte, war
zum Zeitpunkt seiner Entdeckung erst einen Monat alt. Zehn
Jahre zuvor war die Institution, in der er später leben sollte,
unter Hinzufügung des Wortes »national« durch die Revolu-
tionsregierung sanktioniert und seither staatlicherseits finanziert worden. Bevor es dieser Schule gelungen war, Taubstumme die Zeichensprache zu lehren, hatte man diese als
Untermenschen betrachtet und im Fegefeuer des Bicêtre-
Asyls zusammen mit Kriminellen, Epileptikern und Geistes-
kranken weggeschlossen. In den Augen der neuen Regierung stellte die Kommunikationsfähigkeit der Stummen eine
symbolische Auferstehung, ein beispielhaftes Versprechen
für Sprachlose und nicht Stimmfähige aller Art dar.

Anstatt des üblichen Polizisten hatte die Regierung einen Arzt an die Spitze des Bicêtre gestellt, Philippe Pinel, der später als Vater der Psychiatrie bekannt wurde. Wie Abbé Sicard, der Direktor des Institut National, spielte Pinel eine wesentliche Rolle bei Victors Erziehung; diese beiden erklärten ihn für unrettbar, für einen »prétendu sauvage« (vorgeblichen Wilden), jedoch einen echten Schwachsinnigen, dem nicht zu helfen sei. Nach dieser harten Abweisung schmachtete der Knabe monatelang in einer Vorhölle der Vernachlässigung, bis Itard, der die Meinung seines Mentors Sicard nicht teilte, die Aufgabe übernahm, Victors potentielle Fähigkeiten zu beweisen.

Itard war angesichts des Schauspiels der Revolution zu widersprüchlichen Erkenntnissen gelangt. Während die Verrückten im Bicêtre zu menschlichen Wesen aufstiegen, versank zugleich die Menschheit insgesamt willentlich in Verrücktheit. Dies gleichzeitige Geschehen erschien Itard wie ein Prinzip, das seither zu einer der Grundannahmen seines Berufsstandes geworden ist – daß nämlich die Psychologie der Monstrosität und die Psychologie der Normalität enge Verbündete seien, nur durch eine hauchdünne Linie voneinander getrennt. Auf diese Vorstellung stößt man überall in unserem Kulturkreis. Wenn wir in den Taten eines Joel Steinberg und einer Hedda Nussbaum unser eigenes verzerrtes Spiegelbild erkennen, dann folgen wir dieser Sichtweise. Hinsichtlich ihrer intellektuellen Herkunft hatte die Prozession der Gaffer, die im November 1970 an Genies Elternhaus vorbeiparadierte, ihren Ursprung in der Umgebung des Bicêtre und der ummauerten Gärten des »Institut National des Sourds-Muets« zur Zeit der Französischen Revolution. Auch in anderer Hinsicht wurde Genie von unserem Zeitalter erwartet.

Wie die Bronze bildet die Wissenschaft in Frankreich ein nützliches Amalgam zweier etwas weicherer Elemente. Descartes stellte die Grundsätze der wissenschaftlichen

Methode auf, indem er sie rigoros im Fundament der logischen Schlüsse verankerte; er traute den körperlichen Sinneswahrnehmungen in der gleichen Weise, wie ein Beduine dem silbrigen Schimmer des Sandes am Horizont vertraut. Hundert Jahre später kam der Philosoph Étienne Bonnot de Condillac zu einem etwas erweiterten Verständnis der Sinneserfahrung. Unter Berufung auf den Empirismus John Lockes behauptete Condillac, daß unser Geist bei unserer Geburt einer leeren Schiefertafel gleiche und ausschließlich von unseren Lebensumständen geprägt werde. Die Welt lebte in Descartes; Condillac lebte in der Welt.

Ihr Streit lebt weiter in den heutigen Meinungsverschiedenheiten über kindliche Entwicklungsprozesse. Würde ein erfolgreicher Spracherwerb Genies von ihren angeborenen Fähigkeiten abhängen oder von der Fähigkeit der Welt, sie durch Belehrung zu verändern und zu bilden? Und wem würde man im Falle eines Mißerfolgs die Schuld zuweisen – ihrer biologischen Uhr oder den verheerenden Auswirkungen ihrer Erfahrungen in der frühen Kindheit? Descartes und Condillac liegen sich immer noch gern in den Haaren.

Glücklicherweise gewann Condillacs Empirismus im Frankreich des späten 18. Jahrhunderts an Bedeutung – ganz in Übereinstimmung mit einem Zeitalter, das Experimente und Forschungsreisen liebte. Ein Großteil der wissenschaftlichen Bemühungen des 18. Jahrhunderts richtete sich auf die physischen Unterschiede zwischen Mensch und Tier. Man war lange der Meinung gewesen, das angeborene physiologische Charakteristikum des Menschen sei das Gesäß, vielleicht auch die Wade – oder doch der aufrechte Gang, dem beide ihre Existenz verdanken. Aber als die europäischen Forschungsreisenden schließlich bis nach Borneo vordrangen und dort auf aufrecht gehende und mit eindrucksvollen Hinterteilen ausgestattete Orang-Utans trafen, war dieses Unterscheidungsmerkmal nicht länger haltbar.

(Aus irgendeinem Grunde war es kein Trost, daß Menschen als einzige Schiffe bauten und Seereisen unternahmen. Wären die Orang-Utans, aufrechten Ganges, an der französischen Küste ihren Schiffen entstiegen, hätte diese Verwandtschaft doch wohl mehr Anlaß zur Sorge geben müssen.) Das Erzeugen von Sprachlauten war ein weiteres vielversprechendes Kriterium, allerdings konnten das auch Elstern recht gut, Papageien aus der Neuen Welt sogar ausgezeichnet. Und die Fähigkeit, Gefühle auszudrücken, zeigte jedes verhätschelte Schoßtier.

Der Grenzverlauf zwischen Mensch und Tier war so heftig umkämpft, daß die merkwürdigsten Vorstöße von beiden feindlichen Parteien gemacht wurden. Von diesen Grenzdurchbrüchen läßt sich lernen. Im 16. Jahrhundert, als die Menschheit noch die eine Menschheit war, als Tiere nichts als Tiere waren und Gott noch den Unterschied zwischen beiden kannte, kam die Frage auf, ob denn die Indianer, die Kolumbus im Westen entdeckt hatte, mit zur Familie gehörten. Erst durch die päpstliche Bulle von 1537 wurden sie endgültig zu menschlichen Wesen erklärt und damit der Bekehrung zum Christentum für wert gehalten. Zweihundert Jahre später waren Wolfskinder immer noch ähnlich entrechtet – Linné führte sie in seinem *Systema Naturae* als eine Gattung für sich auf: *Homo ferus*. Unterdessen wurde die mögliche Menschlichkeit des Orang-Utans so ernstlich in Betracht gezogen, daß Wissenschaftler des 18. Jahrhunderts den Vorschlag machten, einen davon mit einer Prostituierten zu paaren, um herauszufinden, welche Nachkommenschaft dabei entstünde.

Zweifellos war ein klärendes Ereignis fällig. Die Wissenschaftler zur Zeit Condillacs suchten, wie die naturwissenschaftlichen Anthropologen einer späteren Zeit, das »missing link«, die fehlende Übergangsform – in diesem Fall jedoch ein Lebewesen, einen Jemand oder ein Etwas, der oder das mitten auf der Grenzlinie zwischen den Arten

stand. Ihrem orthodoxen Denken gemäß mußte dies entweder ein sprechender Menschenaffe oder ein Mensch sein,
der ohne Kontakt zu Menschen, wie ein wildes Tier, aufgewachsen war.

14

... und vergessen

Noch bevor Victor nach Paris
kam, hatte er einigen der gehätschelten Theorien den Boden
entzogen. Zum Entsetzen der Verfechter des aufrechten
Gangs als Charakteristikum des Menschen wurde bei einem
seiner zahlreichen Fluchtversuche beobachtet, wie er dicht
am Boden, auf allen vieren galoppierend wie ein Tier davonlief. J.-J. Virey konnte keinerlei Zeichen sonstiger »angebo-
rener« menschlicher Züge feststellen: »Ist unser junger
Aveyronner zu Mitleid fähig?« fragte er. »Ich persönlich
wage anzunehmen, daß dieser junge Mensch, könnte er sich
für etwas außerhalb seiner selbst interessieren, dazu neigen
würde, Mitgefühl zu zeigen, wie Kinder es normalerweise
tun.« Genau wie Genie hortete Victor Dinge, die ihm etwas
bedeuteten, und weigerte sich, etwas davon abzugeben. Wie
Genie erwärmte er sich nur langsam für Erwachsene und
überhaupt nicht für andere Kinder. Nachdem der Junge die
aufrechte Haltung und das Mitgefühl als kennzeichnende
Kriterien seines Menschseins widerlegt hatte, wurde er, wie
Genie, zum Bewahrer eines größeren Geheimnisses auserko-
ren – eines Geheimnisses tief im Inneren der Textur.

Montaigne sagte in einem Essay von 1580: »Ich glaube,
daß ein in völliger Einsamkeit, fern allen menschlichen Um-

gangs aufgewachsenes Kind (ein Experiment, dessen Durchführung schwierig wäre) irgendeine Art von Sprache hätte, um seine Vorstellungen auszudrücken«, und damit deutete er an, daß es noch immer um das gleiche ungelöste Rätsel ging wie bei Psammetich: Welche Sprache würde solch ein Kind sprechen? Die Aufklärung drehte und wendete die Frage, bis weitere spitzfindige Überlegungen zutage kamen: Stammt unsere natürliche Sprache aus der Seele, der Gesellschaft oder dem Verstand? Führten die Gedanken zur Sprache und die Sprache zur Gesellschaft? Andere drehten die Reihenfolge um: Das Gesellschaftliche sei unser angeborenes Charakteristikum, sagten sie; dies ermögliche erst die Sprache und diese wiederum das Denken. Also war das Waldkind nicht in der Lage zu denken? War es möglich, mit etwas anderem als der Sprache zu denken? War es unmöglich, ohne sie zu denken? Oder war das Denken an sich die notwendige Vorbedingung für alles andere? Die Fragen überdauerten die Epoche. Am Ende des 19. Jahrhunderts war der deutsche Philologe Heymann Steinthal zu dem Schluß gekommen, daß die Sprache nicht allein für die Kommunikation gedacht war. »Sprache ist Selbstbewußtheit«, sagte er. »Das heißt, sich selbst so zu verstehen, wie man von einem anderen verstanden wird. Sich selbst verstehen: Das ist der Anfang der Sprache.«

Für Victor verkürzte sich dies auf eine Alles-oder-Nichts-Gleichung: Egal ob er nun kroch oder krabbelte, für menschlich würden ihn die Menschen erst halten, sofern er sprechen konnte. Die Gleichung sah für Jean Marc Gaspard Itard anders, aber kaum weniger schlüssig aus. Falls er den Knaben aus seiner rohen Wildheit erlösen könnte, dann würde er damit den »konkreten Beweis«, wie er es nannte, für Condillacs Theorien antreten. Er würde demonstrieren, daß der Mensch von Natur nichts mitbringt und Erziehung alles sei.

Für den jungen Lehrer und seinen jungen Schützling waren jedoch die Anfänge der Sprache schwierig auszumachen. In den zugigen Wohnungen des »Institut National« quälten sich die beiden zwei Jahre lang miteinander durch verschiedene rigide Lehransätze, bevor Itard schließlich ein System entwickelte, das einigen Erfolg verhieß. Er übte mit dem Jungen, bestimmte niedergeschriebene Wörter zu erkennen und diese Wörter mit einzelnen Dingen zu verbinden – zum Beispiel das Wort *chaussure* mit einem bestimmten Schuh. Dies führte zu einem Spiel – einer Kombination von Lesekärtchen und Versteckenspielen –, bei dem Itard ein Wort aufschrieb und Victor dann in den Räumen herumlief, bis er das Entsprechende gefunden hatte. Danach führte Itard das Spiel einen Schritt weiter, indem er Victor den speziellen Schuh fortnahm und ihn andere suchen ließ, wodurch er ihn zwang, eine verallgemeinerte Vorstellung von der Bedeutung des Wortes zu entwickeln. Eine Zeitlang wuchs Victors Verständnis rasant. Er lernte nicht nur, ein Objekt zu finden, wenn ihm die geschriebene Bezeichnung gezeigt wurde, sondern auch, dieses Wort selbst hinzuschreiben, wenn ihm das Objekt gezeigt wurde. Und es blieb nicht bei Dingen: Er erlernte auch Adjektive und Verben, mit denen er in der Lage war, geschriebene Sätze sowohl zu verstehen wie selbst zu bilden. Schon dieses kleine Stück Sprache schien ihm neue Denkwege zu eröffnen. Der Junge, der völlig unstrukturiert gewesen war, konnte sich nun konzentrieren. Kleine häusliche Pflichten, die er bisher mechanisch durchgeführt hatte, wurden plötzlich mit Spontaneität und Phantasie erfüllt. Er erweckte sogar den Eindruck, daß er sich jetzt besser in die Bedürfnisse anderer versetzen konnte.

»Es war, als würde ein Haus in Brand gesetzt«, schreibt Roger Shattuck, ein französischer Gelehrter und Übersetzer, in *The Forbidden Experiment*, dem vielleicht klarsten und verständlichsten der englischsprachigen Bücher über den Wolfsjungen aus dem Aveyron. »Die Sprache schwang nun in all seinen Handlungen mit.«

Letztendlich aber schwang sie nicht stark genug. Die triumphierende Note, mit der Truffauts Film ausklingt, markiert den Stand der Dinge bei Itards erstem im Jahre 1801 vorgelegten Bericht, als Victor die ersten zarten Erfolge aufzuweisen hatte und auf dem Weg zu vielen weiteren zu sein schien. Fünf Jahre später präsentierte Itard der »Gesellschaft der Beobachter des Menschen« seinen zweiten Bericht, und dieser unterscheidet sich erheblich von dem ersten. Es hatte Fortschritte gegeben, das war richtig, doch Itards Erkenntnisse bezogen sich jetzt vor allem auf die Grenzen der geistigen Fähigkeiten seines jungen Schülers und nicht mehr auf dessen Möglichkeiten. Es stand fest, daß der Junge hören und die nötigen Laute hervorbringen konnte, doch es hatte sich gezeigt, daß er niemals sprechen lernen würde. Auch seine Schreibfähigkeiten waren begrenzt. Und sein Fortschritt war durch die »Krise« der Pubertät gehemmt worden, mit deren Qualen und Ablenkungen der Junge noch weniger als seine Altersgenossen fertig werden konnte. Itard ließ ihn zur Ader, um das Wüten der Hormone einzudämmen, und empfahl, das Experiment zu beenden.

Dieses Ende stellt ein persönliches und berufliches Postskriptum zu der Parabel von Lehrer und Schüler dar, und kein beruhigendes. In welcher Weise würde Genies Geschichte anders verlaufen sein, wenn der Film, der, nach Jean Butlers Worten, »Itards Fallgeschichte bis aufs Komma folgte«, diese bis zu ihrem Ende nachgezeichnet hätte? In welcher Weise wären die von Truffauts Film »tief beeindruckten« Wissenschaftler zu einer anderen Einstellung gelangt, hätte dieser sein Thema über den wunderbaren Anfangsoptimismus hinaus zu einer vorsichtigeren Einschätzung fortgeführt? Als Shattuck den Film als »verkürzt« kritisierte (den er ansonsten als »einen intelligenten Beitrag« und »eine fast vollkommene Schilderung für das breite Publikum« lobte), antwortete ihm Truffaut darauf schriftlich. »Ich bedaure nicht, daß ich den Film in einer hoffnungsvollen Stimmung habe ausklingen lassen, denn Victor hatte tatsächlich eine Reihe von Dingen und Worten gelernt«, schrieb Truffaut. »Doch gebe ich gern zu, daß ich nach der letzten Szene, genau wie in meiner ›Geschichte der Adele H.‹, eine bebilderte Zusammenfassung der Schicksale der Personen nach der Zeit hätte anfügen sollen, in der wir sie auf der Leinwand zurücklassen.«

Was geschah mit den Protagonisten nach dem Ende ihres Filmschicksals? Itard wurde noch erfolgreicher und berühmter, Victor mehr und mehr vergessen. Im Jahre 1814 erhielt Itard die Medaille der Ehrenlegion, und 1821 wurde er in die Akademie der Medizin aufgenommen. Er verbrachte seine Mußestunden in einer herrschaftlichen Villa im Parc de Beauséjour in Passy, wo auch Beaumarchais und Rossini gewohnt hatten bzw. später wohnten. Victor lebte nach 1811, unterstützt von einer kleinen staatlichen Pension, bei Madame Guérin, in einem kleinen Haus in der Nähe des Instituts, vier Häuser entfernt von dem einzigen seiner Nachbarn, der je weltberühmt wurde, dem jungen und noch armen Victor Hugo.

Auf der Rue Saint-Jacques in Paris, ein gutes Stück südlich der Sorbonne und kurz vor der Biegung, wo die Straße sich in östlicher Richtung zum Kirchhof von Val-de-Grâce wendet, ragt direkt neben dem Gehsteig eine hohe Steinmauer auf, mit einem hohen, schweren Tor in der Mitte. An einem kalten Dezembermorgen durchschritt ich dieses Tor und betrat den kopfsteingepflasterten Innenhof des »Institut National des Jeunes Sourds«, wie es heute heißt. Ich war mit einem Dr. Karakostas verabredet, einem Pariser Psychiater, der sich jeden Mittwoch dem Institutsarchiv widmet. Die Fassade des Gebäudes unterscheidet sich wenig von den Stichen, die es zu Victors Lebzeiten zeigen – fünf schmucklose Stockwerke, Flügelfenster mit Läden davor. Drinnen wie draußen stellt das Gebäude ein typisch europäisches Beispiel einer bedeutenden Institution dar, die eine ehrwürdige Schlichtheit und Strenge bewahrt. Die Fußböden sind sauber gefegt, aber ungebohnert. Die Bibliothek birgt eine Fülle von bedeutenden Dokumenten, darunter Itards handschriftliche Manuskripte, die Geburt der Psychiatrie und die Erziehung der Gehörlosen betreffend, aber es gibt kein Aufsichtspersonal, das sich darum kümmert.

Karakostas kam mir auf dem Hof entgegen und führte mich durch mehrere Glastüren und eine breite, gewundene Treppe hinauf in den obersten Stock. Sein Büro besteht aus einem Tisch zwischen zwei aus hohen Schränken gebildeten Wänden hinter einem Raum, in dem Frauen in weißen Kitteln sich der Flickwäsche des Instituts annehmen.

»Das Institut steht im Zentrum der Geschichte der Gehörlosenausbildung«, erklärte er mir, nachdem er Stühle gefunden hatte, so daß wir beide sitzen konnten. Dann lenkte er, zu der sanften Begleitmusik der summenden Nähmaschinen, unser Gespräch auf jenen kleinen Teil der Institutsgeschichte, der mit seinem berühmtesten Insassen verbunden ist.

»Man kann die Begeisterung für den ›Wolfsjungen aus dem Aveyron‹ von 1800 nicht losgelöst von den gesellschaftlichen Veränderungen der Französischen Revolution sehen, von dem gewaltigen Interesse für Anthropologie, von dem ganzen –« und während er nach dem richtigen Wort suchte, hielt er die Hände so vor sich, als bedeckten sie die Ohren eines imaginären widerspenstigen Kopfes, den er dann kräftig schüttelte – »brûlement«, stieß er schließlich hervor, »dieser Epoche. Es war zugleich der Anfang der Psychologie. Der Anfang der medizinischen Spezialisierungen. Itard begründete die Kinderpsychiatrie. Er schuf das Studiengebiet der Hals-, Nasen-, Ohrenheilkunde. Er unterschied als erster zwischen Taubheit und Autismus.

Es ist unglaublich, wie eng die Beziehung zwischen Itard und Victor war«, sagte Karakostas. »Eine sehr intensive Wißbegier war am Werk. Es war eine Liebesgeschichte.

Keine sexuelle Liebesgeschichte, aber sicherlich eine pädophile. Der ›Wolfsjunge‹ sollte beobachtet werden, um Aufschluß über die moralischen Vorstellungen der Zeit, die großen Fragen der Menschheit zu geben.« Karakostas machte eine Faust und begann diese aufzuzählen, Finger für Finger, wobei er nach Art der Franzosen mit dem Daumen anfing. »Fragen der Sprache, Psychologie, Erziehung, nach der Grenze zwischen Animalität und Humanität, der Beziehung zwischen Taubheit und Erkenntnisvermögen.

Aber«, sagte er, »Victor war ein Gegenbeispiel.« Karakostas beugte sich angespannt vor, seine Sätze wurden plötzlich abgehackt. »Der Wolfsjunge lernte niemals sprechen. Der Wolfsjunge wurde fallengelassen. Der Wolfsjunge wurde in einem kleinen Haus hier in der Nähe untergebracht und schließlich vergessen. 1828, mit etwa 40 Jahren, ist er gestorben. Als er in das Haus gebracht wurde, acht oder neun Jahre – jedenfalls weniger als zehn Jahre nachdem er gefunden worden war, kümmerte das keinen. Itard arbeitete hier weiter. Er interessierte sich nicht mehr für Victor und hat ihn nie besucht.«

»Mangelndes Interesse«, sagte er und lehnte sich mit einem Schulterzucken wieder zurück. »Aber es lag nicht daran, daß Victor scheiterte, sondern daran, daß sich die Fragen der Zeit geändert hatten. Die Fragen der Aufklärung verschwanden in der Versenkung. Als man ein paar Jahre später in der Provinz ein neues Wolfskind fand und die Regierung davon benachrichtigte, sagten die Herren in Paris: ›Ihr könnt ihn behalten.‹«

Draußen begann es zum zweitenmal in diesem Winter zu schneien, und durch Dr. Karakostas niedrig angebrachtes quadratisches Fensterchen beobachtete ich, wie sich der Schnee auf der anderen Seite der schmalen Straße in den gotischen Steinornamenten der Kirche Saint Jacques de Haut Pas sammelte. Als der Archivar von einigen Studenten gerufen wurde, denen er die Bibliothek aufschließen sollte, ging ich allein die Treppen hinunter, gelangte auf der Rückseite des Gebäudes ins Freie und machte einen Spaziergang in den von Mauern eingeschlossenen Gärten. Abgesehen von dem im Bau befindlichen modernen Nebengebäude am Ende des Gartens lag die weite Fläche seit der Institutsgründung im 18. Jahrhundert in scheinbar ungestörter Ruhe da, unverändert seit den Zeiten, als ein ebensolcher Schneefall Victor dazu verlockte, die Glastüren aufzureißen und nach draußen zu stürzen. Damals wie heute arbeiten die tauben Kinder, die das Institut bewohnen, in diesem Garten, aber an diesem kalten Tag war keines von ihnen zu entdecken. In einem handtuchschmalen Weingarten rankten sich Rebstöcke an ihren Spalieren empor und verzweigten sich zu knorrigen Kandelabern. Der strenge Springbrunnen in der Mitte, der auf den alten Darstellungen so markant aufragt, lag halbgefüllt in winterlicher Ruhe da, die Oberfläche eisverkrustet, von Neuschnee überpudert.

Nach Victors Entdeckung und noch bevor er Paris oder diesen Ort hier je gesehen hatte, beklagte sein Aufseher in der Provinz, Bonnaterre, in bewegter Weise das unabwendbare künftige Schicksal des Knaben. Bonnaterre muß gewußt haben, daß seine Errettung von einer derart unmenschlichen Aussetzung auch manch neues Leid mit sich bringen würde. »Wie gänzlich wirst du deine Unabhängigkeit verlieren, gefesselt durch unsere politischen Handschellen, festgehalten in unseren staatlichen Institutionen; du hättest allen Grund zu weinen!« schrieb Bonnaterre. »Der Pfad deiner Erziehung wird mit deinen Tränen besprengt sein.«

Der Schnee fiel in dichten Wolken durch die schneidend kalte Luft, stob über das Eis und blieb schließlich – bestürzend weiß gegen das vielleicht dunkelste Rot, das ich je gesehen hatte – auf den geöffneten Rosen liegen, die ungeachtet der Jahreszeit rund um den Springbrunnen in Blüte standen.

15

Wenn auch die Fragen der Aufklärung in der kulturellen Versenkung verschwanden, so waren sie doch nicht aus der Welt und zu bewegend, um auf ewig dort zu bleiben. Sie treten immer wieder auf, wie Malaria oder Herpes. Gerade wenn man meint, nunmehr zu den moderneren Bedrohungen unseres »Zeitalters der Dekonstruktion« fortgeschritten zu sein, melden sie sich zurück. Wenn Noam Chomsky die Ansicht vertritt, Sprache komme von innen, sei also angeboren, und die Dürftigkeit des sprachlichen Inputs, den das Kind durch seine Umwelt erfährt, als Beweis anführt; wenn Catherine Snow darauf entgegnet, sie sei überzeugt, daß das Kind den Großteil seiner Sprache durch seine Umgebung erlerne, dann kleiden sie sich damit in kartesianische und lockeanische Gewänder. Mitten in diese Debatte platzte Genie hinein und tat einen tiefen Fall ins Wunderland uralter Rivalitäten. Ihre »Erforscher«, ihre Hansens und Kents waren Abkömmlinge Pinels, ihre Jean Butlers Nachfahren Itards. Condillac trat hinzu, und sein Geist leitete all jene, die ihre Hoffnung darauf setzten, daß Erziehung das weitere Leben von Genie bestimmen würde. Condillac ist der Schirmherr und Descartes das Schreckgespenst eines jeden Sozialarbeiters.

Anders als bei den meisten der uns bekannten Wolfskinder wurden Victor aus dem Aveyron und Genie aus Temple City bei ihrem Auftritt bereits von einem interessierten Publikum erwartet. Victors Debüt traf in etwa mit den von Condillac aufgeworfenen Fragen und fast auf den Tag mit der Gründung der »Gesellschaft der Beobachter des Menschen«

zusammen. Genie, im Jahre 1971, empfing die Dienste eines anderen Begrüßungskomitees. David Elkind, einer ihrer ersten Beobachter, sah dies so: »Chomsky war damals noch neu, und Linguistik war eine tolle Sache – jeder Tag brachte eine neue Theorie.« Das Timing ihrer Ankunft war perfekt auf eine dieser Theorien abgestimmt.

Die Erforschung des Spracherwerbs bei Kindern dreht sich um einen einzigen, einfachen Gedanken – die beste Formulierung war meiner Meinung nach 1989 in einer programmatischen Rede beim »Stanford Child Language Research Forum« zu hören. Jeden, der nicht zu diesem Berufszweig gehört, mutet eine Konferenz wie die in Stanford äußerst seltsam an. Die Linguistik hat, wie alle akademischen Ghettos, ihre eigene Insidersprache. Die Sekretärin des Dokumentarfilmers Gene Searchinger hat einmal ihre Bemühungen, die Tonbandaufzeichnung eines Interviews mit einem Linguisten abzuschreiben, mit dem verzweifelten Aufschrei abgebrochen: »Dieser Mensch benutzt eine Fremdsprache, um Englisch zu sprechen!«

Es überrascht nicht, daß diese Fremdsprache, das »Linguesische«, immer dann in seiner ansteckendsten Form auftritt, wenn Hunderte von Sprachwissenschaftlern an einem Ort versammelt sind; die Konklaven ihrer Profession erinnern manchmal an christliche Zeltmissionierungen, bei denen die Gläubigen zu später Stunde in Zungen reden. Die Stanforder Zusammenkunft der Kindersprachforscher war die Art von Treffen, wo sich die Leute mit dem Cocktailglas in der Hand die Köpfe darüber heiß reden, ob sich anfänglich im Wortstrom von Kindern eine Vorliebe für Trochäen zeigt; wo ein Zischen als Frikativ bezeichnet wird und ein Kuß womöglich als ingressiver Explosivlaut. Bei solch einem Treffen kann es geschehen, daß eine Frau sinnend der zweijährigen Tochter ihrer Freundin zuschaut, die in ihrem neuen roten Kleidchen neben dem Anmeldetisch herumhüpft, und dann in der typischen gedämpften, mütterlichen

Mischung aus Bewunderung und Besorgtsein zu ihrer Freundin sagt: »Deine kleine Jessica beherrscht aber noch immer nicht alle Labiale.«

Über das gesammelte Glossar sperriger hochtechnischer Fachausdrücke legt sich ein weicher Schleier von Argot. »Story« bedeutet auf Linguesisch: Projekt, Hypothese, konzeptioneller Fortschritt, Szenario, Erklärung oder eine bemerkenswerte neue Feststellung. Eine gute Forschungsarbeit wird als »sehr nette Story« bezeichnet. »Star« heißt »falsch«. Ein grammatikalisch schwacher Satz, dessen Fehler jedoch eine wahre Offenbarung darstellen, wird »Fact« genannt.

Eines Morgens, als ich mit Lila Gleitman (von der Pennsylvania State University) und Victoria Fromkin im Haus der letzteren in Los Angeles beim Frühstück saß, knobelten die beiden daran herum, mir ein Beispiel für ein Streitgespräch auf Linguesisch zu geben:

GLEITMAN: »Linguisten diskutieren so – ›Ich glaube an He being a fool. Können Sie das annehmen?‹«

FROMKIN: »Star, star, star.«

Für eine Linguistin hat Gleitman eine ungewöhnliche Vorliebe für das Englische, und die programmatische Rede, die sie in Stanford hielt, war in ihrer Direktheit typisch für sie. Ende Fünfzig, mit kurzgeschnittenem graumeliertem Haar, in Turnschuhen, langen Hosen und einer orange gemusterten Bluse lehnte sie mit einer Lässigkeit am Rednerpult, die an eine schwänzende Schülerin gemahnte, die sich mit der Zigarette in der Hand an die Turnhallenwand lehnt, total cool und über alle Sorgen erhaben. »Können Sie mich hören?« bellte sie ins Mikrofon und schnaubte dann vor sich hin: »Ha! Nur allzu gut.« Das Schnauben, man merkte es bald, war ihr Markenzeichen – es war das nasale Räuspern eines Preisboxers, teils zynisch, teils genüßliche Provokation. Auf der Leinwand hinter ihr erschien ein Dia, das die Titelseite eines Boulevardblatts zeigte, mit der Schlagzeile:

»MUTTER BEKAM ZWEIJÄHRIGES BABY« und dem Untertitel »KIND LÄUFT, SPRICHT NACH DREI TAGEN«.

Die Zuhörer lachten. Die Rednerin war mit dem Ordnen ihrer Materialien fertig und blickte auf. »Wie Sie inzwischen wahrscheinlich wissen, bin ich Lila Gleitman«, sagte sie. »Und worüber ich im wesentlichen reden will, steht hier.« Sie ging zur Leinwand und verpaßte ihr einen deftigen Schlag mit dem Zeigestock. »Was hat drei Tage gedauert?«

»Was hat drei Tage gedauert?« – von dieser Frage ist Gleitman bereits seit einigen Jahrzehnten besessen und dabei, fast gegen ihren Willen, zu einer feurigen Vertreterin der Position Chomskys geworden. »Die Leute sagen: ›Diese Lila ist eine absolut verrückte Rationalistin‹«, erzählte sie mir beim Lunch am Tag nach ihrem Vortrag. »›Die glaubt, einfach alles sei angeboren.‹ Aber ich habe als überzeugte Empirikerin angefangen, ehrlich! Bei meinen Untersuchungen ging ich immer von einem empirischen Ansatz aus, denn darum ging es mir doch. Aber als die Ergebnisse mich widerlegten, konnte ich das ja wohl kaum ignorieren.«

Die Idee zu einer ihrer Versuchsanordnungen verdankte sie in direkter Linie der Inspiration durch den Schutzheiligen des Empirismus. »Locke sagte: ›Seht euch die Blinden an – es müßte Dinge geben, die sie nicht lernen können‹«, erklärte sie mir. »Deshalb probierten wir das aus. Wir dachten: Wollen mal sehen, wie Erfahrungen das Erlernen von Sprache beeinflussen. Aber was passierte? Die blinden Kinder lernten Sachen, die sie eigentlich nicht hätten können dürfen. Sie wußten Antworten auf Fragen, die über ihre Erlebnisfähigkeit hinausgingen. Das warf einiges über den Haufen. Gut, wir freuten uns über diesen Sieg des menschlichen Geistes, aber es gefiel uns nicht, daß wir unsere Zeit mit blinden Kindern vertan hatten. Ich meinte, das Experiment sei schief gegangen – so einfach machte ich es mir! Ich ging zu meinem Mann Henry –« Henry Gleitman leitete damals die psychologische Abteilung der Universität – »und er sagte: ›Ja, und wie hat das Kind denn nun die Antwort gefunden?‹ Ich sagte: ›Oh, das ist unwichtig‹, und fuhr nach Cambridge, um mit Chomsky zu reden. Die Sache interessierte ihn sehr. Er sagte: ›Ja, und wie hat das Kind die Antwort gefunden?‹ Da ging mir endlich ein Licht auf. Ich sagte: ›Junge, Junge, sitze ich in der Tinte! Chomsky, der besessene Rationalist, und Henry Gleitman, der besessene Empiriker, sind einer Meinung.‹ Also klemmten wir uns wieder dahinter, und die einzige Erklärung, die wir finden konnten, war, daß das Kind durch in den Fragen enthaltene syntaktische Regeln dorthin geleitet worden war – also durch Regeln, die es bereits verstand. Die Syntax gibt die Antwort.«

Zu den im Hörsaal von Stanford versammelten Linguisten hatte Gleitman folgendes gesagt:

Ich habe alles Erdenkliche mit Kindern angestellt, bloß um zu zeigen, daß sie auf die Umwelt reagieren und nicht auf irgend etwas in ihnen Angelegtes. Wir begannen mit Tests zu der Frage, wie sich gute bzw. schlechte Mütter auswirken, doch konnten wir keinen nachweisbaren Einfluß entdecken. Daraufhin rissen wir den Kindern die Ohren ab – wir testeten taube Kinder. Dann nahmen wir ihnen die Augen weg. Und trotzdem – Sie können es sich schon denken. Die kleinen Biester lernten sprechen. Das Kind hat eine massive Resistenz gegen äußere Bedingungen – es erwirbt Sprache, egal was passiert. Wenn du ihm die Sprache nimmst, dann erfindet es eine. Wir haben sogar eine nette Studie mit Frühgeborenen gemacht. Sie erfahren die Welt in der gleichen Weise wie voll ausgetragene Kinder, aber sie befinden sich auf einer anderen physiologischen Stufe. Dabei hat sich gezeigt, daß in bezug auf die sprachliche Leistung das Alter ab Empfängnis ein besserer Indikator ist als das ab Geburtsdatum gerechnete Alter. Mit Sicherheit ist die Beobachtung der

Umwelt eine der Quellen von Erkenntnis. Man kann ja den Kindern nicht jegliche Art von sinnlicher oder geistiger Wahrnehmung fortnehmen; sonst würden sie von jedem kleinen Treppenabsatz herunterfallen und Tiger für Schmusekätzchen halten, und bald gäbe es überhaupt keine Kinder mehr. Aber die Kinder lernen Sprache nicht durch Erfahrung. Sie lernen *Wörter* durch Erfahrung. Den Satz bringen sie mit.

Bei den Vertretern der Theorie der Angeborenheit, zu der Gleitman konvertiert war, hieß die Drei-Tage-Frage nicht »Wie lernen Kinder Sprache?«, sondern »Wie wächst die Sprache aus dem Kind heraus?« Was geschieht im Kopf, das diese Entfaltung von Verständnis gestattet? Gleitman hatte bereits ein Teilchen des Puzzles gefunden: Sie zeigte, daß die Drei-Tage-Uhr mit dem Termin der Empfängnis zu ticken beginnt. Aber wann ist die Uhr abgelaufen? Gibt es eine bestimmte Frist für den Spracherwerb, eine Deadline? Dies war die Frage, auf die Genies Erscheinen so exquisit abgestimmt war. Diese Frage stand seit 1967, drei Jahre vor der Entdeckung des Mädchens, im Mittelpunkt des Interesses, und zwar durch die Publikation eines Buches des Neuropsychologen Eric Lenneberg von der Harvard University mit dem Titel »Biologische Grundlagen der Sprache«. Das Buch war in mancher Hinsicht revolutionärer als das zehn Jahre zuvor erschienene von Chomsky – revolutionärer, weil es konkreter war. Lenneberg lieferte den Lenin zu Chomskys Marx, den Itard zu Chomskys Condillac.

»Lennebergs Buch war schön, einfach wundervoll«, sagte Catherine Snow einmal zu mir. »In Chomskys Gehirn, dem Gehirn des Linguisten, gibt es keine Nerven. Lenneberg führt uns das Gehirn eines Biologen vor, mit Kortex, Lobi, Neuriten, Dendriten usw.«

In Kapitel vier der »Biologischen Grundlagen der Sprache« findet sich die Hypothese von der sensiblen Phase, wie sie seither genannt wird. Darin wird dargestellt, daß das Gehirn während einer bestimmten Frühphase befähigt ist, eine Primärsprache zu erlernen, später jedoch nicht mehr, und es werden physiologische Erklärungen angeboten, warum dies so sein könnte. Es waren Lennebergs Erklärungen, die das eigentlich Neue darstellten; die Idee selbst lag schon seit einiger Zeit in der Luft.

»Die Behauptung kam von Tinbergen«, erklärte mir Jay Shurley. »Nikolaas Tinbergen war ein Verhaltensforscher, der herausfand, daß er junge Enten dazu bringen konnte, ihm nachzulaufen, wenn er sie in einer bestimmten Phase dazu abrichtete. Soweit die Enten. Beim Menschen kommt es fast einer Gotteslästerung gleich, wenn man die Frage nach einer sensiblen Phase aufwirft. Die Vertreter des Kreationismus hätten das nur allzugern verhindert. Aber natürlich wurde sie gestellt. Piagets Lebenswerk befaßt sich mit der Frage, in welchem Alter Kinder bestimmte Fähigkeiten entwickeln. Die Theorie ist so alt wie der heilige Augustinus, der sie bereits um das Jahr 400 intuitiv erfaßte, als er sagte: ›Gebt mir ein Kind unter sechs Jahren, und ich gebe euch einen lebenslangen Katholiken.‹ Augustinus hat sich allerdings geirrt«, sagte Shurley. »Es funktioniert bis zwölf.«

Das meint auch Lenneberg: Es funktioniert bis zwölf. Nach Lenneberg endet die Fähigkeit des Kindes, seine Muttersprache kompetent zu erlernen, mit dem Einsetzen der Sexualität. Chomsky hatte sich nicht mit sensiblen Phasen befaßt. Wenn sich jedoch die Aussagen aus Lennebergs Buch, Kapitel vier, bestätigten, dann war auch Chomsky bestätigt, denn wie könnte die Sprache an unsere biologische Uhr gekoppelt sein, wenn sie nicht an unsere Biologie gebunden wäre?

Trotz seiner Konkretisierungen war Lenneberg genau wie Chomsky ein Theoretiker. Nötig war nun ein klinischer Beweis, doch dafür brauchte man etwas, mit dem ein Kliniker arbeiten konnte: ein Kind, das Lennebergs Deadline überschritten hatte – also über zwölf Jahre alt und schon in der

Pubertät –, das aber beim Erlernen der Sprache noch ganz am Anfang stand. Nach 1967 wartete man im linguistischen Bereich sehnsüchtig auf einen passenden jungen Menschen, der den Fall entscheiden würde – jemanden, der für Lenneberg und Chomsky leisten könnte, was Victor aus dem Aveyron für Condillac hatte tun sollen.

16

Herzzerreißend, sonderbar – und hübsch

Was in Susan Curtiss' Doktorarbeit über Genies Fortschritte im Childrens Hospital im Frühjahr 1971 berichtet wird, stammt alles aus zweiter Hand und wurde mit Hilfe von Videobändern und Interviews zusammengetragen. Bis nach der Beraterkonferenz im Mai waren sich die Doktorandin von UCLA und die Versuchsperson, die ihre Karriere so nachhaltig beeinflussen sollte, noch gar nicht begegnet. Das änderte sich mit dem 4. Juni 1971: Curtiss begleitete Victoria Fromkin bei einem Krankenhausbesuch.

Der Ort wirkte bedrückend auf sie. »Ich habe nie zu den Menschen gehört, die gern Krankenschwester oder Ärztin geworden wären«, erzählte sie mir. »Ich habe mich auf einer Kinderstation nie sehr wohl gefühlt. Krankenhäuser liegen mir nicht. Auf dem Feld bin ich einfach nicht gut. Außerdem hatte ich Angst – oder zumindest war ich nervös.« Aus gutem Grund. Auf jemanden, der dergleichen noch nicht erlebt hatte, mußte Genies Erscheinung geradezu grotesk wirken. An jenem Morgen, als Curtiss sie zum erstenmal sah, war sie barfuß und trug ein viel zu langes Kleid, das ihre winzige Gestalt noch betonte. Ihre Bewegungen waren ruckhaft, ihre Zähne schadhaft und verfärbt, ihr Haar schütter. Susan Curtiss schildert sie als »herzzerreißend und sonderbar« und als noch etwas: hübsch. Die Wissenschaftlerin fühlte sich von der Sanftheit des Kindes, von seiner schönen Haut mit den rosigen Wangen bezaubert – »ihr Teint mit seinen zarten Tönen wirkte wie von Künstlerhand gemalt« – und von ihrer Stupsnase – »fein geformt wie bei einer Puppe aus Porzellan«. Das sehr viel weniger anziehende Verhalten Genies – wahlloses Spucken, Kratzen, Rotzen und Herumschmieren mit dem Essen – blieb ihr allerdings auch nicht lange verborgen. »Es war hart«, beschreibt Curtiss ihre ersten Kontakte. »Sie war sehr – sie war – hm – sie stellte eine ziemliche Herausforderung dar.«

Der Zeitpunkt ihres Erscheinens machte Susan Curtiss ihre Aufgabe doppelt schwer. Genies Benehmen war noch nicht in gesellschaftlich akzeptable Bahnen gelenkt worden, hatte sich in anderer Hinsicht aber bedauerlicherweise bereits erheblich von dem Stand der Unschuld des vorigen Herbstes fortentwickelt. »Was die Aufgabe, Genies Spracherwerb zu beobachten, anging«, sagte Curtiss, »so hatte ich das Gefühl, etwas zu spät zu kommen.«

Ihre Verspätung war allerdings relativ zu bewerten. Selbst wenn Curtiss am Tage, als Genie ins Krankenhaus kam, im Aufnahmebüro gewesen wäre, hätte sie eine Person angetroffen, bei der sich der Spracherwerb bereits angebahnt hatte, in dem Sinne nämlich, wie alle Kinder über ein bestimmtes Maß von Sprache verfügen, bevor sie davon aktiv Gebrauch machen. Genie hätte ihren mageren Wortschatz nicht erwerben können, hätte sie nicht zuvor eine der wesentlichsten Aufgaben für jeden Sprachelernenden gemeistert: Sie hatte gelernt, sinnvolle Laute innerhalb des allgemeinen Sprechchaos, das sie umgab, zu isolieren. Oder wie es Lila Gleitman in ihrem Vortrag bei der Stanforder Konferenz in Computersprache ausdrückte: Genie war »bootstrapped« – die Ureingabe war geladen.

»Ein Kind hat keine ›Paßwörter‹«, sagte Gleitman damals. »Es weiß nicht, daß es sich in den USA befindet. Es weiß nicht, daß es Englisch lernt. Seine Mutter zeigt ihm diesen Saal –« sie machte eine ausholende Geste in Richtung Publikum – »und beschreibt ihn. Und was sagt sie? ›Bahbahbah-bahbahbahbahbahbah.‹ Ja, genau das. Sie hätte sagen können, daß die Dame dahinten ein blaues Kleid anhat, aber was sie wirklich sagt, soweit es das Kind betrifft, ist ›Bahbahbah-bahbahbahbahbah‹. Die Frage ist nun: Wie kann es herauskriegen, was seine Mutter über diesen Saal sagt? Verstanden? Das ist die Story. Das bedeutet, die Ureingabe zu laden.«

Was Gleitman als »bootstrapping« bezeichnet, wird von anderen Linguisten auf andere Weise ausgedrückt, je nach ihrer akademischen Ausrichtung. Aber das Mysterium bleibt immer dasselbe: Wie teilt das Kind einen Strom von Geräuschen in Silben und Sätze auf, so daß es beginnen kann, einen Sinn darin zu finden? Wir können uns die Konfusion des Kindes leicht vorstellen. Man braucht nur einmal ein lebhaftes Gespräch in einer uns unbekannten Sprache mitanzuhören … Unsere eigene Sprache setzt sich für uns aus säuberlich getrennten Bausteinen zusammen, aber alle anderen Sprachen sind wie Quecksilber. Ein einzelnes Wort aus einer fremden Sprache herauszuhören ist ebenso schwierig, wie Wasser mit der hohlen Hand aus einem Teich zu schöpfen und festzuhalten. Doch das Kind, für das jede Sprache eine Fremdsprache ist, tut genau das.

Die Wissenschaftler sind sich noch nicht sicher, ob der kleine Zuhörer als erstes die Phoneme – also die kleinsten bedeutungsunterscheidenden, aber nicht selbst bedeutungstragenden sprachlichen Einheiten – begreift oder aber Silben, die aus einem oder mehreren Phonemen bestehen können. Bei einem normalen Gespräch rasen in jeder Minute 900 Phoneme an uns vorbei, und an die meisten knüpft sich kein Inhalt, der ihre Bedeutung unmittelbar kundgibt. Wörter haben zwar eine Bedeutung, aber es gibt zahllose Abänderungen in Länge und Form, und ihre Grenzen sind undeutlich. Bei unserer normalen Sprechweise brechen wir die Wörter auf und ziehen benachbarte Wörter zusammen; manchmal machen wir mitten im Wort eine Pause. Und wenn schon die Wörter auf Abwege führen, dann gilt das in noch größerem Maße für die Sätze.

Hier, wie sonst auch, scheinen Babys mehr zu wissen, als Linguisten erklären können. Kinder werden mit einer Art Gefühl oder Verständnis für Sprache geboren, sowohl in Bezug auf Phoneme wie auf Sätze. Von den Hunderten von Phonemen, die in den uns bekannten Sprachen verwendet werden, finden sich nur 40 im Englischen. Bei Neugeborenen in englischsprachigen Familien läßt sich eine Vorliebe für diese 40 beobachten, möglicherweise weil sie diese bereits im Mutterleib gehört haben. Sie reagieren auf die Muttersprache. Mit zunehmendem Alter des Kindes wird diese Unterscheidung immer deutlicher; das Kind wird immer mehr zum Spezialisten. Ein englischsprachiger Erwachsener kann die Phoneme, die dem Chinesischen oder dem Französischen eigen sind, nicht genau hören, von deren sprachlicher Wiedergabe ganz zu schweigen, jedenfalls nicht ohne intensives Üben. Es hat den Anschein, daß ein Neugeborenes weniger eine Vorliebe für die Sprache der Mutter entwickelt, als daß es seine Wahrnehmungsfähigkeit für »ausländische« Phoneme verkümmern läßt. Das chinesische Kind wird mit einer wachsenden Vorliebe für seine eigene, »R«-lose Sprache geboren, aber es kann ein R hören und aussprechen. Für ein amerikanisches Baby gilt das, beispielsweise in bezug auf alle französischen Vokale, ebenso.

Eine gleichermaßen erstaunliche Fähigkeit besteht auch hinsichtlich der Sätze. Kathy Hirsh-Pasek, die bei Lila Gleitman studiert hat und jetzt an der Temple University lehrt, fühlte sich Mitte der achtziger Jahre frustriert durch die typischen Beschränkungen der linguistischen Forschung, daß nämlich meist nur verbale Tests verwendet und deshalb nur

Kinder getestet wurden, die bereits ein gewisses verbales Können aufwiesen. Ihre Fragestellung lautete: Was weiß das Kind in seiner vorsprachlichen Phase? Zusammen mit zwei Kollegen dachte sie sich verschiedene Methoden aus, um die Reaktionen sehr junger Testpersonen zu messen. Sie spielten neun Monate alten Kindern auf Tonband aufgenommene Sätze vor und beobachteten, ob deren Augenbewegungen irgendwelche Zeichen von Verständnis erkennen ließen. Wenn der Satz an der richtigen Stelle endete, dann gab das Kind das zu erkennen. Hörte der Satz aber an einer unpassenden Stelle auf, dann erkannte das Kind ihn nicht als Sprache. Ein unkorrekter Satz wurde in der gleichen Weise aufgenommen wie irgendein Geräusch. Hirsh-Pasek hat diese Methode auf immer jüngere Kinder angewendet. Sie bekundet selbst ihre Überraschung über ihre weiteren Ergebnisse. Babys von viereinhalb Monaten können bereits korrekte von unkorrekten Sätzen unterscheiden, und das gilt überdies für Sätze in polnischer wie in englischer Sprache. Diese Tests legen nahe, daß die Fähigkeit, die ein neun Monate altes Kind in bezug auf seine Muttersprache aufweist, beim Säugling noch für alle Sprachen vorhanden ist. Er hat die Grammatiken, die er künftig nicht brauchen wird, noch nicht brachliegen lassen.

17

Alles, wenn's nur aus Plastik ist

Obgleich bei Genie der Spracherwerb bereits eingesetzt hatte, bevor Susan Curtiss sie kennenlernte, hatte sie doch noch nicht genug sprechen gelernt, daß Curtiss mit ihr einen der Standardtests zur Feststellung der Sprachkompetenz durchführen konnte. Im Sommer 1971 standen Curtiss und Fromkin vor der Aufgabe, völlig neue linguistische Untersuchungen zu erfinden, die für Genie geeignet waren. Schließlich entwickelten sie 26 Tests. Die Durchführung dieser Testreihe sowie einer Gruppe von psychologischen und neurologischen Tests machten dann Genie, in David Riglers Worten »vielleicht zu einem der meistgetesteten Kinder der Geschichte«.

Glücklicherweise läßt die sprachwissenschaftliche Forschungstradition eigene, nicht so rigide Methoden zu. So führte Curtiss seit ihrer ersten Begegnung mit Genie ein Tagebuch, in dem sie alle Äußerungen Genies aufschrieb und hinsichtlich eventueller Anzeichen von Fortschritten analysierte. Selbst bei diesem Vorgehen war Genie von ausgeprägter Rätselhaftigkeit. Die meiste Zeit sprach sie gar nicht; was sie hören ließ, war für gewöhnlich ein Wimmern oder Kreischen. »Sie war geschlagen worden, sobald sie etwas artikuliert hatte«, erklärte mir Curtiss. »Wenn sie also etwas sagen wollte, war sie sehr verkrampft und sprach extrem leise, in einem Flüsterton. Man konnte sie einfach nicht verstehen. Die Laute waren sehr verzerrt, so als litte sie an einer Gehirnlähmung, doch nichts deutete auf einen Muskel- oder Nervenschaden hin. Außerdem war ihre Stimmlage sehr hoch. Sie war so hoch, daß wir sie mit den Instrumenten, die wir zur akustischen Analyse menschlicher Sprache benutzen, nicht messen konnten. Und sie war monoton – hochgradig monoton. Es gab überhaupt keine Variationen in der Tonhöhe.«

Als Curtiss klar wurde, wie fruchtlos jeder Versuch einer formalen Untersuchung zu diesem Zeitpunkt war, stellte sie sich darauf ein, das Kind den Sommer über nur zu beobachten – um es kennenzulernen und allmählich sein Vertrauen zu gewinnen. Sie setzte sich zu den Patienten im Rehabilitationszentrum und unternahm mit Genie Ausflüge, auf denen sie meist von Rigler oder James Kent begleitet wurden.

»Ich holte Genie zu einem Spaziergang ab oder ging mit ihr in ein Fast-food-Restaurant«, erinnert sich Kent. »Am Anfang kam eine Krankenschwester mit. Die Schwester und ich sollten so etwas wie Ersatzeltern darstellen, damit Genie das Gefühl hätte, eine Familie zu haben. Bei diesen Unternehmungen hörten wir sie gelegentlich etwas sprechen, deshalb stieß Susan Curtiss zu uns, um festzustellen, was Genie sagte. Genie schloß sich Susie dann bald enger an als der Krankenschwester, die als Ersatzmutter ausersehen war.«

Ihre Ausflüge dehnten sich allmählich aus: Sie gingen in den Zoo, in den Griffith Park, insbesondere aber zum Einkaufen – eine Beschäftigung, die Genie so gut gefiel, daß sie auf dem Weg zum Einkaufszentrum auf jedes Gebäude, an dem sie vorbeikamen, mit dem Finger deutete und eines ihrer neuen Wörter wiederholte: »Kaufhaus?« (store). Der Safeway-Supermarkt und ein Warenhaus von Woolworth waren Genies bevorzugte Einkaufsparadiese, und dort führte sie Curtiss sowohl ihr Abweisung wie Sympathien hervorrufendes Verhaltensrepertoire sehr ausgeprägt vor. So klammerte sie sich immer wieder an fremden Menschen an, die ihr Interesse weckten, indem sie diese an den Armen festhielt und ihr Gesicht so nah wie möglich an deren Gesicht brachte und ihnen unverwandt in die Augen starrte. Oder sie klammerte sich mit der gleichen Inbrunst an deren Habe, so daß Curtiss Mühe hatte, sie davon loszueisen.

Unter den vielen käuflichen Dingen zog eine Ware sie besonders an – Strandeimerchen. Auf ihr Drängen kaufte Kent ihr einige Eimer, die sie besonders schön fand; zum Schluß hatte sie 23 Stück angesammelt, die sie alle sicher neben ihrem Bett im Reha-Zentrum verwahrte. Bei einem Ausflug Mitte Juni wies Kent Susan Curtiss auf eine linguistische Kuriosität bezüglich Genies Hobby hin – ein Problem der Definition. Er zeigte auf einen Plastikeimer und fragte Genie, was das sei. »Eimer« (engl. pail), war die Antwort. Er zeigte auf einen anderen und sie sagte: »Kübel«

(engl. bucket). Es ließ sich kein Unterschied zwischen den beiden Gegenständen feststellen, doch Genie beharrte auf ihrer Unterscheidung. Die Eimer befanden sich in einer Woolworth-Abteilung, die Genie besonders faszinierend fand – ein ganzer Gang voller leuchtend bunter Plastikbehälter. Außer Eimern und Kübeln gelüstete es sie nach Plastik-Halsketten, Plastik-Handtäschchen, Plastik-Mülleimern – kurz, nach allem, das aus Plastik war.

Als ich David Rigler auf diese Vorliebe ansprach, löste die Erklärung sichtlich Emotionen bei ihm aus. »Ich glaube, es lag an den leuchtenden Farben und am Material«, sagte er. »Wir fanden heraus, daß Genie während ihrer Isolation ein paar kleine Plastikspielsachen gehabt hatte. Und an der Wand gegenüber ihrem Töpfchenstuhl hing ein Regenmantel aus Plastik.« Nach einer kurzen Pause fuhr er hastig fort: »Man muß sich das einmal vorstellen, dieses Haus und dann dies Kind, das da Tag für Tag in demselben Zimmer sitzt, mit so gut wie keiner Anregung. Sie giert nach Anregungen, und dabei spielen die Dinge, die sie sehen kann, eine sehr große Rolle. Und da hängt so ein Plastikregenmantel an der Wand.« Rigler senkte in einer unerwarteten Bewegung den Kopf und zuckte mit den Schultern, als wollte er etwas Unerträgliches abschütteln. »Plastik gefiel ihr eben«, sagte er abschließend.

Für Genie waren die Ausflüge Besuche in einem Zauberreich. »Ich nahm sie mit in den Griffith Park«, erzählt David Elkind, der nicht nur an der Konferenz im Mai teilgenommen, sondern auch zwei lange Besuche bei Genie gemacht hatte. »Alles war für sie neu. Die glänzenden Türbeschläge, die Tiere, die Vögel. Bellende Hunde jagten ihr Angst ein. Wir kamen an ein paar Studenten vorbei, die ein Picknick auf der Wiese machten, und diese merkten, daß sie etwas Besonderes an sich hatte, und sie schenkten ihr eine Apfelsine. Sie hatte noch nie eine gesehen. Sie betrachtete sie von allen Seiten und schnupperte daran. Auf dem Heimweg hielten wir bei einem Laden an, wo sie von den Tüten aus Klarsichtfolie völlig hingerissen war. Immer wieder zerknitterte sie sie, um das Knistergeräusch zu hören.«

Ihr unschuldiger Forschungsdrang löste ungewöhnliche Reaktionen aus. Im Safeway-Markt fiel einem Schlachter auf, wie fasziniert Genie die in Folie eingewickelten Fleischportionen betrachtete. Er öffnete das Verkaufsfenster und hielt ihr ein unverpacktes Stück Steakfleisch hin, das sie sogleich befühlte, beschnupperte und genauestens studierte. Im Laufe der Monate ließ er sie auch Knochen, Hähnchen, Fisch und Putenfleisch untersuchen, immer auf die gleiche Weise, ohne ein Wort, als bestünde zwischen ihnen ein schweigendes Einverständnis. An der Kasse gab ihr die Kassiererin gelegentlich kleine Spielsachen, mit den Worten »der Mann vor Ihnen meinte, daß Sie das gern haben würden, und hat es für Sie gekauft«. Wie passend diese ohne ein Wort dargebotenen Geschenke waren, mutete geradezu unheimlich an, so daß Curtiss schließlich überzeugt war, einer Art übernatürlicher Kommunikation beizuwohnen – einem eindeutigen, unausgesprochenen Einverständnis –, für das sie in ihren sorgsamen Notizbuchanalysen keine Erklärung finden konnte.

»Ich bin weder zuvor noch später jemandem begegnet, der über eine derartig starke nonverbale Kommunikationsfähigkeit verfügte wie Genie«, sagte Curtiss zu mir. »Das extremste Beispiel, das mir im Moment einfällt, hatte mit ihrer Gier nach Plastikdingen zu tun. Sie war so besessen davon, daß es ihr nie entging, wenn jemand etwas aus Plastik bei sich hatte. Eines Tages gingen wir spazieren – ich glaube, es war in Hollywood. Ich benahm mich dabei immer total idiotisch, sang ihr hochdramatische Lieder vor, um sie aus ihrer ständigen Verkrampftheit herauszuholen. Wir waren gerade an einer sehr belebten Kreuzung angekommen, als die Ampel rot wurde, so daß wir am Straßenrand warten mußten. Plötzlich hörte ich, wie eine Handtasche ausgeschüttet wurde –

es war ein ganz unverkennbares Geräusch –, und eine Frau, die in ihrem Wagen an der Kreuzung hielt, stieg aus, gab Genie ihre leere Handtasche und lief dann wieder zu ihrem Auto. Eine Plastikhandtasche. Genie hatte nicht ein einziges Wort gesagt.«

Auch Genies »normalere« Kommunikationsfähigkeit machte Fortschritte. Sie sprach noch immer in Ein-Wort-Schnipseln, aber mit einem erweiterten Vokabular. Sie begriff allmählich, was es mit dem wechselseitigen Geben und Nehmen in einem Gespräch auf sich hat. Sie schien in etwa auf der Stufe angelangt zu sein, die Victor am »Institut National des Sourd-Muets« erreicht hatte: Sie war dabei, soziale Bindungen herzustellen, und hatte eine bröckchenhafte Sprache erlernt (im Gegensatz zu Victor war es eine gesprochene und keine geschriebene Sprache), die ausreichte, um ihre Bedürfnisse auszudrücken. Natürlich war während der ganzen Zeit auch den kleinsten Hinweisen auf Genies psychische Verfassung höchste Aufmerksamkeit geschenkt worden. Als David Elkind sie besuchte, fiel ihm auf, daß sie etwas aus ihrer Kommode herausholte, was sie bei seinem damaligen Besuch hineingelegt hatte. »Das Empfinden für dingliche Konstanz war bei ihr vorhanden«, erklärte er mir. »Das ist ein wesentlicher kognitiver Schritt für ein Kind. Existiert etwas auch dann, wenn es nicht gegenwärtig ist, wir es nicht mit unseren Sinnen wahrnehmen? Kinder begreifen das erst nach dem ersten Lebensjahr.« Er beobachtete auch, daß sie versuchte, wie ein Hund zu bellen, den sie zuvor gehört hatte, als Elkind sie besucht hatte. »Das bezeichnet man als aufgeschobene Nachahmung, und die Vermittlung über den zeitlichen Abstand hinweg wird durch innere bildliche Vorstellungen hervorgebracht«, sagte Elkind. »Also befand sie sich in ihrer präoperativen Phase.«

»Präoperative Phase« ist ein Fachausdruck von Jean Piaget, dem Schweizer Psychologen, der glaubte, daß es nicht nur beim Spracherwerb, sondern auch bei der allgemeinen geistigen Entwicklung von Kindern sensible Phasen gibt. Der Geist entwickele sich nicht nur durch Lernen, sagte er. Er entfalte sich auf natürliche Weise von innen heraus, wobei er im Zuge der Reifung des Kindes bestimmte vorhersehbare Stadien durchlaufe. Präoperatives Denken ist die zweite dieser Phasen. Nach Piaget ist das Wachstum der Sprache in der Weise an das Wachstum der Denkfähigkeit gekoppelt, als handele es sich dabei um einen Seitentrieb der kognitiven Pflanze. Chomsky dagegen neigt dazu, Spracherwerb und kognitive Entwicklung als zwei voneinander unabhängige Pflanzen im selben Garten zu betrachten. Auch in diese Kontroverse konnte Genie möglicherweise Licht bringen, vorläufig aber stimmte Curtiss' Bewertung von Genies geistiger Entwicklungsstufe noch mit Piaget überein. Die Leidenschaft, mit der Genie die Namen der Dinge zu wissen begehrte, ordnete sie an den Beginn des präoperationalen Denkens ein.

Nach allen wissenschaftlichen Erkenntnissen war Genie also damals im Begriff, erste Vorbereitungen zum Ausbruch aus ihrer emotionalen Isolation, ihrem Egozentrismus zu treffen. Dabei mag es durchaus einen Zwischenschritt geben. Folgt man L. S. Vygotsky, einem Zeitgenossen und Kritiker Piagets, der die Theorien des Meisters auf die Sprachentwicklung übertrug, so folgt auf die Phase des Namenlernens eine Periode, in der das Kind das neue Vokabular benutzt, um mit sich selbst zu sprechen, um so seine inneren Vorstellungen zu beschreiben. Vygotskys Theorie schmückte Heymann Steinthals alte Formulierung aus. Vielleicht war Genie hinter der Fassade ihrer Undurchschaubarkeit dabei, eine Selbstbewußtheit aufzubauen – sich so zu verstehen, wie sie von anderen verstanden wurde, denn »das ist der Anfang der Sprache«. Während des Sommers und bis in den Herbst hinein zeichnete Susan Curtiss alles auf, was Genie hervorbrachte, jede ihrer sporadischen, unvollständigen Äußerungen, und wartete auf den Tag, an dem sie anfangen würde, etwas von sich preiszugeben.

18

Während der Konferenz im Mai hatte sich die Unzufriedenheit mit dem Schicksal Genies bereits durch ein Flackern und Knistern an der Zündschnur angedeutet, im Juli kam es schließlich zur Explosion. Diesem Ereignis fiel schließlich jeder, der irgendwie mit Genie in Berührung gekommen war, zum Opfer; Auslöser war ein Phantomfall von Röteln. Seltsamerweise findet das spektakulärste und schicksalhafteste Ereignis in Genies erstem Sommer in der Freiheit überhaupt keine Erwähnung in Curtiss' Dissertation. Es wurde jedoch von Jean Butler dokumentiert, Genies Lehrerin im Rehabilitationszentrum, zu der das Mädchen eine enge Beziehung entwickelt hatte. Butlers Bericht ist in Tagebuchform abgefaßt:

23. Juni 1971. Ich habe die nötigen Papiere im Krankenhaus unterschrieben, um meine Dienste anzubieten und Genie auf Ausflüge und mit zu mir nach Hause nehmen zu können.

»Nach Hause«, das bedeutete in ein zweistöckiges, etwas verwohntes, aber gemütliches Haus auf dem Cahuenga Boulevard, einen Block vom Wilshire Country Club entfernt – ein Haus, das für eine Lehrerin mit einem Einkommen von 13 000 Dollar weder zu bescheiden noch zu üppig schien. Jean Butler ging es nicht schlecht. Sie hatte erst kürzlich ein Angebot von fast einer Viertelmillion Dollar für 100 000 Quadratmeter Boden, den sie in der Nähe von »Leisure World«, einer Seniorensiedlung in Orange County, besaß, abgelehnt. Sie war unverheiratet und besserte ihr Gehalt dadurch auf, daß sie in den Sommerferien Universitätskurse gab und gelegentlich Kinderbücher schrieb. Im Erdgeschoß ihres Hauses befand sich ein Gästezimmer, in dem Genie schlafen konnte.

Nicht lange nach Unterzeichnung der Papiere rief Jean Butler im Childrens Hospital an und hatte eine schlechte Nachricht mitzuteilen: Sie war erkrankt, der Arzt vermutete Röteln, und Genie hatte sich möglicherweise bei ihr angesteckt. Obwohl Genie letztendlich nie Röteln bekam, galt sie zu diesem Zeitpunkt als ansteckend. Röteln können sich in Schulen verheerend auswirken, doch angesichts von Genies Vergangenheit gab es keine humane Art, sie von den anderen zu isolieren. Die Lösung, sie gemeinsam mit ihrer Lehrerin unter Quarantäne zu stellen, lag auf der Hand, und am 7. Juli zog sie bei Jean Butler ein.

»Es war deutlich zu merken, wie Genie sich freute, bei mir zu Hause zu sein«, schrieb Butler in ihr Tagebuch. Sie selbst war allerdings weniger glücklich, nun Hausbesuche von verschiedenen Mitgliedern des »Genie-Teams«, wie sie es nannte, zu bekommen. Die Geringschätzung, die Butler für die anderen Pflegepersonen von Genie hegte, war seit der Mai-Konferenz im Krankenhaus deutlich spürbar gewesen. Sie hielt Susan Curtiss für ungeschickt, David Rigler für wichtigtuerisch, James Kent für allzu lax und alle miteinander für ehrgeizig und unsensibel. Die Wissenschaftler ihrerseits hielten Butler für eine unnötig streitsüchtige, schwierige Person. Sie war berüchtigt dafür, daß sie sich ständig mit ihrem Arbeitgeber, der Schulbehörde von Los Angeles, und mit den Ärzten in der Intensivstation des Childrens Hospital anzulegen pflegte, wo sie vor ihrer Versetzung in die Reha-Abteilung gearbeitet hatte. Auch wirkte sie kein bißchen weniger ehrgeizig als die anderen. »Butler wollte diejenige sein, die einst in einem Atemzug mit Genie genannt würde«, äußerte Hansen mir gegenüber. »Sie wollte als neue Wundertäterin in die Geschichte eingehen.« Nach Curtiss' Erinnerung war es tatsächlich so: Sie kann sich daran erinnern, daß Jean Butler im Reha-Zentrum vor anderen prahlte, sie werde eine neue Anne Sullivan (die als Betreuerin Helen Kellers berühmt gewordene junge Krankenschwester) werden. Die Beschützerrolle, die Butler in bezug auf Genie spielte, kam Curtiss sehr besitzergreifend vor.

    8. Juli. Die Studentin Susan Curtiss war hier und notierte Genies Worte und versuchte, das Kind zu unterhalten. Allerdings lief sie ihr ständig nach und ließ sie den ganzen Tag nicht aus den Augen. Sie hatte ein Notizbuch zur Hand und diskutierte in Genies Gegenwart ihre Sprache und deren Mängel und kritisierte ihre Tischmanieren ... Am Abend rief Dr. Rigler an, und ich sagte ihm, daß die »Helferin«, die er mir ins Haus geschickt hatte, mir durchaus keine Hilfe war.

Über James Kent hat sich Jean Butler wohl am meisten aufgeregt. Zu Genies beständigen Passionen gehört auch die Vorliebe für dasselbe Verhalten, das dazu beigetragen hatte, Victors Erziehung zu einem abrupten Ende zu bringen: Masturbation. Hemmungen durch irgendeine Vorstellung von Anstand waren ihr fremd, und deshalb gab sie oft Anlaß zu peinlichen Auftritten in der Öffentlichkeit. Es war eine der aufsehenerregendsten und oft wiederholten Behauptungen Jean Butlers, daß Genie in dieser Angewohnheit von Kent noch bestärkt worden sei, weil dieser nicht bereit war, ein durch Zwänge aufs äußerste beeinträchtigtes Kind noch weiter unter Druck zu setzen – eine Unterstellung, die Kent bestritten hat.

    Die Pflege und die gute Ernährung, die Genie im Krankenhaus erhielt, hatten ihre Entwicklung beschleunigt, und das nicht nur hinsichtlich ihres Verhaltens. Neben den sonstigen physischen Veränderungen begannen sich ihre Brüste zu entwickeln. Die Zeichen sexueller Reifung wurden einerseits begrüßt – um Eric Lennebergs Hypothese von der sensiblen Phase direkt zu testen, brauchten Curtiss und Fromkin für ihre Beobachtungen einen postpubertären Menschen, der das Sprechen noch zu lernen hatte. Aber zugleich hatte dieser Glücksfall etwas Herzzerreißendes. David Rigler zeigte mir einmal Kalenderblätter, die er ausgefüllt hatte, um Genies Fortschritte im Kampf gegen das Bettnässen zu dokumentieren. Sie lieferten eine vielsagende Illustration zu Genies Dilemma. Zwischen den trockenen und den nassen Tagen waren dort auch die Tage verzeichnet, an denen sie ihre Regel hatte. Sie war noch mitten in der Reinlichkeitserziehung, als sie ihre Menses bekam.

»Ich machte Dr. Kent auf meine Befürchtungen aufmerksam, daß mit Genie zuviel herumexperimentiert wird und sie sich zu selten entspannen kann«, berichtet Butler in ihrem Tagebuch. »Er sagte, dies sei unumgänglich.« Jean Butler hatte aber nicht den Eindruck, daß ihre Bedenken von niemandem sonst geteilt würden.

13. Juli. Sue Omansky von der Sozialbehörde besuchte mich zu Hause. ... [Sie] kritisierte scharf, daß das Kind als Versuchskaninchen benutzt und zur Schau gestellt wurde, und fand es unpassend, daß die UCLA-Studentin dauernd um das Kind herumgluckte und alles, was es sagte, aufschrieb. Miss Omansky meinte, daß diese Männer Genie nur dazu benutzen wollten, selbst berühmt zu werden.

Im Laufe des Sommers führte das gespannte Verhältnis zwischen Jean Butler und den Wissenschaftlern mehrfach zu lautstarken Auseinandersetzungen. Ihr Haus wurde zum Schauplatz einer juristischen Auseinandersetzung. Aufgrund ihrer Stellung in der Sozialbehörde (Department of Public Social Services – DPSS) war Sue Omansky de facto Genies Vormund. Ihre Behörde hatte kein spezielles Interesse daran, Genie den Forschern des Childrens Hospital zur Verfügung zu stellen; doch in diesem Fall waren die beiden Institutionen aneinander gekettet. Seit Monaten hatten sie über eine Überführung des Kindes aus dem Rehabilitationszentrum in einen Privathaushalt beraten. Jetzt hatte die Rötelnerkrankung den Stein ins Rollen gebracht. Butler bewarb sich bei der DPSS um die Pflegestelle für Genie, und Omansky fand das Haus der Lehrerin für eine Dauerpflege geeignet. Doch ihre Vorgesetzten von der DPSS hatten nach den Gesprächen mit dem Childrens Hospital Vorbehalte. Zum einen verstieß es gegen die Krankenhausregel, Patienten in das Haus eines Krankenhausangehörigen einzuweisen. Zum anderen war man überwiegend der Meinung, es wäre besser für Genie, wenn sie in eine Familie käme, wo es nicht nur eine Pflegemutter, sondern auch einen Pflegevater gäbe.

Für letzteres Problem hatte Jean Butler eine praktische Lösung parat: Sie beschloß, ihren Freund zu bitten, bei ihr einzuziehen. Es handelte sich dabei um Floyd Ruch, einen Psychologen, der 30 Jahre an der University of Southern California unterrichtet hatte und Autor eines richtungweisenden Lehrbuchs mit dem Titel »Psychologie und Leben« war. Er war wohlhabend und hatte einen guten Ruf, aber er war nicht völlig frei und ungebunden. Ruch hatte sich von seiner Frau getrennt und lebte allein, zwei Blocks von Butlers Haus entfernt. Praktisch war er jedoch bereits Bestandteil des Ensembles – genug jedenfalls, um in die Streitigkeiten zwischen Jean Butler und dem Genie-Team mit hineingezogen zu werden. Butler beschreibt in ihrem Tagebuch einen Streit zwischen ihr selbst und David Rigler, der in ein heftiges nächtliches Wortgefecht auf ihrer Auffahrt ausartete, wobei Ruch schließlich einschritt und zu Rigler sagte, Meinungsverschiedenheiten nach Mitternacht würden sowieso nie gelöst, und er solle doch nach Hause gehen. An diesen Vorfall kann sich Rigler nicht mehr erinnern. »Oh, etwas in der Art kann durchaus mal passiert sein«, sagte er zu mir. »Es stimmt, daß wir uns über administrative Sachen gestritten haben. Aber ohne laut zu werden. Und nicht um Mitternacht.«

14. Juli. Ich forderte Dr. Kent auf, Miss Curtiss aus meinem Haus zu entfernen, da sie keine Hilfe darstellt, sondern im Umgang mit Kindern völlig unausgebildet und unerfahren ist und auch mögliche Risiken für das Kind nicht erkennt. Dr. Kent sagte, es sei unbedingt erforderlich, daß sie hierher käme. Ihre Aufgabe, die Sprechversuche phonetisch aufzuzeichnen, sei wichtiger als ihre mangelnde Eignung zur praktischen Mithilfe. Ich wies darauf hin, daß Genie gar nicht sprach, wenn sie in der Nähe von Miss Curtiss war.

Auf dem Gipfel des Konflikts, nur wenige Tage nach dieser Eintragung, passierte die Geschichte mit dem kleinen Hund. Rigler schildert die Sache folgerndermaßen: »Einmal hatte ich bei einem Besuch bei Jean Butler einen Golden-Retriever-Welpen bei mir, und Genie muß den Hund wohl vom Fenster aus gesehen haben, denn laut Butler geriet sie völlig aus der Fassung. Also, der Welpe war erst zehn oder zwölf Wochen alt. Nichts weiter als eine kleine Fellkugel, und er war auch nicht direkt am Fenster, sondern draußen im Garten, aber Genie hat sich sicher vor ihm gefürchtet.«

Butlers Version liest sich etwas lebhafter:

20. Juli. Dr. Rigler rief an und sagte, daß seine Frau einen Hund angeschafft habe und er ihn gern mitbringen wolle, um ihn Genie zu zeigen. Ich bat ihn, noch ein paar Tage damit zu warten. Er bestand aber darauf. Daraufhin sagte ich, er solle den Hund bitte im Wagen lassen und Genie erst einmal durchs Fenster gucken lassen … Gegen acht Uhr abends waren Genie und ich dabei, Bettwäsche zusammenzulegen, was ihr sehr viel Befriedigung verschaffte … In diesem Augenblick kam Dr. Rigler … Er nahm sie bei der Hand und führte sie zur Haustür, öffnete diese und sagte: »Komm mit, Genie, ich will dir etwas zeigen.« Inzwischen hatte Mrs. Rigler den Hund aus dem Auto genommen und auf den Rasen gesetzt. Genie war auf der Veranda, als sie den Hund sah. Sie rannte ins Haus zurück, knallte die Tür heftig hinter sich zu und versteckte sich in meinem Bett … Eine Zeitlang beobachtete sie den Hund durch das Vorderfenster. Die Riglers fuhren wieder weg, und Genie blieb zwei Stunden in meinem Bett, wobei sie häufig aufstand, um auf die Toilette zu gehen. Sie sagte »Nicht Hund« (No dog) und »Angst« (scared). Sie schlief in der Nacht nur zwei Stunden. Um halb drei morgens kam sie zu mir herein, nahm mich bei der Hand und führte mich zu ihrem Bett. Ich blieb zwei Stunden bei ihr sitzen, während sie wiederholt »Angst« sagte.

Genies Abscheu vor Hunden war schon vor dem Vorfall mit Riglers Welpen wohlbekannt; auch Rigler selbst war bei seinen ersten Spaziergängen mit Genie Zeuge davon gewesen. Nach einer solchen Hundebegegnung hatte Rigler zu Butler bemerkt, daß er noch nie eine derartige Angst bei einem Kind gesehen habe. »Wenn sie eine Katze oder einen Hund sah, kletterte Genie an einem hoch wie an einem Fahnenmast«, erzählte er mir. »Oder sie rannte auf und davon. Wenn man guckte, wo sie abgeblieben war, steuerte sie bereits den weißen Mittelstreifen auf der Straße an, denn der war gleich weit von den beiderseits liegenden Gärten entfernt. Sie war auch schon clever genug, um zu wissen, daß ein Hund hinter einem Zaun auch hinter dem Zaun bleibt, daß aber eine Katze hinter einem Zaun durchaus nicht bedeutet, daß sie hinter dem Zaun bleibt.« Vor allem Floyd Ruch bemühte sich eine ganze Weile darum, Genie dabei zu helfen, ihre Angst zu überwinden. Er sah sich mit ihr Folgen der Fernsehserie »Lassie« an und kaufte ihr einen batteriebetriebenen Spielzeughund, der bellen und mit dem Schwanz wackeln konnte. Erst Jahre später erfuhren er, Butler und die Riglers, bis in welche Tiefen Genies Angst reichte, und warum.

Während des Juli und bis in den August hinein nahm das Gerangel kein Ende. Jean Butler bekämpfte das Eindringen der Wissenschaftler in ihr Heim, zugleich aber kämpfte sie darum, offiziell in deren Kreis aufgenommen zu werden. Sie beantragte eine Erhöhung ihres Lehrergehalts um 38 Prozent und forderte, daß sie neben den Forschern in deren wissenschaftlichen Untersuchungen genannt würde. Rigler bot ihr an, sie in dem Antrag für ein Forschungsmittel als Mitarbeiterin in der Position einer »Lehrerin/Therapeutin/Mutter/Pflegerin/Mitforschenden« mit aufzuführen. Später nahm er das zurück und bezeichnete den Vorschlag als »eine Fehleinschätzung meinerseits«.

19

»Dieses Kind steht nicht zum Verkauf«

Anscheinend war damals Genie die einzige, die sich zunehmend entspannte. Auf Fotos, die im Haus von Jean Butler aufgenommen wurden, wirkt sie munter, fröhlich, gelassen und zufrieden. Auf dem einen sitzt sie braungebrannt auf einem Polster, mit der einen Hand umfaßt sie das mit dem Krankenhausarmband geschmückte Handgelenk der anderen, und ihr Blick signalisiert eine solche Zuversicht, ist derart selbstbewußt, daß man nicht darauf kommen würde, daß sie kein normales Kind ist. Auf einem anderen Foto strahlt sie auf der hinteren Veranda des Hauses in ungehemmter Lebensfreude in die Kamera, ihre Rattenschwänzchen triefen noch vom Spiel mit dem Gartenschlauch. Wasser hatte es ihr angetan, genau wie einst Victor. Sie fuhr sogar mit an den Strand und lernte, die einschüchternden Reize des Pazifischen Ozeans zu genießen, zumindest bis in Knöcheltiefe.

In ihrem Tagebuch blickte Jean Butler auf Genies Fortschritte in jenem Sommer zurück: Sie machte geltend, daß Genies Bettnässen seltener auftrat – 30 von 37 Nächten war sie trocken geblieben – und daß sie in dem Maße, wie ihr Interesse an anderen Aktivitäten wuchs, weniger masturbierte. Außerdem, so Butlers Aufzeichnungen, spreche sie: »Ihr Sprechen ist qualitativ besser geworden und hat quantitativ mindestens um das Zehnfache zugenommen ... Ich konnte Genie dazu bringen, in angemessener Weise mit ›Ja‹ zu antworten, was sie vorher nicht getan hat. Auch konnte ich Genie dazu bringen, ihrem Ärger in Worten Luft zu machen, das heißt, sie sagt das Wort ›angry‹ (wütend) und macht eine schlagende Bewegung in die Luft, oder sie schlägt auf ein lebloses Objekt ein (wie z. B. einen großen aufblasbaren Clown aus Plastik). Dies war ihre erste Verbalisierung von feindseligen Gefühlen und Wut.«

In einem Brief an Jay Shurley, der inzwischen wieder an der University of Oklahoma war und wissen wollte, wie der Sommer verlaufen war, schrieb Butler:

Sie haben mich nach Genies Sprachfertigkeit gefragt. In den letzten beiden Wochen nannte Floyd sie »meine kleine Plaudertasche«. Er sagte oft: »Wenn du groß bist, wirst du genau so eine Plaudertasche wie Jeanie.« Nach einem Besuch in der Tierhandlung, wo wir vier Fische kauften, hat sie abends 45 Minuten lang gesprochen. Während des Tages haben wir etwa ein Viertel der Zeit miteinander geredet und sogar mit Worten gestritten. Sie benutzt dabei Zwei- und Drei-Wort-Sätze. Sie hat die Verneinungsform richtig angewendet. Als ich einmal zu ihr sagte, wenn sie nicht aufhöre, Wasser auf die rückwärtige Veranda zu spritzen, müsse sie hereinkommen, antwortete sie »No come in« (Nicht reinkommen) ... Sie beschrieb mehrfach ein Objekt mit zwei Adjektiven ... »one black kitty« (eine schwarze Katze) ... »four orange fish« (vier orange Fische) ... »bad orange fish – no eat – bad fish« (schlechter orange Fisch – nicht essen – schlechter Fisch) war der längste Gedanke, den sie in Worten ausdrückte. Die Geschichte von den Fischen und deren Ableben erzähle ich Ihnen, wenn Sie hier sind.

Butlers selbstgewisse Einschätzung von Genies geistiger Verfassung wurde durch die Aussage eines Prüfungsausschusses des NIMH erhärtet. Das Komitee stellte bei Genie eine »augenfällige Besserung« fest, seit sie in Butlers Heim übergesiedelt war. »Es waren recht bemerkenswerte Verhaltensänderungen festzustellen«, stand in der Beurteilung. »Bei einem Hausbesuch durch zwei Sachverständige wurden die positiven Verhaltensmuster und Anpassungen in diesem Setting bestätigt.« Die Besucher berichteten der Bethesda-Klinik, daß Butlers Heim »eine ausgezeichnete Unterbringung« für Genie sein würde. In dem konfliktträchtigeren Klima von Los Angeles fiel der Urteilsspruch jedoch nicht so eindeutig aus.

6. August. Dr. Rigler bestand darauf, mich [von einer Zusammenkunft] nach Haus zu fahren. Auf dem Heimweg sagte er, daß die Zusammenarbeit mit mir als »Trainee« (Auszubildende) nicht funktioniere und daß er noch nie zuvor Schwierigkeiten mit seinen Studenten gehabt habe. Ich wurde sehr ärgerlich und erwiderte, daß ich mich selbstverständlich dagegen verwahre, als Studentin, Lehrling oder Idiotin behandelt zu werden. Ich sagte, es sei völlig unnötig, mir vorschreiben zu wollen, welche Erziehungsmethoden ich bei Genie anwende. Ich wies darauf hin, daß er in den letzten acht Monaten für ihre Behandlung verantwortlich gewesen sei und seine Sache ausgesprochen dürftig gemacht habe. Ich erklärte, daß die Ursachen ihrer Probleme in seiner Abteilung zu suchen seien und daß man mich zumindest als jemanden betrachten könne, der einige Erfahrung aufzuweisen habe.

9. August. In meinem Postfach fand ich einen gestempelten, aber unfrankierten Umschlag vor, der ein zehnseitiges Schreiben von Dr. Rigler enthielt.

Der Brief – Kopien erhielten Kent, Hansen und Omansky – war eine gequälte Bestandsaufnahme der letzten Zeit,
ein Versuch, nach den verbissenen Auseinandersetzungen
die Dinge geradezurücken und Klarheit zu verschaffen.
»Liebe Jean, ich schreibe Ihnen, um meine Bedenken hinsichtlich der derzeitigen Situation zu äußern«, lautete der
Anfang. Darauf folgte eine Verteidigung des Forschungsauf-
trags gegen Butlers Vorwurf der Ausbeutung: »Dieses Kind
steht nicht zum Verkauf, doch nach unserer und der Ansicht
der [die Forschungen] tragenden Institute sind die Erkenntnisse, die sich aus dem Studium dieses einzigartigen Kindes
ergeben, von großer Bedeutung für humanitäre Zwecke.«
Rigler lobte die Mitarbeiter des Rehabilitationszentrums,
welches er als »eine der besten Einrichtungen dieser Art
überhaupt« bezeichnete, unterstrich aber auch die Erfolge,
die Butler als potentielle Pflegemutter für sich in Anspruch
nahm. »In dieser Hinsicht bin ich bereit zu bestätigen, daß
Genie derzeit in Ihrem Hause eine ausgezeichnete, liebevol-
le Pflege zuteil wird.« Gleichwohl beklagte er die in seinen
Augen mangelhafte Kooperation von seiten Jean Butlers und
versetzte ihren Hoffnungen auf eine bessere Bezahlung einen Dämpfer: »Es ist wenig wahrscheinlich, daß jemand, der
die Eltern- oder Pflegeelternschaft eines in hohem Grad
schwer zu betreuenden Kindes übernimmt, für die an ihn
gestellten endlosen und außergewöhnlichen Anforderungen
jemals in angemessener Weise entschädigt wird.

Falls dieser persönliche [finanzielle] Umstand es Ihnen
unmöglich macht, die Rolle der Pflegemutter weiterhin zu
übernehmen«, hieß es weiter, »so bedaure ich dies natürlich
zutiefst wegen der Auswirkungen auf Genie.«

Abschließend drückte Rigler seine Hoffnung auf eine
künftige gute Zusammenarbeit aus, »wenn auch die Geschehnisse der vergangenen Monate mir das als sehr zwei-
felhaft erscheinen lassen«.

Vier Tage später kamen Sue Omansky und ihr Vorgesetzter von der DPSS zu Jean Butler ins Haus und überbrachten ihr die behördliche Entscheidung ihres Antrags auf Übernahme der Pflegestelle. Er war abgelehnt worden. Butler schrieb in ihr Tagebuch:

> Etwa zwanzig Minuten lang spürte Genie, daß etwas nicht in Ordnung war. Sie war außer sich, als ich ihr sagte, daß sie mit Mr. Wodowski und Miss Omansky zurück ins Rehabilitationszentrum müsse. Sie sagte: »Nein, nein, nein!« Ich sagte zu ihr, daß ich sie sehr lieb habe, aber sie müsse mir gehorchen und mit ihnen mitgehen.
>
> Kurz bevor Mr. Wodowski ihre Sachen hinausbrachte, dankte er mir für alles, was ich für Genie getan hatte ...
> Sie fuhren gegen 10 Uhr 30 weg.

Genie war kaum im Rehabilitationszentrum eingetroffen, als sie schon ihren neuen Pflegeeltern übergeben wurde. Anscheinend konnte die Regel, daß Patienten nicht bei Krankenhausangestellten wohnen sollten, doch flexibel gehandhabt werden: Die Pflegeeltern waren David und Marilyn Rigler.

Das plötzliche Ende von Genies Sommer am Cahuenga Boulevard war für Jean Butler von schicksalhafter Bedeutung. Ihre Niederlage war ihr eine zusätzliche Bestätigung in ihrem Kampf gegen Rigler und die anderen Mitglieder des Genie-Teams. Wegen des Unrechts, als dessen Opfer sie sich empfand, unternahm sie einen endlosen Rachefeldzug, in dessen Verlauf sie in Briefen an die verschiedenen Wissenschaftler die Forschungstätigkeit des Teams angriff, außerdem die Stipendienanträge und Symposiumsunterlagen der Teammitglieder daraufhin durchwühlte, ob sich darin auch nur die geringsten Anzeichen von unerlaubten oder mißbräuchlichen Handlungen finden ließen.

Ihr erster Schachzug war eine Beschwerde bei der DPSS wegen des scheinbaren Seitenwechsels, in der sie behauptete, daß die Sachbearbeiter wider besseren Wissens vor dem

Druck der Wissenschaftler kapituliert hätten, um das Mädchen in eine der Forschung weniger abträgliche Umgebung zu verbringen. Rigler erinnert sich daran, daß als Folge dieser Anklage Verweise in die Akten der Bearbeiter aufgenommen wurden, aber daß sich dies nicht auf die Unterbringung Genies ausgewirkt habe. Rigler tut das Ganze als Boshaftigkeit ab, ebenso wie er Butlers Unterstellung, er habe eine aktive Rolle bei der Ablehnung ihres Antrags gespielt, als gegenstandslos von sich weist. »Ich war überrascht, als sie Jean ablehnten«, äußerte er mir gegenüber. Er war auch besorgt. Seine Frau Marilyn erinnert sich an eine lange Autofahrt – den ganzen kurvenreichen Mulholland Drive bis zur Küste hinunter –, die sie unternahmen, um über ihre Sorgen zu sprechen: Die DPSS hatte nämlich in der Ablehnung von Butlers Antrag keine bedenkenswerten Alternativen für Genies Unterbringung genannt.

Es ist kein Wunder, daß es zwischen Riglers und Butlers Darstellungen der Ereignisse jenes Sommers so wenig Übereinstimmung gibt; der Abstand, der zwischen ihren Standpunkten lag, verbreiterte sich im Laufe der Zeit zu einer tiefen Kluft. »Sie war wütend über die Ablehnung«, sagte Rigler eines Nachmittags, als wir – er, seine Frau und ich – in ihrer Küche saßen. »Sie fing an, uns wegen abartigen Verhaltens anzuklagen, aber wir fanden *ihr* Verhalten abartig. Sie agierte so destruktiv wie nur möglich. Von uns aus gesehen, wurde sie von da an die ›böse West-Hexe‹ aus dem ›Zauberer von OZ‹.«

»Wir hatten nie die Absicht oder einen konkreten Plan, Genies Pflegeeltern zu werden«, fuhr Rigler fort. »Howard Hansen hatte mich darauf angesprochen. Meine Frau und ich haben Nabelschau betrieben, jeder für sich und einer für den anderen, und sind in uns gegangen, um die Sache zu durchdenken. Und dann faßten wir den Beschluß, Genie aufzunehmen, wenn es sonst keiner tun würde. Wir teilten der Sozialbehörde mit, wenn sie absolut niemanden finden könnten, seien wir bereit, sie für eine begrenzte Zeit bei uns zu haben – äh, wie lange, Marilyn?« Er wandte sich an seine Frau.

»Oh, ein Jahr.«

»Nein, nein. Es war viel kürzer. Ich glaube, es waren drei Monate. Und dann traf Genie ein. Ich weiß das Datum noch genau – es war Freitag, der 13. August. Und bei uns geblieben ist sie dann vier Jahre.«

III

ALS DAS SINGEN NUR IHR ZULIEBE STATTFAND

20

Ein neues Zuhause

Wäre Genies Lebensweg dazu geeignet gewesen, als Erfolgsstory à la Horatio Alger gesehen zu werden, dann hätte allein schon die Geschichte ihrer verschiedenen Wohnorte genügt, ihr einen Platz im *Forbes*-Magazin zu sichern. Ihr Aufstieg, aus armseligsten Umständen in eine erstklassige Pflegeinstitution und von dort in ein Haus in Hollywood, hatte kaum mehr als ein halbes Jahr gedauert. Ihre neueste Unterkunft war die feinste von allen.

David und Marilyn Rigler wohnten in Laughlin Park, einer exklusiven Anlage von 61 Villen im Los-Feliz-Bezirk von Los Angeles. Schon seit der Stummfilmära erfreute sich diese Wohngegend bei Filmleuten und anderen Unterhaltungsstars großer Beliebtheit, weil sie ganz in der Nähe der Studios von Hollywood lag. Cecil B. de Mille ließ dort ein Anwesen bauen, in dem noch heute eine seiner Töchter lebt. Charlie Chaplin, Anthony Quinn, Lily Pons und, in jüngster Zeit, André Kostelanetz und Chick Corea hatten in Laughlin Park gewohnt. Rigler genoß es, Besucher die Straße entlangzuführen und ihnen weiter unten das Haus zu zeigen, in dem der berühmte Komiker W. C. Fields gewohnt hatte. Dieses Wohnviertel spielt bis heute eine selbstbewußte Sonderrolle innerhalb der weiteren Umgebung, wobei diese Selbstsicherheit vor einiger Zeit dazu geführt hat, daß alle Zufahrten mit bewachten Toren versehen wurden. Die Straßen dahinter geben ihr Geheimnis nicht preis: Sie sind still, gewunden und eng. Herrenhausartige Villen verstecken sich hinter dichten Buchsbaumhecken und hohen, mit Stukkaturen verzierten

Mauern. Der Prominentenhügel Laughlin Park hat den Charakter einer Insel. Von dort blickt man weit über die Niederungen der tiefergelegenen Ebene mit ihrer Kleinindustrie und dem wimmelnden Gedränge wie etwa vom Mont-Saint-Michel über die mörderischen Untiefen des bretonischen Wattenmeeres.

Im Laufe der Jahrzehnte lag Laughlin Park abwechselnd im Trend oder war out. Als die Riglers dort wohnten, erlebte die Gegend gerade eine Art Niedergang – in der Filmwelt galt sie nicht mehr als schick, und so vornehm wie heute war sie noch nicht. Doch bei Ärzten war sie noch immer beliebt, nicht so teuer wie Bel Air und in bequemer Entfernung zum Childrens Hospital und anderen Krankenhäusern gelegen. Das Haus der Riglers (dessen Garten hinten an Jack Dempseys früheren Besitz grenzte) war für Laughlin Park nicht besonders glanzvoll, allerdings auch nicht sonderlich bescheiden. Ein alter Bekannter pflegte Rigler in Anspielung auf die ständig im Zustand der Renovierung befindliche Küche damit aufzuziehen, daß er die »Tobacco Road der Nachbarschaft« sein eigen nannte; andere Besucher beschrieben es als ein typisches Akademikerhaus: von außen respektabel, drinnen behaglich, kultiviert und auf elegante Weise mit allen möglichen Dingen vollgestopft. Zumindest bis zu Genies Ankunft bot es einen gepflegten Anblick. David und Marilyn hatten drei halbwüchsige Kinder, dazu eine Katze und Tori, den jungen Golden Retriever, den Genie bereits gesehen hatte. Genie erhielt ein Zimmer im Erdgeschoß und ein eigenes Badezimmer. Es gab einen großen rückwärtigen Garten, wo sie spielen, und sogar Nachbarn, die sie besuchen konnte: Die Hansens lebten nämlich auch in Laughlin Park, ein paar Straßen entfernt, in einem Haus, das einst dem Stummfilmstar Antonio Moreno gehört hatte.

Die Ankunft eines neuen Familienmitglieds bei den Riglers hatte einige unmittelbare Auswirkungen. »Uns bedeuten zum Beispiel Bücher sehr viel«, erzählte mir Rigler. »Genies Zimmer war bis dahin eine Art Bibliothek gewesen. Zwei der Wände waren von Regalen, die bis oben hin mit Büchern und Zeitschriften gefüllt waren, bedeckt. Genie war fasziniert davon, inbesondere von den National Geographic-Heften, unter denen sie schon bald bestimmte Lieblingsausgaben hatte. Das hinderte sie aber nicht daran, einiges kaputtzumachen. Ich selbst bin nicht einmal dazu fähig, in einem Buch etwas anzustreichen, doch wenn ihr eine Seite besonders gut gefiel, dann riß sie sie einfach heraus.«

Und das war nicht das einzige, was sie anstellte. Am Tag ihrer Ankunft wanderte Genie nervös von einem Zimmer ins andere und ratschte dabei jedesmal rundherum mit den Fingern an der Wand entlang, dann verrichtete sie ihr Geschäft im Papierkorb von Riglers Tochter. Alle zehn Minuten machte sie in die Hose, egal wo sie sich gerade befand. Allerdings bildete sich diese Angewohnheit schnell wieder zurück, im Gegensatz zu anderen. So versteckte sie Exkremente in ihrem Zimmer (das hatte sie auch im Krankenhaus getan – wobei sie diese einmal, zu Riglers Amüsement, mit Deodorant besprüht hatte, um den Geruch zu überdecken) und nahm Dinge an sich, die den anderen Kindern der Familie gehörten. Auch hatte sie noch immer nicht kauen gelernt und saß deshalb bei Tisch mit übervollen Backen da und wartete darauf, daß das Essen im Mund allmählich weich wurde; bei ihren gewohnten Speisen, wie Frühstücksflocken und Apfelmus, funktionierte das auch recht gut, doch als Marilyn Rigler festere Nahrung in ihren Speisezettel aufnahm, führte diese Änderung zu ausgiebigem Spucken.

Die Riglers waren die ersten Tage darum bemüht, Genie dazu zu bringen, ihren alten Feind, den Hund Tori, zu akzeptieren. »Wir mußten schnell feststellen, daß Genie und der Welpe nicht zur gleichen Zeit im Haus sein konnten«, erzählte mir David Rigler. »Deshalb konzipierten wir einen Plan, um sie miteinander vertraut zu machen. Erst befanden sie sich auf verschiedenen Seiten der Glasschiebetür zur Veranda. Als sich Genie daran gewöhnt hatte, öffneten wir die Glastüren, ließen aber die Insektengitter noch zu, und dann machten wir auch diese auf. Schließlich war es soweit: Als der Hund mit dem Rücken zu ihr stand, streckte sie die Hand aus und berührte seinen Schwanz, und von da an machte es ihr nichts mehr aus.«

Durch den Erfolg dieser Fellkugel-Therapie wuchs der allgemeine Optimismus wieder. Genie war nun endlich fest in eine Familie eingebunden und nicht mehr Objekt eines gehässigen bürokratischen Hickhacks. NIMH hatte inzwischen die Forschungsmittel bewilligt, so daß für die nächsten zwei Jahre 100 000 Dollar zur Verfügung standen, auszahlbar durch das Childrens Hospital, zur Durchführung verschiedener Forschungsvorhaben, zu denen auch die Sprachstudien von Susan Curtiss und Victoria Fromkin gehörten. David Rigler durfte als Leiter des Forschungsprojekts seine Arbeitszeit am Kinderkrankenhaus ohne Gehaltseinbuße um fast die Hälfte reduzieren, damit er genügend Zeit für die Beschäftigung mit Genie hatte. Der Finanzplan sah außerdem vor, daß seine Frau – die an ihrer Magisterarbeit in Entwicklungspsychologie arbeitete – zwischen 500 und 1000 Dollar im Monat für ihre Dienste erhielt. Der Verwaltungsbezirk Los Angeles stattete die Riglers außerdem mit einem Pflegegeld von 230 Dollar im Monat aus. Von nun an konnte das Forschungsprojekt also ungehindert voranschreiten, allerdings immer unter der Voraussetzung, daß Genie selbst sich nicht als Hemmschuh erwies.

Auch im Haus der Riglers machte Susan Curtiss ihre beinah täglichen Besuche und schrieb weiterhin alles, was sie von Genies Sprache verstehen konnte, in ihre großen roten Notizbücher. Als sie im September 1971 mit dem ersten der von ihr und Fromkin entwickelten linguistischen Tests begann, mußte sie allerdings bald feststellen, daß Genies Starrsinn und Unruhe sie an den Rand der völligen Erschöpfung brachten. Selbst an Tagen, an denen das Kind mitarbeitete, also Anweisungen befolgte und bei bestimmten Aufgaben mitmachte, ergriff sie niemals die Initiative und tat niemals mehr als das Nötigste, und das war sehr frustrierend. In Curtiss' Augen war Genie schlicht faul. Wie sollte man wissen, ob sich so ein Kind wirklich immer noch auf dem Stand der Ein- und Zwei-Wort-Sätze befand oder ob sie einfach nur keine Lust hatte, komplexere Sätze zu gebrauchen? Sehr viel später, als Genie begann, Mehrwortsätze zu sprechen, zog sie diese zu ein oder zwei Silben zusammen, so daß »Monday Curtiss come« (Montag kommt Curtiss) sich am Ende ungefähr wie »Manka« anhörte.

Dieses Verhalten trug ihr bei den Linguisten den Spitznamen »Meisterin der Verkürzung« ein. Die nicht geraffte Version brachte sie nur auf strenges Nachfragen heraus. Genies Fähigkeiten waren nach Curtiss' Meinung »durch ihre Verhaltensweisen verschleiert«.

Eine weitere verschleiernde Verhaltenseigenart war so fest verankert, daß man sie schon als Wesenszug betrachten mußte. Außer in Situationen, in denen sie mit einem Hund oder einer sonstigen furchterregenden Erscheinung konfrontiert war, wirkten ihre Bewegungen immer so, als watete sie durch tiefes Wasser. Ein Verhalten, das von Anfang an zu beobachten gewesen war – seit dem Tag ihrer Entdeckung, als sie mit tastendem Schritt im Büro des Sozialdienstes auftauchte –, doch je besser sie verbale Anweisungen verstand, desto deutlicher trat es zutage. Wenn Genie zu irgendeiner Tätigkeit aufgefordert wurde, bewegte sie sich erst einmal überhaupt nicht; erst wenn einige Zeit vergangen war, gehorchte sie plötzlich, als ob die Aufforderung erst jetzt bei ihr angekommen sei. Dieselbe »Reaktionslatenz« zeigte sie bei sprachlichen Aufgaben. Etwa drei Monate nach ihrer Ankunft bei den Riglers sagte Curtiss zu ihr: »Erzähl Rita mal, bei wem du heute morgen zu Besuch warst!« Es vergingen zehn Minuten mit weiterer Konversation, bis Genie schließlich den Namen hervorpiepste. Man konnte nie mit

Sicherheit sagen, ob das Kind die Antwort auf eine Frage nicht wußte oder sie bloß noch nicht gegeben hatte.

Susan Curtiss hatte sich angewöhnt, Genie Geschichten vorzulesen, was diese höflich, aber unbewegt hinnahm. Am 13. Oktober aber zeigte sich ein erster Riß im Gemäuer ihrer Teilnahmslosigkeit: Curtiss beobachtete, daß die Gesichtszüge des Mädchens den Inhalt der Geschichte widerspiegelten. Ihr Gehör war nie ein Problem gewesen, doch jetzt hörte Genie zum erstenmal richtig zu. Ihre Aufmerksamkeit war geweckt, sie hörte auch bei Gesprächen zu, die gar nichts mit ihr zu tun hatten. Kurz gesagt, sie lernte andere Menschen zu belauschen. Je mehr sich Susan Curtiss und die Riglers anfreundeten, desto öfter schien Genie die Rolle der Beobachterin zu übernehmen, während die Wissenschaftler das Reden besorgten. Manchmal kam es dann vor, daß sie die Gespräche der Erwachsenen zu stören versuchte, doch hörte sie gelegentlich auch nur still zu, und ab und zu mischte sie sich sogar mit einem passenden Kommentar in das Gespräch ein.

Ihr neues Zuhause war ein fruchtbarer Boden für Fortschritte dieser Art. Im Besuchszimmer der Riglers stand ein Steinway-Konzertflügel. Von den Familienmitgliedern wurde er selten benutzt, doch Curtiss gab oft ein kleines Konzert für ihr Ein-Kind-Publikum, meist kurz vor dem Abendessen. Anders als beim Vorlesen, das sie teilnahmslos über sich ergehen ließ, erwies Genie sich als andächtige Konzertbesucherin. »Das Klavierspiel versetzte sie in einen träumerischen Zustand«, berichtete mir Curtiss. »Sie blieb wie angewurzelt stehen, hatte vielleicht sogar Halluzinationen. Wohin ihre Gedanken wanderten, kann ich nicht sagen. Aber vielleicht hat sie sich an früher erinnert.« Der entrückte Zustand stellte sich allerdings nur bei klassischer Musik ein und nur, wenn ihr direkt vorgespielt wurde. Rigler führt das auf Erlebnisse während der in der Kammer verbrachten Jahre zurück: Während Genies Gefangenschaft hatte ein Nachbarsjunge zeitweilig Klavierunterricht bekommen, und wenn er üben mußte und die Töne durch das einen Spaltbreit geöffnete Fenster hereindrangen, war das für Genie so etwas wie eine Matineevorstellung gewesen. Aber gleichgültig, woher ihre Vorliebe auch stammen mochte, Genie hielt eisern daran fest. Wenn Susan Curtiss bei ihrem Vortrag zu weit in den Unterhaltungssektor abglitt, zog Genie ihr die Hände von den Tasten, nahm ihr die Noten weg und stellte statt dessen andere hin, die mehr nach ihrem anspruchsvollen Musikgeschmack waren.

Susan Curtiss entdeckte aber auch ein paar Kinderlieder, die Genie gelten ließ. Als sie ihr diese am 10. November 1971 vorspielte und vorsang, forderte sie Genie auf, dazu in die Hände zu klatschen, zu tanzen und mit dem Fuß aufzustampfen – und zu ihrer Überraschung machte sie das tatsächlich und sang sogar mit, wobei sie die Tonhöhe anscheinend ganz bewußt wechselte, was sie so noch nie zuvor getan hatte. Nach einer Woche lieferte die Musik wieder den Rahmen für eine weitere Neuheit – diesmal nicht die Modulation, sondern die Lautstärke betreffend. Bei einer Fahrt zum Krankenhaus sang Curtiss Genie ein improvisiertes Liedchen über ihr Ziel vor. Genie stimmte mit ein und wiederholte immer wieder »Krankenhaus« (hospital), und mit einemmal – ihrer Angst, etwas laut auszusprechen, zum Trotz – schmetterte sie das Wort aus voller Kehle heraus. Einige Monate später ging sie ein weiteres Mal gegen diese Angst vor dem Lautsein an, diesmal allerdings, indem sie einen schrillen Schrei ausstieß, als David Rigler versuchte, etwas Ohrenschmalz aus ihrem Ohr zu entfernen. Das Ereignis wurde sofort in den Notizbüchern festgehalten. Soweit es den Forschern bekannt ist, war dieser Schrei ihr erster und letzter zugleich. Aber für ein Kind, dessen innere Erschütterungen fast immer tief verborgen blieben, war es zumindest ein richtiger Schrei.

Parallel zu den Fortschritten beim Sprechen kam sie auch

auf dem Verhaltenssektor voran. Marilyn Rigler war, wenn auch nicht offiziell, dafür zuständig, daß Genie sich zu benehmen lernte. Um Genie zu zeigen, wie man kaut, führte sie beim Kauen deren Hand an ihre Kiefer. Nach vier Monaten hatte Genie gelernt, ihre eigenen Kinnladen in ähnlicher Weise zu bewegen, und am Abendbrotstisch der Riglers kehrte wieder Normalität ein, sieht man einmal von Genies Gestikulieren ab. Denn anstatt zu sagen, was sie haben wollte, faßte Genie Marilyn ins Gesicht oder am Arm und zeigte so auf das Gewünschte oder machte Handbewegungen, bis ihr Bedürfnis verstanden wurde. Ihre Gesten stellten eine Art Sprache dar, sie waren eigenartig, erreichten aber ihren Zweck. Wenn sie Freude ausdrücken wollte, feuchtete sie zum Beispiel zwei Finger mit der Zunge an und rieb sie dann schnell an Marilyns Nase. Doch beim gemeinsamen Essen mußte die Kommunikation etwas konventioneller ausfallen, und Genie sah sich schließlich genötigt zu lernen, ihre Wünsche statt mit den Händen mit Worten mitzuteilen.

Nachdem Genie Zeit gehabt hatte, sich an das Leben im Hause Rigler zu gewöhnen, wurde sie in einem Kindergarten angemeldet, später dann in einer öffentlichen Schule für geistig Behinderte. Zu Hause erhielt sie Sprechtherapie und etwas Unterricht in Gebärdensprache, letzteres zum Teil auch deshalb, weil die Gebärden ihrer Vorliebe für eine manuelle Ausdrucksweise entgegenzukommen schienen. Im allgemeinen aber verharrte sie in äußerster Schweigsamkeit. Von dem redseligen Plappern und den langen aneinandergereihten Sätzen, von denen Butler berichtet hatte, konnten Susan Curtiss und die Riglers keine Spur entdecken.

Genies mangelnde verbale Ausdrucksfähigkeit zeigte sich am augenfälligsten bei ihren Wutanfällen, die sie immer noch ohne einen Laut, in der Zwangsjacke eines selbstzerstörerischen Verhaltens durchmachte. Marilyn Rigler lakkierte Genies Nägel in der sich als richtig herausstellenden Annahme, daß ihre Eitelkeit sie dann davon abhalten würde, an Wänden und Fußböden zu kratzen. Sie wußte, wie sehr Genie es genoß, wenn sie als hübsch bezeichnet wurde, und sagte ihr deshalb, sie sei überhaupt nicht hübsch, wenn sie ihren Körper oder ihr Gesicht zerkratzte. Marilyn befand sich als Erzieherin in der seltsamen Lage, einem Kind beibringen zu müssen, wie man einen Wutanfall nach allen Regeln der Kunst, vom Türenknallen bis zum Füßestampfen, auslebt. Allerdings beförderte sie Genie zum Trampeln und Treten aus der Küche nach draußen.

Auch auf diesem Gebiet verdrängten schließlich Wörter die Gesten. In Genies persönlicher Gebärdensprache bedeutete ein Schütteln der Hand, daß sie frustriert war, während das Schütteln eines einzelnen Fingers einen unmittelbar bevorstehenden Wutausbruch ankündigte. Wenn Marilyn diese Sturmwarnungen sah, sagte sie zu ihr: »Jetzt hast du eine Wut im Bauch, du bist ganz schön in Fahrt.« Bald brauchte sie nur »Du hast eine Wut im Bauch« zu sagen, und Genie fiel ein mit »in Fahrt«. Schließlich wurden die Wörter »in Fahrt« zu einer Art verbalem Fingerschütteln, zu einer spontanen Redewendung, mit der Genie ihre Verärgerung kundtun konnte. Susan Curtiss wurde Zeuge eines weiteren Durchbruchs emotionaler Ausdrucksfähigkeit, als sie eines Morgens Genie in Tränen aufgelöst vorfand. Sie war erkältet gewesen, hatte Husten gehabt und über Ohrenschmerzen geklagt und eben zu ihrem Schrecken von Marilyn gehört, daß sie mit ihr zum Arzt gehen müßte. »Mir fiel auf, wie sehr sich das Mädchen, das früher weder schluchzen noch richtige Tränen weinen konnte, in der kurzen Zeit verändert hatte«, schrieb Curtiss in ihrer Dissertation.

Mitte Juni 1972 hielt Curtiss eine Begebenheit fest, die sich etwa am ersten Jahrestag ihrer Bekanntschaft mit Genie abspielte. Wie bei anderen Schilderungen in Curtiss' Dissertation ist dabei schwer zu entscheiden, wer von beiden, die Versuchsperson oder die Wissenschaftlerin, sich durch das Experiment stärker veränderte. »Heute bin ich mit Genie in der Stadt gewesen«, schrieb Curtiss. »Wir bummelten etwa eine Stunde durch die Geschäfte. Singend und marschierend führten wir uns dabei in unserer typischen närrischen Weise auf. Alles, was ich tat, wurde von Genie mit Begeisterung und bester Laune aufgenommen. Sie kommentierte: ›Genie glücklich.‹ Mir ging es genauso. Zwischen uns hat sich eine ganz besondere Beziehung entwickelt.«

21

»Sie schafft es!«

Ein paar Monate später stand ein weiterer Jahrestag bevor – Genies Ankunft bei ihren Pflegeeltern jährte sich im September 1972 zum erstenmal. Dieser Tag wurde unter ungleich größerer Anteilnahme der Öffentlichkeit gefeiert. In Honolulu fand nämlich die 80. Jahrestagung der »American Psychological Association« (APA) statt, und einige der mit Genies Fall beschäftigten Forscher flogen dorthin, um an einem von David Rigler geleiteten Symposium teilzunehmen. Im »Mynah Room« des Hilton Hotel hielt Howard Hansen einen Vortrag über Genies Kindheit in Temple City, James Kent sprach über die acht Monate, die sie im Childrens Hospital verbracht hatte, und Marilyn Rigler schilderte unter der Überschrift »Ein Abenteuer: Mit Genie zu Haus« die Prüfungen des vergangen Jahres. Darauf folgte ein Bericht von Victoria Fromkin über Genies Sprachentwicklung, der sich auf ihre eigenen sowie die Beobachtungen von Susan Curtiss und Stephen Krashen, einem anderen ihrer Doktoranden, stützte.

»Im November 1971, ein Jahr, nachdem sie ins Krankenhaus gekommen war, glich Genies grammatikalische Leistungsfähigkeit in vieler Hinsicht der eines normalen 18 bis 20 Monate alten Kindes«, sagte Fromkin und beschrieb dann einige seither beobachtete Veränderungen dieser Situation. In den Wochen vor der Tagung hatte Genie endlich gezeigt, daß sie bei Substantiven zwischen Singular und Plural unterscheiden konnte; wenn Curtiss »balloons« (Luftballons) sagte oder »turtles« (Schildkröten) oder »tails« (Schwänze), dann reagierte Genie auf die Pluralendung »-s« und zeigte auf die Abbildung, auf der zwei Ballons oder Schildkröten zu sehen waren, und nicht auf das Bild mit nur einem Gegenstand oder Tier. In ähnlicher Weise erkannte sie jetzt den Unterschied zwischen positiven und negativen Sätzen. Sie verstand die Bedeutung einiger Präpositionen, so daß sie auf Marilyns Frage, wo es Elefanten gebe, antwortete: »Im Zoo.« Sie verstand Ja-oder-nein-Fragen, und sie benutzte eine Art von Possessivform; sie konnte sagen:»Curtiss chin« (Curtiss' Kinn) oder »Marilyn bike« (Marylin Fahrrad). (Erst nach einem weiteren halben Jahr fand sie heraus, wie man ein Verb einsetzt, und sagte: »Miss Fromkin have blue car.« (Miss F. haben blaues Auto). Ihr Sprachverständnis und -gebrauch war von Einwort- zu Zweiwort-Sätzen fortgeschritten, gelegentlich kam auch ein Satz mit drei Wörtern dazu. »Genaugenommen sind Zweiwort-Sätze etwas sehr Komplexes, bedenkt man, welche Prinzipien zu ihrer Formulierung erforderlich sind«, erklärte Fromkin ihren Zuhörern in Honolulu. »Sie setzt ja nicht wahllos irgendwelche Worte nebeneinander, sondern dahinter steht ein bewußter, von Regeln gesteuerter Vorgang, welche zwei Worte sie in ihren Sätzen zusammenstellt. Es handelt sich nicht um wahllose Aneinanderreihungen.«

Die Erwähnung, diese Sätze seien regelgesteuert, war eine indirekte Andeutung, daß Genie gerade dabei sei, einen Coup zu landen, der die Welt der Sprachwissenschaft erschüttern würde. Im ersten Entwurf von Fromkins Referat sind ihre Erwartungen noch deutlich spürbar. »Genie ist fraglos dabei, die Regeln der englischen Grammatik zu erlernen«, schrieb sie dort und fügte dann die Verbesserung »einige der Regeln« ein. Weiter hinten in ihrem Vortrag findet sich über dem Satz: »Genie ist dabei, syntaktische Regeln zu erfassen« die handschriftliche Korrektur zu »hat erfaßt«. Und auf wieder einer anderen Seite folgte die Behauptung: »In der derzeitigen Phase hat Genie eine Grammatik.« Diese drei Bemerkungen waren längst wieder gestrichen, als Fromkin in Hawaii eintraf.

Die mögliche Signifikanz von Genies Leistung wurde in einem anderen Abschnitt, der gleichfalls in der vorgetragenen Version des Referats fehlt, verdeutlicht: »Diese Zusammenfassung der Entwicklung von Genies syntaktischen und phonologischen Fähigkeiten deutet darauf hin, daß Spracherwerb auch nach dem Alter von fünf Jahren noch möglich ist, ja sogar noch nach Beginn der Pubertät. Damit scheint Genies sprachliche Entwicklung die Schlußfolgerungen bestimmter Wissenschaftler zu widerlegen, daß Spracherwerb nur während der Phase, in der sich die zerebrale Dominanz bzw. Lateralität entwickelt, stattfindet.« Fromkin nannte diese Wissenschaftler auch beim Namen. Genie würde Erik Lennebergs Theorie den Nimbus der Unbezweifelbarkeit nehmen: Sie würde die Regel des Satzbaus lernen, selbst wenn die derzeit vorherrschende Theorie besagte, daß sie das nicht könne.

Aus dieser Äußerung sprach eine gewisse persönliche Rechthaberei. Lenneberg wußte von Genies Existenz, doch hatte er keinerlei Interesse bekundet, sich mit ihr zu befassen. Er bemerkte damals gegenüber Kollegen, daß ihr Fall aus seiner Sicht zu undurchsichtig sei, um zu sauberen wissenschaftlichen Ergebnissen zu kommen, denn das emotionale Trauma ihrer Einkerkerung verkompliziere die Forschung. Fromkin und Curtiss hätten dieses Argument sicher entschieden zurückgewiesen. »Der natürliche Zustand, in

dem sich Genie zu Anfang befand, war der des Nicht-Spre-
chens, und dieser Zustand kann vielleicht ein Ausdruck
ihrer emotionalen Verfassung gewesen sein«, erklärte mir
Curtiss, wobei sie (was bei diesem Thema leicht bei ihr geschieht) selbst ein bißchen emotional wurde.»Aber mit zu-
nehmender sozialer Entwicklung erwarb sie die Fähigkeit,
glücklich zu sein und ihr Leben wirklich zu leben, und damit
wurde offensichtlich, daß ihre Sprachprobleme nicht mit
Streß oder Emotionen zusammenhingen. Ich kann nicht einsehen, warum sich der emotionale Zustand auf die Entwicklung bestimmter sprachlicher Aspekte auswirken soll, auf
andere jedoch nicht. Es gibt verschiedene Erklärungen für
den kindlichen Spracherwerb. Am besten kann ich Ihnen
über meine eigene Auffassung Auskunft geben, die im übrigen von den meisten generativen Linguisten geteilt wird.
Aus unserer Sicht spielt die Gefühlswelt kaum eine Rolle.
Genie war zweifellos ein emotional gestörtes Kind, aber für
unser Anliegen war das nicht relevant.«

Bestenfalls hätte Genie sogar einen – wenn auch nicht
gerade lupenreinen – Nachtrag zu Lennebergs Theorie liefern können. Doch es lag auch in ihrer Macht, ihn in aufse-
henerregender Weise zu widerlegen. Falls Genie keine Sprache erlernte, konnte die Interpretation dieses Versagens
durchaus vielfältig ausfallen; einerseits konnte man darin
einen Beweis für die Existenz einer sensiblen Phase sehen,
andererseits konnte man es auf die emotionale Mißbrauchs-
problematik zurückführen. Wenn Genie jedoch trotz allem,
was ihr zugefügt worden war, richtig sprechen lernte, würde
die Widerlegung der letztgenannten Theorie allerdings um
so deutlicher ausfallen!

Zum damaligen Zeitpunkt hatte es also kurzfristig den
Anschein, daß Genie Sprache lernte. Im Rückblick scheint
die Tagung in Hawaii den Punkt im Gezeitenwechsel zu mar-
kieren, an dem die Flut des Optimismus ihren höchsten
Stand erreichte. Wenn in François Truffauts »Wolfskind«-

Film Genie statt Victor von Aveyron die Hauptrolle gespielt hätte, dann würde der Streifen an dieser Stelle enden und der Nachspann beginnen.

22

Fremde Wohltäter

Im Rückblick muß man wohl sagen, daß sich die Aussichten für Genies endgültigen entwicklungspsychologischen und sprachlichen Durchbruch im Sommer 1972 bereits eintrübten. Zur orthodoxen Auffassung vom Spracherwerb gehört auch die Vorstellung, daß alle Kinder dieselben Stadien in der immer gleichen Reihenfolge durchlaufen, ganz gleich wie schnell oder langsam sie sprechen lernen. Sobald sie Zweiwort-Sätze beherrschen, ist eine explosionsartige Weiterentwicklung zu erwarten, so, als hätte ein Kind einen Schlitten mühevoll bergauf geschoben und der Hügelkamm läge nun hinter ihm und es ginge jetzt in sausender Fahrt auf der anderen Seite wieder hinab; seine Fertigkeiten wachsen wirklich in einem atemberaubenden Tempo. Zwar hatte Genie sogar noch vor ihrem Aufenthalt bei Jean Butler Zweiwort-Folgen gebraucht, doch nun verging ein Monat nach dem anderen, und die Explosion ließ immer noch auf sich warten. Man hatte den Eindruck, sie stapfte noch immer mühsam voran, so, als müsse sie weiter einen Schlitten vor sich herschieben.

Ich fragte Susan Curtiss einmal, wie sie reagiert habe, als ihr dämmerte, daß in Genies Sprachentwicklung nicht mehr mit dieser Explosion zu rechnen sei. »Das hat mich nicht weiter beunruhigt, weil ich von Anfang an erwartete, daß für

Genie wegen ihres fortgeschrittenen Alters andere Regeln gelten würden«, antwortete Curtiss. »Ich war mir damals noch gar nicht darüber im klaren, wie begrenzt ihre Möglichkeiten sein würden.«

Ein Sprachelement, das normale Kinder sehr schnell lernen, ist die Verneinung. Als erstes verwenden sie ein einzelnes Verneinungswort: »No have toy« (Nicht habe Spielzeug). Von dort schreiten sie direkt zum nächsten Stadium fort, wo die Verneinung ins Innere des Satzes wandert: »I not have toy.« Dann finden sie heraus, wie ein Hilfsverb gebraucht wird, und sagen »I do not have a toy«, und Wunderkinder ziehen das Verb gleich zu »don't« zusammen. Genie aber blieb fast drei Jahre lang auf dem Stadium von »no have toy« stehen, und obwohl sie bereits seit vier Jahren mehrere Wörter aneinanderreihte, benutzte sie immer noch den grammatisch nicht korrekten Telegrammstil.

Ebensowenig konnte sie eine Frage richtig formulieren. Bei normal entwickelten Kindern sind die gepeinigten Eltern oft der Meinung, daß ihr Nachwuchs die von den Linguisten sogenannten »W-Fragen« fast allzu gut beherrscht. Aber all die Kinder, die bei jeder Gelegenheit »Warum?« fragen, können etwas, was Genie nicht konnte. Seit Februar 1972 war sie fähig, Fragen mit wo, wann, wer, wie, warum oder was zu verstehen. Aber wenn sie dazu gedrängt wurde, selbst eine derartige Frage zu stellen, kamen Monstersätze dabei heraus wie »Where is may I have a penny?« (Wo ist darf ich einen Pfennig haben?) oder »I where is graham cracker on top shelf?« (Ich wo ist Butterkeks auf oberstem Bord?)

Eine der Schwierigkeiten bei der Bildung richtiger Fragen berührte den Kern von Chomskys Theorie. Um eine W-Frage zu bilden, muß man eine Verschiebung (»movement«) vornehmen, das heißt, man muß die Wortstellung des »Oberflächensatzes«, beispielsweise »When is the train coming?«, aus der Wortstellung des darunterliegenden Aussagesatzes (»The train is coming [soon]«) ableiten. »Movement« war eine Fähigkeit, über die Genie nicht verfügte.

Sie hatte auch Probleme mit den Pronomina. Die meisten kamen in ihrem Wortschatz überhaupt nicht vor. »I« (ich) war ihr Lieblingswort, »you« (du) und »me« (mir, mich, ich) waren für sie austauschbar. Hier spiegelte Genies Grammatik ihre Selbstbezogenzeit wider – ihre Unfähigkeit, das Ich von der Umwelt abzugrenzen. Sie fand nie heraus, wer sie selbst und wer der andere war. »Mama love you« sagte Genie und zeigte auf sich.

»Genie war hochmotiviert zu sozialer Interaktion und zum Gebrauch von Sprache innerhalb der Interaktion«, erklärte mir Susan Curtiss. »Das konnte fast schon verzweifelte Dimensionen annehmen. Sie starrte den Leuten unverwandt auf den Mund, wenn sie sprachen. Sie war sehr erfindungsreich und äußerst sensibel bei der Frage, ob sie sich anderen verständlich machen konnte oder ob es nicht klappte. Zum Beispiel versuchte sie oft zu beschreiben, was sie im Sportunterricht in der Schule gemacht hatte. Das ist schwierig, denn hier geht es nicht ohne zeitanzeigende Zeichen (»tense markers«), und man muß deutlich sagen, wer was mit wem macht. Auf diesem Gebiet konnte sie sich einfach nicht verständlich machen. Sie zeichnete es, stellte es mimisch dar, benutzte Synonyme – kurz, sie versuchte alles, damit sie verstanden wurde. Wenn der Zuhörer meinte, er habe es endlich begriffen, und es stimmte wieder nicht, versuchte sie es noch einmal. Es war ihr ein ganz dringliches Anliegen.«

Daß Genies Sprechenlernen durch das Streben nach sozialem Kontakt motiviert war, war von bemitleidenswerter Ironie, denn ihre Unfähigkeit wurde besonders offenbar bei den vielen Interaktionen, die als automatisches Sprechen bezeichnet werden und den Kern des geselligen Gesprächs ausmachen. Sie war nicht in der Lage zu lernen, daß die Antwort auf die Begrüßung »Hello« ebenfalls ein »Hello« ist, und sie konnte den Sinn von »Thank you« nicht begreifen. Wenn sie gerufen wurde, kam sie herbei, aber abgesehen

148

von ganz wenigen Ausnahmen war sie unfähig, selbst jemanden herbeizurufen. Sie klagte über einen Jungen in der Schule, der sie nicht in Ruhe lassen wollte, aber niemand schaffte es, ihr beizubringen, was sie sagen mußte, damit er damit aufhörte. Anscheinend konnte sie sich die Ausdrücke »Stopit« (Hör auf) und »Nomore« (Schluß), die sie aus der Gefangenschaft in ihrer kleinen Kammer mitgebracht hatte, nur als an sie selbst und ihr eigenes Tun gerichtete Worte vorstellen und nicht als solche, die sie zu ihrer Verteidigung gebrauchen konnte. Insgesamt war Genie ähnlich in sich selbst gefangen wie ein Mensch, der einen Schlaganfall erlitten hat – sie wollte mehr mitteilen, als sie sagen konnte, und sie war sich dieser Unfähigkeit bewußt.

Auf dem Gebiet der nonverbalen Kommunikation kannte sie keine derartigen Handicaps. »Ohne ein einziges Wort«, schrieb Susan Curtiss, »kann sie ihre Wünsche, Bedürfnisse und Gefühle ausdrücken, sogar völlig fremden Personen gegenüber.« Auch Rigler war Zeuge des »Phänomens des gütigen Unbekannten«. Einmal war es eine Frau in einem langsam fahrenden Cabrio gewesen, die anhielt und Genie ihre Kunstperlenkette schenkte, ein anderes Mal ein Junge, der eine Spielzeugfeuerwehr bei sich hatte. Er war mit seinem Vater vorübergegangen und ganz plötzlich umgekehrt, um ihr die Feuerwehr mit weit ausgestreckten Händen zum Geschenk anzubieten. Rigler traten Tränen in die Augen, als er diese Geschichte erzählte.

In den drei Jahren nach der Tagung in Hawaii kam Genies hoffnungsvoll erwarteter sprachlicher Aufschwung nicht zustande. Als ich Curtiss fragte, zu welchem Zeitpunkt Genies Entwicklung zum Stillstand gekommen sei, sagte sie: »Fast sofort. Aber wir brauchten mehrere Jahre, bis wir uns darüber im klaren waren.«

Angesichts von Genies Versagen sind viele Wissenschaftler wieder zu der Erklärung zurückgekehrt, die bereits ihr Vater vorgebracht hatte – daß sie nämlich schwachsinnig sei.

149

Curtiss ist nicht dieser Auffassung. Sie wies darauf hin, daß Genies Ergebnisse bei einigen der von ihr und Fromkin angewendeten Tests besser als die irgendeiner anderen Person waren. »Bei Tests zum räumlichen Verständnis erreichte Genie ein perfektes Ergebnis wie ein Erwachsener«, sagte sie. »Sie war in der Lage, unvollständige Figuren zu ergänzen, und etwas aus der einen Perspektive zu betrachten und zugleich zu wissen, wie es aus einer anderen Perspektive aussieht. Sie konnte Silhouetten zeichnen. Sie konnte Dinge nach Kategorien ordnen. Es gibt Theorien, nach denen das Kategorisieren der Schlüssel zum Spracherwerb ist, daß grammatikalische Fähigkeit nur bedeutet, Dinge in immer kleinere Kategorien zu zerlegen. Genie konnte kategorisieren, doch sie konnte keine Grammatik lernen. Was immer ihr das richtige Kategorisieren ermöglichte, es blieb ohne Einfluß auf ihre Grammatik. Ich legte ihr komplexe, hierarchisch aufgebaute Modelle zum Nachbau vor, und sie tat es, mühe- und fehlerlos. Genie konnte die komplexesten Strukturen erfassen.

Einmal forderten wir sie auf, eine Stabkonstruktion zu kopieren. Die Stäbe hatten verschiedene Farben, aber das hatten wir nicht weiter beachtet – uns war es nur um den Aufbau der Konstruktion gegangen. Als Genie die Struktur aus dem Gedächtnis nachstellte, stimmten nicht nur der Aufbau, sondern auch alle Farben bis zum letzten Stab, obwohl das nicht Teil der Aufgabe war. Sie beherrschte all die Dinge, die angeblich in einem Zusammenhang mit den grammatischen Strukturen stehen, doch eine Grammatik konnte sie nicht erwerben.«

Genies spezielle Fähigkeiten auf dem Gebiet des räumlichen und konkreten Denkens spiegelten sich in ihrem Sprechen wider. Bei den meisten Kindern dreht sich das Gespräch um Tätigkeiten und Beziehungen: was geschah wann, was hat einer mit einem anderen gemacht. Genie konzentrierte sich statt dessen auf Objekte, sie beschrieb sie in allen Einzelheiten in bezug auf Farbe und Form, Anzahl und Größe. Unter den frühen Mehrwortsätzen eines normalen Kindes kommen üblicherweise nicht solche vor, wie sie vielfach bei Genie auftraten: »großes, rechteckiges Kissen«, »sehr, sehr, sehr dunkelgrüne Schachtel«, »Zahn hart«, »großer riesiger Fisch im Meer«.

Ende der siebziger Jahre, als Susan Curtiss ihre Dissertation abschloß, ließ sie Genie eine breitgefächerte Reihe von psychologischen Tests zur Erfassung nichtsprachlicher kognitiver Fähigkeiten machen und verglich die Ergebnisse mit den Tests, die andere Wissenschaftler ganz zu Anfang mit Genie unternommen hatten. »Dabei ergaben sich einige sehr interessante Aspekte«, erinnerte sich Curtiss. »Ich stellte fest, daß Genies geistiges Alter während jedes Jahres nach dem Ende ihrer Isolation um ein Jahr zugenommen hatte. Von dem Augenblick an, wo sie eine Chance hatte, sich mit ihrer Umwelt auseinanderzusetzen, hat sie sich weiterentwickelt. Das ist der stärkste Beweis dafür, daß sie nicht schwachsinnig war. Sie werden keinen Fall eines zurückgebliebenen Kindes finden, dessen geistiges Alter jedes Jahr um ein Jahr zunimmt. Auch der Wortschatz schwachsinniger Kinder ist sehr dürftig. Ich habe mit einer Gruppe retardierter Kinder gearbeitet, die die jeweiligen Fälle richtig anwenden, bei denen aber die Wortbedeutung fehlerhaft ist. Sie sind nicht sicher im Gebrauch von Geschlecht oder Anzahl. Genie machte nie einen Fehler auf kognitivem Gebiet. Sie wußte immer, um wie viele Dinge es ging und welcher Art sie waren.«

»Und noch etwas«, fuhr Curtiss fort. »In Genies Gegenwart hatte man nie das Gefühl, es mit einer Schwachsinnigen zu tun zu haben. Es war wohl zu spüren, daß sie psychisch gestört war. Ihre Seele war zutiefst verstört – der schlimmste Fall, dem ich je begegnet bin. Aber die Lichter waren an. Es war jemand zu Hause.«

23

Auch die Riglers in Laughlin Park hatten den Eindruck, daß sie mit einem intelligenten Menschen zusammen lebten. »Genie war nicht blöde – auf keinen Fall«, erklärte mir David Rigler. »Sie verfügte über Energie, Persönlichkeit, eine unglaubliche Neugier. Sie war sehr empfänglich für Lob und Anerkennung und tief getroffen, wenn sie getadelt wurde. Sie lechzte nach Zuneigung und war selbst sehr liebevoll. Und sie hatte einen wunderbaren Sinn für Humor.«

Im Haushalt verrichtete Genie anspruchsvolle Arbeiten: Sie bügelte und nähte, letzteres mit der Hand und mit der Nähmaschine. Und sie zeichnete. Ihre Zeichnungen schienen geradezu ein Bestandteil ihres Wortschatzes zu sein – eine Art Ausgleichs- oder Ersatzsprache, die sie sich selbst beigebracht hatte. Immer wenn es ihr nicht gelang, sich verständlich zu machen, griff sie zu Stift und Papier und skizzierte, was sie mit Worten nicht beschreiben konnte. Dabei handelte es sich keineswegs bloß um Dinge – Genie konnte sogar ihre Gedanken und Wünsche bildlich darstellen. Susan Curtiss hebt ihre Fähigkeit hervor, mit ein paar flinken Bleistiftstrichen die »Gestalt« einer Situation zu erfassen, allein durch die Art, wie sie Menschen oder Dinge, die in ihren Erzählungen eine Rolle spielten, einander gegenüberstellte. Ihre Gestalt-Wahrnehmung war geradezu unheimlich. Mit größter Leichtigkeit erfaßte sie, welche innere Struktur sich hinter einer äußerlich chaotisch anmutenden Situation verbarg oder wie verstreute Bestandteile eines Ganzen zusammenhingen. Bei den Gestalttests erzielte sie die besten Ergebnisse von allen bisher in der Literatur verzeichneten. Komplexe Begrifflichkeiten darzustellen, gelang ihr mit visuellen Mitteln jedoch besser als mit verbalen.

Im ganzen Zeitraum, in dem Genie weiter aus sich herauskam, bewältigte sie ihre Alltagserlebnisse, indem sie diese zu Illustrationen in Zeitschriften und Büchern in Beziehung setzte. Solange die Angst vor den Haustieren der Riglers sie beherrschte, schnitt sie Fotos von ähnlich aussehenden Katzen und Hunden aus und sammelte sie, fast als besäßen sie die magischen Schutzkräfte einer Voodoo-Puppe. Als sie einmal im Freizeitpark »Sea World« einen helmbewehrten Taucher sah, ließ sie nicht locker, bis Susan Curtiss mit ihr nach Hause ging, und beruhigte sich erst wieder, als sie ihr dort die Abbildung eines ebensolchen »Monsters« im *National Geographic* gezeigt hatte. Curtiss vermutete anfangs, daß Genie wegen ihrer an Ereignissen und menschlichen Kontakten armen Kindheit vor allem durch visuelle Erfahrungen geprägt war – Erfahrungen, die allerdings so statisch wie Bilder auf Ansichtskarten waren. Für sie war das in der Bewegung erstarrte Abbild im »*National Geographic*« vielleicht ebenso von Leben erfüllt wie das phantastische Bild, das sich vor ihren Augen in »Sea World« fortbewegt hatte. Zu einem späteren Zeitpunkt, als die Untersuchungen von Genies Gehirn die Dominanz ihrer rechten, »räumlichen«, Hemisphäre über ihre »sprachliche«, linke, zutage brachten, ließ dies eher auf eine physiologisch bedingte Ursache schließen.

Von einem stetigen Fortschritt konnte man bei Genie nicht sprechen, dazu verlief er einfach zu langsam, doch an bestimmten individuellen »Meilensteinen« war festzustellen, daß sie vorankam. Sie lernte, verbal zu phantasieren, und sie lernte, andere zu beeinflussen, und dank der Kombination dieser beiden Fähigkeiten stellte sich im März 1974 heraus, daß sie nun auch gelernt hatte, eine glatte Lüge zu erzählen. Sie kam nämlich eines Tages aus der Schule und erklärte, daß die Lehrerin sie durch ihre hohen Anforderungen zum Weinen gebracht habe. Sie hatte sich die ganze Geschichte aber nur ausgedacht, um Marilyns Mitleid zu erregen. Bei einer anderen Gelegenheit, ein Jahr später, wurde sie von Susan Curtiss mit den Taschen voller Steine ertappt (es waren welche, die man ihr mitzunehmen verboten hatte), und Genie sagte, ihre Taschen enthielten nur »material« (Stoff, Zeug). Nun, welterschütternd war diese Notlüge gerade nicht, bedenkt man die Praktiken heutiger Politiker, doch als erster Versuch immerhin brauchbar.

Kurz vor Weihnachten 1971 gingen Genie und Susan Curtiss einen Krankenhausflur hinunter, als ein kleiner Junge auf sie zukam und mit seiner Spielzeugpistole auf sie zu schießen begann. Genie bekam einen Schreck, und nachdem sie sich außerhalb seiner Reichweite in Sicherheit gebracht hatten, wiederholte sie eine Mischung der Sätze, mit denen Curtiss sie beruhigt hatte: »Little bad boy« (böser kleiner Junge) und »bad gun« (böse Pistole). Zwei Wochen später, als Curtiss abends Klavier spielte, hörte sie Genie etwas vor sich hin murmeln. Auf ihre Nachfrage, was sie gesagt habe, wiederholte Genie: »Little bad boy« und »bad gun«. Curtiss war erfreut; es war das erste Mal, daß Genie Sprache benutzte, um von einem vergangenen Ereignis zu berichten.

Natürlich tauchte sofort die Frage auf, ob Genie in der Lage sein würde, Geschehnisse in Worte zu fassen, die sich zu der Zeit ereignet hatten, als Wörter noch nicht zu ihrer Welt gehörten. Hatte sie Erinnerungen an diese Zeit? Und wie wurden diese sprachlich erfaßt? Die Antwort fiel – zumindest in Teilen – sehr erschreckend aus. »Father hit big stick. Father is angry« (Vater schlagen großer Stock. Vater ist wütend), sagte Genie eines Tages. Und bei einer anderen Gelegenheit: »Father hit Genie big stick« (Vater schlagen Genie großer Stock) und »Father take piece wood hit. Cry« (Vater nehmen Stück Holz schlagen. Weinen). Die Forscher erfuhren jetzt mehr über den ihnen unbekannten Teil von Genies Kindheit, und zwar von dem Kind selbst. »Wir gingen auf ihre Angst vor dem Vater ein«, berichtete mir Rigler. »Wir versicherten Genie immer wieder, daß ihr Vater tot sei und nicht plötzlich wieder auftauchen würde, um sie zu bestrafen. Es war schwierig, ihr eine Vorstellung vom Tod zu vermitteln. Sie hat ihre Angst, er werde wiederkommen, nie verloren. Als sie besser sprechen gelernt hatte, wurde ›Father hit‹ einer ihrer Standardsätze. Sie wiederholte ihn Hunderte von Malen. Tausendmal.«

Charakteristischerweise enthüllte sie eines ihrer schlimmsten Erlebnisse ganz ohne den Gebrauch von Wörtern. Eines Tages kam sie nicht, als sie gerufen wurde, und Rigler fand sie in ihrem Zimmer über einer Zeitschrift, gelähmt vor Angst. Die aufgeschlagene Seite zeigte das Foto eines Wolfs. Da Genie zu verstört war, um ihr eigenartiges Verhalten zu erklären, befragten die Riglers bei der nächsten Gelegenheit ihre Mutter. Irene erklärte sich Genies Verhalten damit, daß Clark bei den seltenen Anlässen, bei denen es überhaupt zu einer Interaktion mit seiner Tochter gekommen sei, sie wie ein Hund angebellt und angeknurrt habe. Manchmal, erzählte Irene, habe er auch auf dem Flur vor ihrer geschlossenen Tür gestanden und gebellt.

Die mit Genies Fall vertrauten Psychologen und Psychiater werden von diesem Bild bis heute verfolgt. Ich habe einige von ihnen gefragt: »Warum ausgerechnet wie ein Hund?«, und Jay Shurley hatte noch am ehesten eine Erklärung parat, wenn sie auch mit »Ich weiß es nicht« begann.

»Das einzige, was mir dazu einfällt, ist, daß Clark sich selbst zum Wächter seiner Tochter ernannt hatte«, sagte er. »Vergessen Sie nicht, er wollte Genie vor der Welt schützen. Sein Schutz war allerdings zur gleichen Zeit auch eine Bestrafung. – Menschen schützen sich ja häufig durch einen Hund.« Er zuckte die Achseln. »Und so wurde er zum Hund.«

24

Seit dem Novembertag im Jahre 1970, als Genie und ihre Mutter das Büro der Sozialstation betreten hatten, war Irene, die Mutter, zu einer Art Gespenst im Leben ihrer Tochter geworden. Vielleicht war sie niemals sehr viel mehr gewesen – eine blinde, traurige, flüchtige Erscheinung aus der Welt hinter der Tür. Sicher kann Genie damals kaum etwas von der wie geflüsterten Existenz ihrer Mutter verstanden haben. Nachdem Mutter und Tochter aus ihrem Zuhause geflohen waren, hatten sich die Dinge zum Besseren und zugleich Schlimmeren entwickelt. Für Irene war es nicht bloß um eine Flucht gegangen. Wäre das ihr alleiniges Ziel gewesen, hätte sie auch allein fliehen können. Aber sie hatte ihrem Mann getrotzt und ihre Tochter, seine Geisel, entführt. Wenn es nicht um ihre Tochter gegangen wäre – wenn sie nicht die Verpflichtung gefühlt hätte, diese Schmach ihres Lebens zu tilgen, die schlimmer als ihre eigene ungerechte und schändliche Behandlung war –, wer weiß, ob Irene nicht einfach weiter zu Hause geblieben wäre.

Der Lohn für Irenes verspätetes Heldentum war erst einmal bitter. »Teufel auch, kaum war das erste Gerücht aus der Tür, da posaunten es schon alle Schlagzeilen in L. A. hinaus, und sie wurde vor den Kadi zitiert«, sagte Jay Shurley. »Und ihr Mann beging Selbstmord. Das passierte alles in der ersten Woche. Und als nächstes wurde ihr das Sorgerecht für das Kind entzogen.«

Das Gericht ließ die Anklage fallen, und Irene kehrte in das Haus an der Golden West Avenue zurück. Die folgenden fünf Jahre verbrachte sie damit, in Los Angeles und Umgebung herumzufahren und an der Lebensperipherie ihrer berühmt gewordenen Tochter herumzuspuken. Sie machte Besuche in Genies verschiedenen neuen Heimstätten und wurde mit ihren neuen Familienangehörigen bekannt gemacht. James Kent hatte sie als einer der ersten zu Gesicht bekommen, als sie im Childrens Hospital in seine erste Sitzung mit Genie hereinplatzte. In seinem Vortrag anläßlich des Symposiums in Hawaii beschreibt er ihre erste Begegnung: »[Während Genie mit einer Puppe spielte], betraten ihre Mutter und ihr Bruder den Raum. Genie schenkte ihrem Bruder, der sie begrüßte, keine Beachtung, sondern näherte sich schnell ihrer Mutter und starrte sie eine Weile ausdruckslos an, indem sie ihr Gesicht ganz dicht an das ihrer Mutter hielt. Dann kehrte sie zu ihrem Spiel mit der Puppe zurück ... Unsere anfängliche Beobachtung war, daß Genie sich weniger für ihre Mutter als für eine Reihe von Angehörigen des Krankenhauspersonals interessierte. Sie folgte der Aufforderung ihrer Mutter, sich auf ihren Schoß zu setzen, doch sie blieb dabei steif und unbeteiligt, und mindestens bei einer Gelegenheit wurde beobachtet, daß sie, sobald sie entwischen konnte, einen von Kratzen und Spucken begleiteten Wutausbruch hatte. Genies Mutter schien diese unübersehbar fehlende Wärme nicht wahrzunehmen; im Gegenteil, nach einem derartigen Vorkommnis machte sie die Bemerkung, daß Genie sie anscheinend ›heute gut leiden konnte‹.«

Irene gewöhnte sich an, zweimal in der Woche ins Krankenhaus zu kommen, und allmählich normalisierte sich der Ablauf dieser Besuche. »Genies Mutter wurde spontaner und ging angemessener auf Genie ein«, berichtete Kent, »und Genie verhielt sich in dem Maße, wie sich ihre Beziehungen zu anderen Menschen verbesserten, auch gegenüber ihrer Mutter aufgeschlossener und entspannter. Schließlich war deutlich zu spüren, daß sie sich auf die Besuche ihrer Mutter freute.«

Diese Wende kam nicht von ungefähr zustande. Kent führt sie auf die therapeutischen Bemühungen von Vrinda Knapp zurück, der Leiterin des sozialpsychiatrischen Dienstes des Krankenhauses, die begonnen hatte, Hausbesuche bei Irene zu machen. Vrinda Knapp war auf Veranlassung der Wissenschaftler eingeschaltet worden, mit dem Ziel, die Mutter-Kind-Bindung zu festigen. »Wir hielten es für wichtig, daß Genie regelmäßig und häufig Kontakt zu ihrer Mutter hatte«, sagte Kent zu mir. »Sie stellte die einzige wirkliche Verbindung zu ihrer Vergangenheit dar, und wir meinten, diese müsse bestehen bleiben.«

Aus diesem Grund hatten die Forscher als erstes darum kämpfen müssen, daß Irene nicht ins Gefängnis kam. Als gegen sie und Clark Anklage wegen Kindesmißhandlung erhoben wurde, hatte Howard Hansen einen seiner Bekannten, den Rechtsanwalt John Miner, veranlaßt, das Childrens Hospital bei der ersten Voruntersuchung zu vertreten und sich für Irene einzusetzen. Miner bewegte sich in diesem Rechtsstreit auf vertrautem Boden: Er hatte an der Abfassung des Gesetzes, gegen das er Irene nun verteidigte, selbst mitgewirkt. Er war Vorsitzender des Bezirkskomitees von Los Angeles gewesen, welches den Gesetzentwurf verfaßte, der in Kalifornien Kindesmißhandlung zu einem Verbrechen erklärt; wegen seiner Bemühungen hatte ihn der Gouverneur als »bedeutendsten Kinderschützer« des Staates bezeichnet. Miner war nicht nur Jurist, sondern auch Psychologe und hatte die medizinisch-juristische Abteilung der Staatsanwaltschaft von Los Angeles geleitet. In dieser Eigenschaft mußte er bei Autopsien zugegen sein und oft sogar dabei assistieren; so hatte er an den Autopsien von Marilyn Monroe, Robert Kennedy und Sharon Tate mitgewirkt. Er war ein intimer Kenner der Juristenszene von L. A.; von Anwaltskollegen der nachfolgenden Ära, in der es weit weniger gentlemanlike zugeht, wird er als Veteran einer Zeit bezeichnet, als Rechtshändel noch oft innerhalb eines kleinen Kreises von gleichgesinnten und persönlich miteinander bekannten Anwälten, Richtern und Politikern beigelegt wurden.

Der medizinisch-juristischen Abteilung oblagen auch die Fälle von Kindesmißhandlung, und dadurch war Miner mit den Ärzten des Childrens Hospital in Kontakt gekommen und hatte so schließlich die Bekanntschaft von Irene und Genie gemacht. Irenes Mandat übernahm er kurz nach seinem Ausscheiden aus der Staatsanwaltschaft; er war von dem Fall fasziniert – nach Irenes gerichtlicher Anhörung erwarb er als »makabres Erinnerungsstück« den Revolver, mit dem sich Clark getötet hatte. Auch nach dem Urteilsspruch engagierte sich Miner für Genie. Im April 1972 stellte er beim Jugendgericht einen Antrag auf Übernahme ihrer Vormundschaft. In einer internen Aktennotiz der DPSS ist sein Anliegen folgendermaßen verzeichnet: »Er begründet sein Interesse mit dem Wunsch, [Genies] Anteil am Nachlaß ihres Vaters zu schützen.« Miner erläuterte dem Leiter des örtlichen DPSS-Büros, daß es nicht üblich sei, der Vermögensverwalter eines Kindes zu werden, ohne zugleich die Vormundschaft für dieses Kind zu übernehmen.

Der Nachlaß von Clark war nicht gerade bedeutend. Neben dem Haus an der Golden West Avenue handelte es sich um etwa 20 000 Dollar, wovon ein Drittel an Irene und je ein Drittel an seine Kinder fielen. Dem Gericht lagen zwei eidesstattliche Erklärungen vor – eine, in der Irene ihr Einverständnis mit der Vormundschaft erklärte, und eine von Genies »behandelndem Arzt«. »Nach Auffassung des vorerwähnten Arztes«, stand in einer weiteren Aktennotiz der DPSS, »wäre John Miner ... ein geeigneter Vormund und Vermögensverwalter für Genie.« Der behandelnde Arzt war Howard Hansen. Am 18. Mai 1972 wurde die Vormundschaft angeordnet, und im Juni wurde Genies Geld von Temple City an eine Sparkasse in Beverly Hills überwiesen. Miner hatte den Rechtsauftrag, über dieses Geld zu verfügen und Genies Interessen zu wahren, unter anderem also dafür zu sorgen, daß sie nicht etwa von Wissenschaftlern mißbraucht oder ausgebeutet wurde. Wissenschaftlern, wie zum Beispiel denen des Childrens Hospital, die ja ihn an Irene empfohlen und sich für ihn als Vormund verbürgt hatten.

Diese bequeme Regelung schien anfangs nicht weiter riskant. Eine Patientin bei ihrem Arzt, die Versuchsperson bei ihrem »Versuchsleiter« wohnen zu lassen, war natürlich nicht gerade das übliche Vorgehen, aber schließlich lag auch Genies Fall außerhalb des üblichen. Zugegeben, die Männer, deren Aufsicht Genie unterstand, kannten sich alle, aber sie kannten sich alle als vernünftige und ehrenwerte Männer. Und außerdem schienen die Zielsetzungen von Wissenschaft und Therapie in Einklang zu stehen. Warum sollte also eine ganz klar definierte Abgrenzung zwischen ihnen vonnöten sein?

Den ersten Schritt in Richtung auf eine Verwischung der Grenzen mag man bereits in John Miners Anwesenheit bei Irenes Vernehmung sehen; das Krankenhaus war damit praktisch in einen Kriminalfall einbezogen, der die Familie einer Patientin betraf. Als das Genie-Team beschloß, Irene sozial und psychisch wieder aufzubauen, war die Grenze kaum noch sichtbar. Vrinda Knapp bekam den Auftrag, in ihren Sitzungen mit Irene der Familiengeschichte nachzugehen und ihre Erkenntnisse an die Wissenschaftler zu deren Nutzen weiterzugeben. Viele der Details in Hansens Vortrag bei der Tagung der APA und vieles, was später in Susan Curtiss' Dissertation auftauchte, hatte Irene ihrer Therapeutin anvertraut.

David und Marilyn Rigler fuhren gelegentlich am Wochenende mit Genie nach Temple City, und auch diese Ausflüge waren Gelegenheiten für eine wissenschaftliche Observation. In ihrem eigenen Haus filmten die Riglers Genie sehr oft, beim Essen, Reden, Spielen; auch in die Golden West Avenue nahmen sie die Kamera mit und filmten sie mit ihrer Mutter. David Rigler zeigte mir einmal einen kurzen Ausschnitt. Genie steht neben ihrer Mutter am Abwaschtisch. Irene greift in das Spülbecken, sie hat Dauerwellen und ein reizloses Gesicht, dessen müde Züge weniger von den Jahren als von Kummer geprägt sind. Genie flattert mit koketten Bewegungen um sie herum, guckt in die Schubladen und in den Kühlschrank und kommt ab und zu an der Seite ihrer Mutter zum Stillstand, wie ein Schmetterling, der sich taumelnd niederläßt. Mit zarter, etwas quengeliger Stimme verlangt sie Frühstücksflocken, aber ihre Mutter sagt nein, das sei kein Mittagessen – heute mittag gebe es Huhn. Immer gefolgt von der Kamera, führt sie Genie zum Herd und nimmt den Deckel von einem großen Topf, damit sie das Huhn sehen kann. Beide lächeln. Das Lächeln der Mutter wirkt ein bißchen angespannt, doch das Kind wirkt gutgelaunt. Als Genie sich wieder fortbewegt, in eine Ecke der Küche, sieht man ihren ungeschickten Humpelgang. Sie verlangt nach Orangensaft und dann wieder Frühstücksflocken, und ihre hohe Stimme ist kaum vernehmbar gegen den Verkehrslärm, der durch das Küchenfenster von der Golden West Avenue her hereindröhnt.

25

Förmlichkeit und Klatsch: Irene kann sehen

In Irenes Haus waren nach dem Ende von Genies Gefangenschaft die Möbel umgestellt und die Gardinen und Tapeten erneuert worden. »Es sah recht hübsch aus«, sagte Rigler zu mir, doch andere Besucher fanden es eher deprimierend. Zumindest war der Töpfchenstuhl im Garten hinter dem Haus verbrannt worden.

Obwohl Irene bis zu ihrer Flucht dort über zehn Jahre gewohnt hatte, konnte sie ihr eigenes Heim erst jetzt wirklich in Augenschein nehmen. Im Sommer 1971 hatte sie sich einer Staroperation unterzogen, und nun war ihre Sehkraft weitgehend wiederhergestellt. Der Eingriff war von Hansen, Knapp und Miner arrangiert worden; er wurde, wie ihre psychotherapeutische Behandlung, kostenlos durchgeführt. Howard Hansen fuhr in die Vorstadt hinaus, um Irene am Vorabend ihrer Operation zu besuchen, und sie erzählt ihm von Mamah und Dadah und ihrer Kindheit in Oklahoma und daß sie im Sommer immer zum Baden gegangen waren und sie sich wünschte, Genie könnte das auch einmal erleben. Als Hansen nach dem Eingriff wiederkam, konnte Irene zum erstenmal einen flüchtigen Blick auf ihn erhaschen: Er war nicht der Riese, den sie aufgrund seiner tiefen Stimme erwartet hatte. Doch seine blauen Augen waren die schönsten, die sie je gesehen hatte, fand sie. In den folgenden Wochen nahmen auch die übrigen Stimmen in ihrem Leben eine nach der anderen sichtbare Formen an. Knapp sah ganz und gar weiß aus, wie ein Engel. Rigler war unscheinbar, Miner amüsant und äußerst elegant. (Er hat eine Vorliebe für Klappmanschetten, Monogramme, lackierte Fingernägel und trägt bei Gericht gelegentlich sogar Gamaschen.) Er machte auf Irene einen ehrlichen Eindruck, »so ehrlich, wie jemand nur sein kann«.

Als Irene zu ihrem nächsten regelmäßigen Gesprächstermin im Childrens Hospital eintraf, erfuhr sie, daß sie Genie nicht besuchen könne, weil diese nicht da sei. Irene hätte am liebsten geweint, und gleichzeitig war sie ziemlich ärgerlich darüber, denn die Ärzte mußten doch gewußt haben, wie sehr sie sich danach sehnte, ihre halbwüchsige Tochter zum erstenmal richtig sehen zu können. Bei ihrem nächsten Besuch erschien Genie dann wirklich, sie trug eine Einkaufstasche und war in Begleitung der Riglers. Irene war entsetzt, daß sie so dünn war. Da sie sich schämte, ihre Gefühle in der

Öffentlichkeit zu zeigen, nahm Irene Genie mit in einen ein Stockwerk höher gelegenen Büroraum, wo sie sie ungestört in den Arm nehmen konnte.

»Es war schon eine sehr gute Sache, daß die Leute vom Krankenhaus Genies Mutter die Augen operieren ließen«, erklärte mir Shurley. »Irene war darüber sehr glücklich.« Aber falls jemand Dankbarkeit von ihr erwartet hatte, dann wurde er enttäuscht. »Vor allem Jim Kent riß sich ein Bein aus, um Irene einen Gefallen zu tun«, sagte Shurley. »Ich nehme an, Dr. Hansen auch. Beide hatten ein Interesse daran, ihre Freundschaft zu gewinnen, doch gelungen ist es ihnen nicht.«

Es wäre allerdings eine Freundschaft über einen tiefen Graben hinweg gewesen, so schwierig zu überbrücken wie die Kluft zwischen den Wohnvierteln Temple City und Laughlin Park. »Man sah durchaus auf Irene herab, wie die Oberschicht das mit der Unterschicht gern tut«, sagte Shurley. »Da sie auf die öffentlichen Verkehrsmittel angewiesen war, brauchte Irene für die Hin- und Rückfahrt zum Childrens Hospital einen ganzen Tag. Sie hatte das Gefühl, nicht richtig angezogen zu sein – daß sie kein passendes Kleid für einen Besuch bei ihrer Tochter im Krankenhaus hatte. Irene machte mir gegenüber einmal eine Bemerkung darüber, in was für einem vornehmen Krankenhaus ihre Tochter gelandet sei und daß sie sich das niemals hätte leisten können, wenn sie die Rechnung selber hätte bezahlen müssen. Auf beiden Seiten konnte man sich nicht vorstellen, wie das Leben für den anderen aussah. Irene war die Intellektualität der Riglers suspekt. Und ich selbst hatte den Eindruck, daß Rigler seinerseits weder Irene noch Clark jemals als wirkliche Menschen betrachtete. Rigler, Hansen, Kent – sie alle stammten aus Verhältnissen, in denen es ihnen immer gutgegangen war. So etwas Unmögliches wie Irene war ihnen noch nie über den Weg gelaufen, und damit hatten sie ziemliche Probleme.«

Andere Bekannte der Wissenschaftler betonen, daß es sich bei den wie auch immer gearteten gesellschaftlichen Vorteilen, die Kent, Rigler und Curtiss genossen, keineswegs um ererbte handelte. Curtiss entstammt, wie sie sagt, »der einzigen bettelarmen jüdischen Familie von Cleveland, Ohio«. Zufällig war die um eine Generation ältere Marilyn Rigler auch in Cleveland aufgewachsen; Marilyns Vater, der aus der Ukraine eingewandert war, hatte dort als Taschenmacher in der Bekleidungsindustrie gearbeitet, bis er soviel zusammengespart hatte, um einen kleinen Eckladen kaufen zu können. Auch David Rigler war wie seine Frau ein Amerikaner der ersten Generation; seine Familie war fast ohne einen Pfennig in der Tasche aus Rumänien gekommen. Auch Davids Vater wurde Ladenbesitzer; er besaß ein Geschäft an der Spring Street in Manhattan, bis er durch die Weltwirtschaftskrise gezwungen war, wieder als Vertreter herumzureisen. David selbst war der erste in seiner Familie, der ein College besuchte. Während des ganzen Zweiten Weltkriegs war er Soldat gewesen und hatte in der Panamakanal-Zone elektronisches Zubehör und Radarausrüstungen installiert und repariert. Erst mit 25 Jahren konnte er dank eines GI-Stipendiums ein Studium beginnen. Ursprünglich hatte er Ingenieur werden wollen.

Die Riglers zählen nicht zu den Wissenschaftlern, die eine offene Abneigung gegen Irene bekunden, und diejenigen, die sie ablehnen, führen dies auf anderes zurück als die Herkunft aus unterschiedlichen sozialen Schichten: Sie spürten einen anhaltenden Widerwillen gegen die Rolle, welche Irene während der langen Gefangenschaft ihrer Tochter gespielt hatte, mochte diese Rolle auch noch so passiv gewesen sein. Was auch immer den Ausschlag gab, Irene bekam jedenfalls bald den Eindruck, daß sie, gemessen an den Maßstäben der neuen Umgebung ihrer Tochter, nicht akzeptabel war. Sie wurde im Laufe von vier Jahren ganze drei Male in das Haus der Riglers eingeladen, und selbst dann hatte sie das Gefühl, daß ihre Gastgeber angespannt und wortkarg waren. Ihre allwöchentlichen Zusammenkünfte mit ihrem Kind fanden auf neutralem Boden statt, meist in einem Park oder einem Schnellrestaurant. Ironischerweise war eine der Ursachen für diese Regelung Marilyn Riglers Rücksichtnahme auf Irenes Gefühle. Marilyn sorgte sich, daß ein Treffen in dem Haus, wo sie, Marilyn, die mütterliche Autorität besaß und Irenes Tochter Mutterliebe zukommen ließ, diese unangenehm berühren könnte. In einem Park, so hoffte Marilyn, würde der Unterschied zwischen der richtigen Mutter und den Pflegeeltern nicht so spürbar und ihre Stellung innerhalb der Beziehungskonstellation ein bißchen ausgeglichener sein. Aus Angst, es könne als Herablassung mißverstanden werden, wenn sie Irene mit Vornamen anredete, achtete Marilyn auch darauf, sie immer mit ihrem Familiennamen anzusprechen; Irene fand das betont höfliche »Mrs.« jedoch ausgesprochen förmlich.

In diesem verdeckten Klassenkampf genoß seltsamerweise diejenige, die noch am ehesten an einen gewissen Wohlstand gewohnt war, diplomatische Immunität, nämlich Jean Butler. Sie war in einer wohlhabenden Familie im Mittleren Westen aufgewachsen und mehrere Male nach Europa gereist. Sie und Floyd waren inzwischen verheiratet – sie hieß jetzt Jean Butler Ruch – und besaßen mehrere Häuser und eine Jacht. »Trotzdem meine ich, daß Jean in den Fragen der sozialen Unterschiede feinfühliger war als Rigler«, sagte Shurley. »Sie verstand es, respektvoll Abstand zu wahren, und nutzte ihr Geld und ihre Position nie aus, um über andere zu bestimmen. Sie gab Irene gute Ratschläge, aber sie war weder anmaßend noch aufdringlich.«

Im Gegensatz zur betonten Förmlichkeit der Riglers stand auch Jean Ruchs Angewohnheit, Irene des öfteren anzurufen und ein bißchen mit ihr zu plaudern. Aus Irenes Sicht war das zwar zum größten Teil belangloses Geschwätz, aber sie fand es doch nett und rechnete es ihr positiv an. Je mehr sich

Irenes Gesundheitszustand gebessert und sie sich an das Leben als Witwe gewöhnt hatte, desto stärker wurde ihre Zuneigung zu Jean, während offensichtlich ihr Mißtrauen gegenüber den Wissenschaftlern, die ihre Tochter »erforschten«, wuchs. Eines Tages kurz nach ihrer Augenoperation besuchte sie mit Genie und David Rigler das Rehabilitationszentrum. Alle drei gingen langsam nebeneinander her, weil sie sich an Genies charakteristisches Schlurfen anpaßten. »Und als wir nach draußen kamen«, erinnert sich Rigler, »sah Irene erst ihre Tochter an und dann mich, und dann fragte sie mich: ›Was haben Sie mit ihr angestellt, daß sie so komisch geht?‹« Rigler war schockiert. »Ich glaube, Genies Mutter hat nie begriffen, welchen Einfluß sie selbst auf Genies Zustand ausgeübt hat«, sagte er zu mir und wies darauf hin, daß dieses Ableugnen vielleicht anzeigte, wie erfolgreich ihre Therapie verlaufen war. »Ich denke, daß die Mutter nach ihrer Gesprächstherapie und ihrer physischen Wiederherstellung selbst eine schwierige Aufgabe zu lösen hatte – nämlich das Geschehene innerlich so zu bewältigen, daß auch *sie* damit weiterleben konnte«, sagte er. »Irene empfand unsere Anwesenheit als Anklage, als Schuldzuweisung – wir mahnten sie ständig an die Vergangenheit. Und wir waren zu sehr damit beschäftigt, uns zu unserer eigenen Wohltätigkeit zu beglückwünschen, um zu bemerken, wie sehr wir sie gegen uns aufbrachten.«

26

Im Laufe der Jahre 1972, 1973 und schließlich 1974 muß David Rigler mit dem Fortgang von Susan Curtiss' Dissertation recht zufrieden gewesen sein. Denn über die linguistischen Arbeiten hinaus, die sie und Victoria Fromkin betrieben, kam erstaunlich wenig bei dem ehrgeizigen Experiment heraus, dessen Projektleiter er war. Während ihres Aufenthalts in Riglers Haus war Genie von der »vielversprechendsten Fallstudie des 20. Jahrhunderts« zum »vielleicht am häufigsten getesteten Kind der Geschichte« (so Rigler) geworden. Zu einer richtigen Prophetin hatte es nicht gereicht.

»Einmal habe ich mich hingesetzt«, erzählte mir Rigler, »und ein Diagramm mit all den Menschen skizziert, die an der Erforschung und Förderung von Genie beteiligt waren, und das war ein riesiger Personenkreis«, und hierbei breitete er die Arme so weit aus, wie er nur konnte. Die Wissenschaftler hatten eine ungeheure Anzahl von Daten zusammengetragen. Doch dieser Datenberg blieb ungeprüft und unverarbeitet; allein schon sein Umfang verhinderte, daß bedeutende Ergebnisse zustande kamen. Es waren zwar eine Handvoll Referate daraus hervorgegangen, in der Hauptsache Darlegungen von Genies schreckenerregender Kindheit, doch keines davon war so bedeutsam wie das von David und Marilyn Rigler beim 20. Internationalen Psychologie-Kongreß in Tokio im August 1972. Sein Titel lautete »Abmilderung einer schweren Phobie bei einem historischen Fall extremer psychosozialer Deprivation«. Darin wurde ausführlich beschrieben, wie Genie mit Hilfe solcher

Mittel wie einer Glasschiebetür an den Hund Tori gewöhnt worden war.

Das NIMH zeigte sich wegen der mangelnden Fortschritte in Genies Entwicklung besorgt. Bei einer Reihe von Besuchen vor Ort äußerten Beauftragte der Geldgeber Rigler gegenüber ihre Bedenken. Sie waren in Sorge, daß die Daten unsystematisch gesammelt würden, und schlugen weitere Tests vor, um die Lücken zu füllen, ja verlangten sogar, daß andere wiederholt würden. Im Herbst 1973 gewährte man Rigler eine einjährige Verlängerung der Studie und zusätzliche Mittel, »um einen geeigneten Forschungsplan zu formulieren« und die bereits erzielten Ergebnisse zu analysieren. Ein Jahr später, als die Verlängerung auslief, beriet das NIMH über einen weiteren Verlängerungsantrag Riglers in Höhe von 226000 Dollar zur Finanzierung des Forschungsvorhabens für die nächsten drei Jahre.

Genies Fortschritte wurden auch – aus größerer Distanz und mit argwöhnischeren Blicken – von Jean Butler Ruch beobachtet, die sich aus allen nur möglichen Quellen Berichte über den Gesundheitszustand und das Verhalten Genies zu besorgen verstand. Sie war sich sicher, daß Genie nicht so gut vorankam, wie offiziell verbreitet wurde, und machte bei allen, die ihr in wissenschaftlichen Kreisen zuzuhören bereit waren, aggressiv Stimmung gegen Rigler, Hansen und Curtiss.

Warum behaupte Rigler, daß Genie sich in sozialen Situationen angemessen verhielt, obgleich das doch offensichtlich nicht der Fall sei? So fragte Jean Butler Ruch in ihrer Briefkampagne. Warum nahm Marilyn für sich in Anspruch, Genie das Tischdecken beigebracht zu haben (mit Hilfe einer Belohnung von jeweils zehn Pennys), obwohl sie doch während der Sommermonate bei ihr, Jean Butler, selbst und bereits vorher eine eifrige Tischdeckerin gewesen war? Warum, fragte Butler Ruch weiter, behaupteten die Riglers, Genie habe sich weder anziehen noch waschen können, als sie zu ihnen gekommen sei, obwohl sie das doch von den Krankenschwestern im Rehabilitationszentrum gelernt hatte? Warum machten Rigler und Curtiss so ein Aufhebens davon, daß Genie am Ende ihres dritten Jahres in Laughlin Park Dreiwort-Äußerungen von sich gab, obgleich sie doch schon im Sommer 1971 »Foy big black car go ride« (Foy großes schwarzes Auto fahren gehen) hatte sagen können, wenn sie erreichen wollte, daß Floyd Ruch mit ihr zum Beispiel zur Tierhandlung ging, und »Bad orange fish – no eat – bad fish«, um zu erklären, warum sie ihren neuen Goldfisch in den Garten geworfen hatte? Jean Butler Ruch beharrte darauf, daß die Riglers die Geschichte von Genies Fortschritten zurückgedreht hatten, um die Tatsache zu verschleiern, daß Genies Zustand sich unter ihrer Aufsicht wieder verschlechtert hatte. »Es klingt sicher furchtbar selbstgefällig«, schrieb sie an einen Wissenschaftler, »doch niemand, der ihr nach dem Aufenthalt bei uns wiederbegegnet ist, schildert sie als so lebensprühend und aktiv und als einen in Aussehen und Benehmen ›fast normalen‹ Menschen wie damals in unserem Haus.«

Jean Butler Ruch beschuldigte Rigler, seinen ursprünglichen Projektantrag mit »Phantasie-Beratern« aufgewertet zu haben, indem er berühmte Wissenschaftler als Mitarbeiter aufgeführt habe, die kaum mehr getan hatten, als auf der Durchreise einmal kurz den Kopf zur Tür hereinzustecken. Als ich Rigler auf diesen speziellen Vorwurf ansprach, gab er freimütig zu, daß er sich nicht daran erinnern könne, irgendeinen der in dem Projektantrag aufgelisteten Psychologen, die angeblich zwei Tage mit Genie verbracht hatten, je getroffen zu haben; trotzdem kann die Nennung all dieser Berater ebensogut auf eine optimistische Selbsttäuschung zurückgeführt werden wie auf eine Betrugsabsicht.

Butler Ruch warf Rigler auch seine Gefühlskälte gegenüber Irene vor; zum Beweis führte sie an, die Riglers hätten darauf bestanden, daß Irene nicht in ihrem Hause, sondern nur an anderen Orten mit ihrer Tochter zusammenkam. Sie lastete ihnen auch an, daß sie diese Treffen durch keinerlei finanzielle Beihilfe gefördert hätten, obwohl Irenes Erbteil allmählich aufgezehrt wurde und sie ihr Haus mit Hypotheken belastet hatte und in Heimarbeit Puppen nähte und verkaufte, um über die Runden zu kommen. »Wenn man bedenkt, daß Rigler und Co. dank der Genie-Gelder kreuz und quer durch die USA, nach Hawaii und Japan reisten und der Mutter nicht einmal einen kleinen Teil des staatlichen Pflegegelds abgaben, so wurde dies von allen, die die problematische Finanzlage der Mutter kannten, als unverzeihlich [angesehen]«, schrieb Butler Ruch. In ihren Akten legte sie diese Angelegenheit unter der Überschrift »Not der Mutter contra Habgier von Rigler« ab. Das umfangreiche Aktenmaterial belief sich, nach Butler Ruchs Angaben, auf 6000 Seiten. »Sie nutzte das US-Gesetz zur Informationsfreiheit aus, um sich beim NIMH alle Unterlagen über meine Forschungstätigkeit zu besorgen«, berichtete mir Rigler. »Und als ich von dort benachrichtigt wurde, daß man ihr die Dokumente gegeben hatte, schäumte sie vor Wut.«

Eine unerfahrene Angestellte schickte ihr irrtümlich ein siebenseitiges Schriftstück zu, das gar nicht in ihre Hände hätte gelangen dürfen – es war die Beurteilung von Riglers Projektantrag für weitere drei Jahre durch das Aufsichtsgremium. »Eigentlich kann man nach dem Gesetz über die Informationsfreiheit nur Dokumente zu Projekten einsehen, die bereits genehmigt sind«, hatte Butler Ruch in hämischer Freude gegenüber einem Wissenschaftler bemerkt. Aus ihrer Sicht war das Urteil des Komitees »vernichtend« ausgefallen.

Das NIMH-Komitee kam im September 1974 zusammen, um über die Vergabe von weiteren Forschungsgeldern zu entscheiden. Eine zweitägige Inaugenscheinnahme Genies in Los Angeles hatte das Komitee überzeugt, daß nur »ein sehr geringer Fortschritt zu verzeichnen« sei und daß »die vorgetragenen Forschungsziele wahrscheinlich nicht erreicht werden«. Im Bericht hieß es weiter:

Das Komitee ist der Ansicht, daß der unterbreitete Forschungsplan in sich Mängel aufweist und den besonderen Erfordernissen und Umständen dieser einzigartigen Fallstudie nicht gerecht wird ... Die während des letzten Jahres nichterfolgte Ausführung der durch das Komitee ausgesprochenen Empfehlungen, für die Gelder bewilligt wurden, ... ist beunruhigend. Das Komitee ist der Ansicht, daß dieser Antrag einen eindeutigen Mangel an Wissenschaftlichkeit aufweist, und empfiehlt deshalb einstimmig die Ablehnung. Es beantragt, daß seine kritische Stellungnahme an Dr. Rigler weitergeleitet werden soll.

Positiv zu werten war der Befund des Komitees, daß das Projekt »keine ernstlichen Risiken für das Individuum, das das Objekt dieses Antrags ist«, darstelle, und die Bemerkung, »daß der therapeutische Nutzen für das Objekt in der Vergangenheit beachtlich war und es weiterhin ist«. Das Wohlergehen des »Objekts« gab allerdings Anlaß zur Sorge:

Das Komitee zeigt sich besorgt über Genies zukünftiges Wohl und über die Folgen einer Antragsablehnung in ihrer direkten Auswirkung auf Genie. Die Riglers haben angedeutet, daß sie ohne materielle Unterstützung für ihr Forschungsprojekt ihre Beziehung zu Genie wahrscheinlich beenden und deren zukünftige Betreuung dem Staat Kalifornien überlassen müßten. Das Komitee ist sich bewußt, daß Genie rechtmäßig ein Mündel des Staates Kalifornien und nicht des NIMH ist, und vertritt die Auffassung, daß die Bereitstellung von Forschungsgeldern zu Genies Unterhalt außerhalb eines Forschungszusammenhangs nicht in ihrem [Genies] oder dem Interesse der Bundesregierung liegt.

»Es gab einige gute und einige schlechte Gründe, das Projekt zu kippen«, erklärte mir David Rigler. »Aber genaugenommen verstanden sie einfach nichts davon. Diese Studie war anders als die meisten wissenschaftlichen Studien. Es gab keine Vergleichswerte. Es handelt sich um die Untersuchung eines einzigartigen Falls, und die sind selten und wenn dann eher anekdotisch überliefert. Sie können nicht auf die übliche Weise angegangen werden.« Gleich zu Anfang hatte Rigler die Literatur nach einer vorbildlichen Langzeitstudie eines atypischen »Objekts« durchforstet und nur eine einzige brauchbare gefunden. »Dies ist ein Problem, für das es keinen allgemein anerkannten Forschungsrahmen gibt, es sei denn den Bericht von Itard über den Wolfsjungen aus dem Aveyron«, schrieb er in einem Brief von 1973, in dem er seine Arbeit gegen die Kritiker des NIMH verteidigte. Rigler glaubte nicht, daß ein derartiges, einen einzigartig gelagerten Fall betreffendes Forschungsvorhaben in der üblichen statistisch qualifizierenden Form durchgeführt werden könnte.

»Die Angestellten des NIMH haben vor allem mit Stipendien und Stiftungen zu tun«, erklärte er mir. »Ich habe früher selbst dort gearbeitet, und ich weiß, was das bedeutet. Sie drängten mich, einen Ansatz zu finden, der betont wissenschaftlich war. Ablesbare Meßwerte – die hätten sie am liebsten gehabt. Nicht, daß ich keine Messungen vornehmen wollte. Aber ich wollte das nicht auf eine Weise tun, die dem Wohl der Kleinen abträglich gewesen wäre. Es ist mir nicht gelungen, die Leute im Komitee davon zu überzeugen, daß meine Art des Vorgehens für die Wissenschaft wie für das Kind am besten war.«

IV

VERLOREN

27

Am 4. Juni 1975 schickte David Rigler einen Brief an einen Verwaltungsbeamten am Childrens Hospital, in dem er Genies Fortschritt im Laufe der vergangenen viereinhalb Jahre zusammenfaßte. Sie sei zu einem gewissen Maß von Autonomie fähig, führte er aus, doch sie benötige immer noch eine erhebliche Beaufsichtigung. Sie sei in der Lage, für ihre körperliche Hygiene zu sorgen, und könne sogar einfache Mahlzeiten zubereiten. Ihre selbstzerstörerischen Wutanfälle träten seltener auf. Rigler schilderte Genies Leistungen bei »einer sehr großen Anzahl von standardisierten wie auch für ihren Fall neu entwickelten Tests, von denen viele im Laufe der Zeit mehrfach durchgeführt wurden«, und fügte hinzu, »trotz der Tests bleibt Genie in gewisser Hinsicht ein Rätsel«. Sie sei immer noch ein psychisch gestörtes Kind, sagte er, aber kein hoffnungsloser Fall. »Auch als inzwischen Achtzehnjährige ist Genie auf keinem Gebiet am Ende ihrer Entwicklung angelangt«, schrieb er und wies darauf hin, daß sie »zweifellos starke emotionale Bindungen sowohl an die Pflegemutter wie an die leibliche Mutter entwickelt« habe. Und er schließt: »Es ist Ihnen bekannt, daß wir darüber nachdenken, Genies Pflege abzugeben; wir haben jedoch den Wunsch, ihr in einer neuen Unterbringung weiterhin behilflich zu sein.«

Noch bevor der Monat um war, wurden Genies Koffer gepackt. Sie kam wieder nach Hause zu Irene – also in das Haus an der Golden West Avenue in Temple City, wo sie den größten Teil ihrer qualvollen Kindheit verbracht hatte und wo sie in den vorhergehenden sechs Monaten fast jedes Wochenende gewesen war. Doch es sollte nur eine kurze Heimkehr werden, denn trotz aller vorbereitenden Besuche merkte Irene erst jetzt, wie schwierig das Zusammenleben mit ihrer Tochter war. So störte sie sich an Genies Masturbieren ebenso wie an Verhaltensweisen, die für eine Halbwüchsige normaler waren, wie zum Beispiel, daß sie nicht gehorchte, wenn sie ihr etwas sagte, und daß sie mit den Türen knallte, wenn ihr etwas nicht paßte. Irene hielt jede der sie irritierenden Angewohnheiten ihrer Tochter für etwas, was sie bei den Riglers gelernt hatte. Sie fühlte sich schon bald erschöpft und überfordert.

Genau dies hatten die Riglers befürchtet. »Nachdem wir Genie abgegeben hatten, machten wir uns Sorgen, wie die Mutter mit ihr zurechtkommen würde«, erzählte mir Rigler. »Wir haben etwas Geld und können uns Babysitter und Putzfrau leisten. Irene war arm. Deshalb hatten wir für diesen ersten Sommer arrangiert, daß Genie erst an Ferienkursen ihrer Schule teilnahm und nach deren Ende tagsüber ein Ferienlager besuchen sollte. Aber die Mutter fragte sie: ›Hast du Lust, ins Ferienlager zu gehen?‹, und Genie sagte nein. Also ging sie nicht dorthin. Sie blieb zu Hause, und es dauerte nicht lange, bis die Mutter um Hilfe rief. Aber sie wandte sich nicht an uns, sondern an die Sozialfürsorge.«

Irene setzte sich mit dem »East Los Angeles Regional Center for the Developmentally Disabled« (Regionalzentrum für Entwicklungsgestörte in Ost-Los Angeles) in Verbindung, einer Unterabteilung der kalifornischen Gesundheitsbehörde, die in erster Linie geistig zurückgebliebene Erwachsene betreut. Die Dienststelle übernahm den Fall und machte sich daran, eine Pflegestelle für Genie zu suchen. Schließlich fand man eine im nahegelegenen Stadtteil Monterey Park, und am 7. November 1975 zog Genie dort ein. Auf den ersten Blick schien sie ideal untergebracht. Auf Besucher machte ihre neue Unterkunft einen untadeli-

gen Eindruck, und Genie war immer gewaschen und ordent-
lich gekleidet. Auch waren bereits zwei andere Pflegekinder
dort untergebracht. Aber schon bei Genies Einzug deuteten
erste Warnzeichen darauf hin, daß es Schwierigkeiten geben
würde. Sie hatte nämlich etwas bei sich, was von einer Sozialarbeiterin als »eine unglaublich große Sammlung von
Plastikpapierkörben, Vorratsbehältern und sonstigen Gegenständen aus Kunststoff« beschrieben wurde. Sobald Genie bei ihrer Pflegestelle eingetroffen war, so erklärte die
Sozialarbeiterin weiter, »wurden diese ›Spielsachen‹ in den
Schrank gepackt, und seither hat sie nicht wieder damit
gespielt«.

Die Sauberkeit in der Pflegefamilie war mit einer fast
schon militärisch anmutenden Strenge verbunden. Genie
wurde nur ein enger Spielraum in bezug auf ihre Lebens-
äußerungen und ihre Selbständigkeit zugestanden. Irenes
Besuche wurden als Störungen angesehen und erfolgreich
unterbunden. Genie reagierte auf dieses Regiment mit Re-
gressionen, sie entwickelte sich – scheinbar absichtlich –
zurück und legte nach und nach alles ab, was sie im Laufe
der vorhergehenden Jahre an Fertigkeiten auf dem Gebiet
des Verhaltens und der Kommunikation entwickelt hatte.
Insbesondere aber war sie verzweifelt, daß Irene nicht mehr
da war. »Genie war mit ihrer Mutter sehr eng verbunden«,
berichtete Marilyn Rigler mir. »In ihrer Erinnerung gehörte
ihre Mutter nicht zu den bösen Gestalten ihrer Kindheit. Sie
erinnerte sich an sie als diejenige, die sie am Leben erhalten
hatte.« Jetzt erlebte Genie das gleiche wie einst ihr Vater –
ihre Mutter wurde ihr genommen, ohne eine Erklärung. Und
wie ihr Vater rächte sie sich dafür, indem sie zur Einsiedle-
rin wurde – in ihrem Fall mußte sie allerdings nur sich
selbst einsperren. Sie zog sich in sich selbst zurück und
verweigerte der Welt, was diese ihrer Meinung nach von ihr
wollte.

Ob Genie sich wohl fühlte, ließ sich immer an ihrem Sauberkeitsverhalten ablesen. Ihre beständigen Verdauungsprobleme hatten in Jean Butlers Haus nachgelassen, traten aber erneut auf, als sie zu den Riglers zog, und besserten sich erst, als sie sich eingewöhnt hatte. Jetzt setzten sie wieder ein, und zwar sehr ausgeprägt, was zeigte, daß Genies Lebensweg wieder an genau dem Punkt angelangt war, wo er begonnen hatte. Während ihrer Kindheit hatte Genie ihren Protest mittels einer chronischen Verstopfung ausgedrückt. Einmal hatte Clark den Trotz seiner Tochter dadurch zu brechen versucht, daß er sie zwang, eine ganze Flasche Rizinusöl zu trinken. Wegen dieser Überdosis mußte man sie damals zum Arzt bringen. Der damalige Kampf war, wie sich zeigen sollte, eine Warnung gewesen.

Rigler fand »die Dame, die eines der Pflegeheime leitete, reichlich sonderbar«. Er erinnerte sich daran, dort »von Zeit zu Zeit« Besuche gemacht und außerdem mit Genie bei ihren gelegentlichen ambulanten Aufenthalten im Childrens Hospital Gespräche geführt zu haben. »Diese Frau war sehr rigide, und Genie hatte einen sehr starken Willen«, sagte er. »Schließlich kam es wegen ihrer Verdauungsprobleme zum Zusammenstoß. In diesem Heim litt Genie ständig unter Verstopfung, und das ging so weit, daß es ihr sehr weh tat. Diese Frau versuchte, den Stuhl mit Hilfe eines Eiskrem-Stiels herauszuholen. Genie wurde zwar nicht verletzt, aber sie erlitt einen seelischen Schock.«

Genies Reaktion auf dieses Trauma, so interpretierten es die Wissenschaftler, bestand in der verstärkten Willensanstrengung, den »Einsatz« zu erhöhen. Wenn die Außenwelt zu einem derartigen Übergriff auf ihr Selbstbestimmungsrecht über den eigenen Körper fähig war, dann würde sie dieser etwas anderes verweigern, was man immer von ihr hatte haben wollen und wofür sie früher belohnt worden war. Fünf Monate lang sprach sie überhaupt nicht mehr. »Genie wollte wenigstens zu einem gewissen Grad über sich selbst bestimmen, und das gelang ihr nie«, erklärte mir Susan Curtiss. »Zu keiner Zeit lag ihr Schicksal jemals in ihren eigenen Händen. Ihre einzige Möglichkeit, selbst Kontrolle auszuüben, bestand darin, der Welt ihren Stuhlgang oder ihre Sprache vorzuenthalten, und deshalb verweigerte sie beides.

Sie hörte nicht deshalb auf zu sprechen, weil sie nicht mehr mit anderen kommunizieren wollte. Nein, sie hatte ein scheußliches – nein, mehrere scheußliche Erlebnisse. Sie hatte Angst vorm Erbrechen, und sie hatte sich schon einige Male erbrochen und war dafür bestraft worden. Und dann – diese Geschichte ist so furchtbar, daß ich sie Ihnen nicht in allen Details erzählen kann – war sie bei dieser Pflegefamilie, wo die Pflegekinder gequält wurden, und sie haben zu ihr gesagt, wenn sie sich noch einmal übergeben sollte, würde sie ihre Mutter nie wiedersehen. Sie wußte nicht, was sie falsch gemacht hatte, aber sie hatte Angst, sie werde sich übergeben, sobald sie nur den Mund aufmachte. Aber sogar während ihrer selbstgewählten Stummheit wollte sie mit bestimmten Menschen kommunizieren, und einer davon war ich. Gott sei Dank hatte sie etwas Gebärdensprache gelernt, und sie signalisierte mir wie eine Wilde, wie sehr sie ihre Mutter liebte und wie sehr sie ihr fehlte, und noch vieles andere. Man konnte merken, daß sie gern etwas gegessen hätte, aber sie weigerte sich, den Mund aufzumachen. Zu essen wurde für sie sehr umständlich. Sie machte erst so –« Curtiss drehte ihr Gesicht zur Seite und sah nach oben, wie ein Fisch, der zu etwas Eßbarem, das an der Wasseroberfläche schwimmt, hinaufschaut – »und dann schnappte sie blitzschnell zu und würgte den Bissen sofort hinunter. Durch das Verhalten dieser schlimmen Pflegefamilie und weil sie gar nichts mehr essen wollte, landete sie schließlich wieder im Krankenhaus.«

Während der eineinhalb Jahre, die Genie bei ihrer ersten Pflegestelle verbrachte, war Curtiss der einzige Mensch aus ihrem früheren Leben, der sie öfter besuchte.

Seit der Ablehnung des Projekts durch das NIMH war es auch mit der finanziellen Unterstützung der linguistischen Forschung vorbei, doch Susan Curtiss kam weiter jeden Mittwoch zu Besuch und beobachtete ihr früheres Studienobjekt; sie spielte mit ihr, ging mit ihr spazieren und brachte der neuen Pflegemutter ein bißchen Gebärdensprache bei. Als sich die Situation immer mehr verschlechterte, setzte sich Curtiss entschieden für Genie ein. In den Akten der DPSS und des Regionalzentrums für Entwicklungsgestörte sind Curtiss' Briefe und Anrufe verzeichnet, mit denen sie gegen Genies Unterbringung protestierte und um Hilfe für sie einkam. »Ich habe sehr lange sehr viel Zeit mit Besuchen und Telefongesprächen verbracht, um die Leute darauf aufmerksam zu machen, daß es Genie schlechtging«, erzählte sie mir. »Ich mühte mich fast ein Jahr damit ab, den Leuten klarzumachen, daß sie in dem Heim mißhandelt wurde.«

Susan Curtiss setzte sich auch bei Rigler und Miner, der immer noch Genies Vormund war, für Genie ein. Schließlich konnten sie ihre Warnungen nicht länger ignorieren. John Miner sah selbst, wie miserabel Genies Lage inzwischen war, als er anläßlich einer Grillparty in seinem Garten die Pflegeeltern überredet hatte, Genie kommen zu lassen. Bei dieser Gelegenheit traf er seinen Schützling zum ersten Mal seit ihrem eineinhalb Jahre zurückliegenden Auszug aus Laughlin Park wieder. »Als wir Genie das letztemal im Haus der Riglers sahen, hatten meine Tochter und ich ihr ein Kleid für ihre Abschlußfeier in der Schule mitgebracht. Sie freute sich sehr darüber. Zum erstenmal legte sie die Arme um mich und küßte mich auf die Wange«, erzählte mir Miner. »Tut mir leid, wenn ich etwas sentimental werde. Selbst heute bringt mich das noch aus der Fassung. Damals bestand wirklich Hoffnung, daß dieses junge Mädchen einmal ein lebenswertes Leben führen könnte. Aber als sie nun zu der Grillparty erschien, war sie überhaupt nicht wiederzuerkennen. Sie wollte nicht sprechen, nicht ein einziges Wort. Sie schnappte nach dem Essen wie ein Krokodil. Und ich glaube, sie konnte auch nicht allein zur Toilette gehen. Ihr regressives Verhalten war einfach niederschmetternd. Es war ein richtiger Schock für mich. Ich hatte schon befürchtet, daß sie in einer Pflegestelle nicht gerade aufblühen würde, aber auf so etwas war ich nicht vorbereitet. Ich hatte den Wunsch, sie bei den Händen zu fassen und ihr zu sagen, daß es Menschen gebe, die sie lieb hatten und sich Gedanken um sie machten.«

Auf Susan Curtiss' Betreiben hin erreichten Rigler und Miner durch geschicktes Taktieren, daß Genie Ende April 1977 wieder im Childrens Hospital aufgenommen wurde. Sie blieb dort zwei Wochen, und die Krise schwächte sich etwas ab. Als sie nach dem Krankenhausaufenthalt in eine andere Pflegestelle kam, hatte sich ihr Sprech- und Eßverhalten teilweise verbessert. Aber die Intervention kam zu spät, um einen anderen Schaden zu vermeiden: Susan Curtiss' frühere Achtung für Rigler und Miner war für immer dahin. »Miner und Rigler haben sich mir zwar nicht entgegengestellt«, erklärte sie mir, »aber sie haben mir auch nicht geholfen, und insofern lief es auf das gleiche hinaus.« In ihren Augen kam deren lange Tatenlosigkeit einem Im-Stich-Lassen gleich, was sie überhaupt nicht verstehen konnte, denn es waren schließlich Menschen, denen Genie früher wirklich etwas bedeutet hatte. Noch heute ist ihr das ein Rätsel.

»Es läßt sich gar nicht mit Worten ausdrücken, was die Riglers durchgemacht haben, als sie Genie bei sich aufnahmen«, erzählte mir Curtiss. »Im Grunde haben sie ihr Familienleben für das Mädchen geopfert. Heute, da ich selber Kinder habe, weiß ich, wieviel sie gegeben haben. Und von ganzem Herzen, ohne Vorbehalt. Sie haben Genie mit offenen Armen aufgenommen. Ein besseres Zuhause hätte sie nicht finden können. Die Atmosphäre dort war fröhlich und anregend, und das einzige, was ich bedaure, ist, daß Genie diese Umgebung verlassen und gegen eine so viel schlechtere eintauschen mußte. Nun, da sie einmal mit Musik, Kunst, Liebe und einer kultivierten Umgebung in Berührung gekommen war, war es für Genie doppelt schwer, wieder auf eine niedrigere Stufe zurückzufallen und bei einer Familie zu wohnen, die nichts anderes kannte, als herumzusitzen und überhaupt nichts zu tun. Sie hat sehr darunter gelitten. Sie war am Boden zerstört, weil sie nicht mehr mit Marilyn Rigler zusammenkam. Es war nicht zu übersehen, daß ein Leben ohne diese Menschen für sie nicht mehr vorstellbar war und sie sie brauchte.«

In Susan Curtiss' Notizen aus der Zeit, als Genie bei Pflegefamilien untergebracht war, wird die ungestillte Sehnsucht des Mädchens spürbar. »I want live back Marilyn house« (Ich will leben wieder Marilyn Haus), sagte Genie im November 1975. Im August 1977 ist der Satz »Think about Mama love Genie« (Denken an Mama lieben Genie) verzeichnet. Diese Notizen waren allerdings nicht dafür gedacht, Genies Gefühlsregungen aufzuzeichnen, sondern ihre sprachlichen Fähigkeiten, denn inzwischen war Genie wieder zum Objekt wissenschaftlicher Untersuchungen geworden. Im Jahr 1977 erhielten Curtiss und Fromkin Mittel von der »National Science Foundation« (Nationale Wissenschaftsstiftung), um ihre sprachwissenschaftlichen Forschungen fortzusetzen. Sie waren jetzt die einzigen Wissenschaftler, deren Arbeit noch finanziell gefördert wurde. Denn, wie Susan Curtiss es mir gegenüber formulierte, »bei allen anderen Vorhaben war nichts herausgekommen«.

28

Mechanismen

Bei der Forschungsarbeit von Susan Curtiss kam in zweierlei Hinsicht »etwas heraus«. Während sie weiterhin Tests durchführte – selbst während der Finanzierungslücke, als sie Genie vor allem aus Freundschaft besuchte –, arbeitete sie zugleich an ihrer Doktorarbeit, einer Zusammenfassung des Aufenthalts bei den Riglers, in der sie beschrieb, was Genie alles gelernt hatte und wozu sie nicht in der Lage gewesen war. »Sie hatte sich sehr schnell einen Wortschatz zugelegt und reihte die Wörter aneinander, um komplexe Gedanken auszudrücken«, erklärte mir Curtiss. »Sie hatte ein sehr großes Mitteilungsbedürfnis. Aber trotz aller Bemühungen war sie nie fähig, die Regeln der Grammatik zu meistern, und ebensowenig konnte sie jemals zum Beispiel die Endungen richtig gebrauchen. Ihr semantisches Wissen lag klar zutage, aber sie konnte keine Syntax lernen. Bezüglich ihrer Fähigkeiten war ein enorm unausgewogenes Testprofil festzustellen.«

Diese Unausgewogenheit war von Anfang an eine der Merkwürdigkeiten dieses Falles gewesen; durch die jahrelangen Forschungen hatte dieser Punkt nun an Aussagekraft gewonnen. »Zu den interessanten Befunden gehört, daß Genies sprachliches System sich nicht als Ganzes entwickelte«, erklärte mir Curtiss. »Daran ließ sich zeigen, daß die Grammatik eine Sache für sich ist und nicht in einem unmittelbaren Zusammenhang mit nichtgrammatischen Aspekten der Sprache und sonstigen geistigen Fähigkeiten steht.« Für Curtiss wurde aus Genies außergewöhnlicher Lebensgeschichte so etwas wie die Zentrifuge für einen Chemiker;

Susan benutzte sie, um so die schlichte, klare Flüssigkeit der kindlichen Lehrjahre in ihre unterschiedlichen Elemente zu zerlegen. Dabei trat die Sprache als ein von den kognitiven Fähigkeiten unabhängiges Element hervor, das wiederum in eine Vielfalt von individuellen Komponenten zerfällt. »Bei normalen Kindern entwickelt sich unheimlich viel zur gleichen Zeit«, sagte Curtiss. »Wenn man ein durchschnittliches Kind beobachtet, ist kaum zu erkennen, daß der Spracherwerb eine Aufgabe für sich ist und sich aus vielen verschiedenartigen Einzelheiten zusammensetzt. Bei normalen Kindern ist die kognitive Entwicklung durch ihre Vielfalt gekennzeichnet. Alles geschieht zugleich. Aber bei Genie beobachteten wir, daß diese Dinge auch unabhängig voneinander wachsen können, aufgrund ihrer unterschiedlichen Mechanismen.«

Wenn Curtiss von »Mechanismen« spricht, meint sie damit nichts Abstraktes oder Bildhaftes. Und sie meint nicht nur psychologische, sondern auch physische Mechanismen – Strukturen im Gehirn. Je länger Susan Curtiss ihrer Beute nachjagte und je mehr sie in ihrer Doktorarbeit zur Substanz vordrang, desto deutlicher wurde, daß sie immer näher an Eric Lennebergs Position heranrückte; im letzten Kapitel kam sie zur Neurolinguistik und befaßte sich mit der biologischen Grundlage von Genies sprachlichen Fähigkeiten. Die Dinge, die Genie nicht konnte, schienen Lennebergs Theorie zu bestätigen. An ihrem Beispiel wurde anschaulich, daß Sprache nach der Pubertät nicht einfach dadurch erlernt werden kann, daß man mit ihr in Berührung kommt. Insbesondere wurde das durch die Unausgewogenheit in Genies Leistungen bestätigt, bei der sich markante Unterschiede abzeichneten – hier die »angelernten« Fähigkeiten, wie zum Beispiel der Wortschatz, dort die für angeboren gehaltenen, wie die Syntax. Die syntaktischen Fähigkeiten, die nach Chomskys und Lennebergs Hypothese biologisch determiniert sind, waren in der Tat durch Genies biologische

Entwicklung eingeschränkt worden – sie hatte deren Ausbildung vereitelt.

Diese Erkenntnis hatte ihre Tücken. Sie stellte zwar eine Bestätigung Chomskys dar, aber sie konnte auch als Widerlegung seiner Theorien gedeutet werden. So sagte Catherine Snow von der Harvard University zu mir:»Genies Fall könnte auch als Beweis für die empiristische Position gesehen werden.« Denn angenommen, manche Bestandteile der Sprache seien angeboren und andere würden durch die Umgebung vermittelt – warum sollte Genies entbehrungsreiche Kindheit sich nur auf die angeborenen Befähigungen ausgewirkt haben? Wie konnte ein Kind, das keine Sprache hatte, weil seine Mutter nicht bei ihm sein durfte, den Beweis dafür liefern, daß es nicht die Mütter sind, die uns Sprache lehren? Warum sollte sie nicht in der Lage sein, genau die Syntax zu erwerben, mit der sie nach Chomskys Ansicht bereits geboren war?

Das Problem lag nicht an dem Sonderfall Genie. Es war systemimmanent, ein Aspekt von Chomskys Theorie, der oberflächlich gesehen paradox zu sein schien: Wenn die Syntax »angeboren« ist, warum muß sie dann überhaupt noch »erworben« werden? Natürlich gab es auch eine theorieimmanente Antwort darauf: Selbst angeborene Charakteristika müssen noch entwickelt werden. Wenn die Form der Sprache auch organisch angelegt ist, wie die Theorie behauptet, könnte es doch von bestimmten Faktoren abhängig sein, ob sie in Erscheinung tritt, ähnlich wie das Wachstum von Bart, Brüsten und Körperbehaarung zu unseren biologischen Anlagen gehört, doch erst durch bestimmte Hormone ausgelöst wird. Aus diesem Denkmodell ergibt sich zwangsläufig die Suche nach dem Auslöser für Sprache.

Die Antwort darauf konnte möglicherweise die Untersuchung von Genies Gehirn geben. »Wir kamen auf die Idee, daß Genie vielleicht deshalb die Grammatik nicht begriff, weil sie sozusagen das falsche Handwerkszeug benutzte«, erläutert Susan Curtiss. Schon im Herbst 1971 hatten Curtiss, Fromkin und Stephen Krashen neurolinguistische Tests durchgeführt, in der Hoffnung, auf diese Weise exakt bestimmen zu können, auf welchen Teil von Genies Gehirn sie all die Monate eingeredet hatten beziehungsweise welcher Teil von Genies Gehirn ihnen geantwortet hatte. Diese Suche nach dem »Handwerkszeug«, dem Ort der Sprachverarbeitung, hätte die Sprachwissenschaftler früherer Zeiten auf die Barrikaden getrieben, denn für sie wäre die Suche nach einem biologischen Standort für etwas so Ungreifbares wie Sprache ein zum Scheitern verurteiltes Abenteuer gewesen, so als wolle man nach dem Sitz der Seele suchen. »Es ist nützlich, sich die Sprache als ein Organ des Geistes vorzustellen«, hatte Chomsky zu mir gesagt. Aber konnte eine solche Behauptung nicht auch ein Anlaß für allerlei Torheiten sein? Schließlich hatte Descartes es für nützlich gehalten, die Zirbeldrüse als die Verbindung – so etwas wie eine Klammer – zwischen Körper und Seele anzusehen. Und hatte er nicht auch geglaubt, daß die weibliche Schönheit eine Absonderung der Schilddrüse sei? Für wie rational würde man heute wohl einen solchen Rationalisten halten?

Wie auch immer, die moderne Neurologie hat konkrete Mechanismen für andere nicht-physische Vorgänge gefunden – oder zumindest herausgefunden, wo diese Mechanismen angesiedelt sind. So ist die Fähigkeit, einen Baseball im Flug zu beobachten und vorauszusehen, wo er aufprallt, in einer Stelle etwas oberhalb und hinter dem Ohr auf dem rechten Scheitellappen des Gehirns beheimatet. Auch Witze zu kapieren oder Metaphern zu verstehen sowie zu erkennen, wann man bestimmte Dinge in einem Gespräch lieber nicht erwähnt, sind Leistungen der rechten Hirnhälfte. Mit der rechten Gehirnhälfte nehmen wir Musik auf. Beide Hälften erfassen die Bedeutung von Wörtern. Mathematik, Logik und Sprache wiederum – zumindest deren grammatischer

Anteil – werden bevorzugt von der linken Hemisphäre aufgenommen.

Das schwere Schicksal hirnverletzter Menschen hat uns gezeigt, daß sprachliche Aufgaben in der linken Hemisphäre beheimatet sind. Wenn jemand an einer als Wernicke-Zentrum bezeichneten Stelle des Gehirns verletzt wird, kann er vielleicht immer noch korrekt, ja sogar ausgesprochen geläufig sprechen, doch oft ist kein Sinn hinter den mühelos hervorsprudelnden Wortreihungen auszumachen. Wenn die Verletzung weiter vorn liegt, im Broca-Zentrum, quält sich das Opfer damit ab, seine Gedanken auszudrücken, doch Satzbildung und Wortfindung sind ihm nicht mehr geläufig. Insbesondere entgleiten ihm die sogenannten Funktionswörter, was sehr frustrierend ist.»Funktionswörter nennen wir diejenigen, die aus rein grammatischen Gründen da sind – also Worte wie nein, falls, und, oder, aber«, setzte mir Helen Neville, eine Gehirnforscherin am Salk Institute in La Jolla, Kalifornien auseinander.»Inhaltswörter sind Substantive, Verben, Adjektive, also Wörter, die die Bedeutung eines Satzes bestimmen. Inhalts- und Funktionswörter lösen an völlig unterschiedlichen Stellen meßbare hirnelektrische Aktivitäten aus.«

Helen Neville führt ihre neurologischen Forschungen in einem winzigen Labor des Salk Institute durch, das so versteckt im vierten Stock gelegen ist, daß man beinahe schon Absicht dahinter vermuten möchte. Offiziell wird der 4. Stock als Zwischengeschoß bezeichnet; die Insassen nennen es den Röhrenraum. Das Geschoß wirkt, als habe man die Kellerräume in die obere Etage verlegt – es ist dort dunkel, eng und von zugiger Düsterkeit. Das Stockwerk beherbergt neben Helen Neville auch noch die technische Betriebsanlage. Kinder, die bei ihr getestet werden sollen, müssen wie moderne Hänsel und Gretel einer Spur von Wandbildern mit Comicfiguren folgen, die sie durch einen Wald von zischenden Belüftungsrohren und eingemotteten

Sterilisatoren führt. Ich bin diesem gewundenen Pfad verschiedene Male gefolgt, um mit Nevilles Hilfe etwas mehr über einige der in der neurologischen Spracherforschung wichtigen Prinzipien zu erfahren und um mit eigenen Augen zu erleben, wie die Tests, denen Genie unterzogen wurde, vor sich gehen. Hier, in der Neurologie, ist der Ort, wo Genie ihre höchste wissenschaftliche Bedeutung erreicht hat; es ist Nevilles ureigenes Territorium.

29

»Ja, du hattest perfekte kleine Hirnstromwellen«

In Helen Nevilles Labor ist es gemütlich, auf dem Boden liegen Teppiche, und aus den Fenstern blickt man über die Klippen von La Jolla hinweg auf ein Stück sonnenbeschienenen Pazifik. Aber auch hier finden sich wunderliche Gegensätze: Auf dem Bücherbord steht ein Modell des menschlichen Gehirns, realistisch bis zu den hervortretenden Kunststoffadern, gleich daneben das Bilderbuch »Die Berenstein-Bären kommen in die Schule«. Verstreut herumliegende Spielsachen stehen im Wettstreit mit einer Reihe von flimmernden Computern, deren Bildschirme wiederum mit Märchengestalten in Form von Klebebildchen bevölkert sind. Die elektronische Ausstattung ist himmelweit entfernt von der klobigen Maschinerie, die Jay Shurley herumschleppen mußte, um Genies Gehirnströme beim Schlafen aufzuzeichnen.

»Am Salk Institute beschäftigen sich Unmengen von Leuten mit Sprache, doch in meinem Labor liegt der Schwerpunkt auf der Frage, wie sich unsere Erfahrungen auf die

Gehirnentwicklung und das Verhalten auswirken«, erklärte mir Neville.

»Früher dachte man, daß die Gene bestimmen, wie sich das Gehirn entwickelt. Jetzt verstärkt sich zunehmend der Eindruck, daß auch die Umwelt Einfluß darauf hat, wie sich das Gehirn organisiert, wie sich seine verschiedenen Teile spezialisieren. Erfolgt die Gehirnspezialisierung aufgrund innerer Gesetzmäßigkeit, oder ist sie vom Input, von den äußeren Reizen, abhängig? Diese Frage versuchen wir hier zu klären.«

Neville mußte gegen einen im Hintergrund ertönenden Dialog zwischen I-Ah und Pu ansprechen. Man hatte ein »Pu der Bär«-Video dazu ausersehen, ein zehnjähriges »Untersuchungsobjekt« abzulenken, während es von Nevilles Assistentin Sharon Coffey auf einen Test vorbereitet wurde. Der Junge hieß Joseph. Er knabberte an einem Keks herum, während ihm ein Stoffhelm mit Ohrenklappen und Kinngurt aufgesetzt wurde, nicht unähnlich der Kopfbedeckung, mit der sich Snoopy als Flieger-As des Ersten Weltkriegs schmückt – nur die Pilotenbrille fehlte. Diese Kappe bestand allerdings aus einem leuchtend bunten Polyestergewebe und war mit einer Vielzahl von Metallösen besetzt. Mit Hilfe einer großen, stumpfen Spritze quetschte Coffey ein stromleitendes Kontaktgel in jedes dieser Löcher. Es sah aus, als ob sie Vaseline in Josephs Gehirn injizierte. Er schnitt jedesmal eine Grimasse. »Ist ja schon gut«, sagte Coffey. »Du hast das doch schon oft genug gemacht, um zu wissen, daß es nicht weh tut.« Ohne Pu aus den Augen zu lassen, verzog Joseph weiterhin theatralisch das Gesicht. Kleinkinder hätten solche Angst vor der Nadel, erklärte mir Coffey, daß das Auftragen des Gels nur mit Hilfe von Kasperlepuppen möglich sei. Sie befestigte siebzehn Elektroden durch die Ösen hindurch an Josephs Kopf, bis er wie eine elektronische Medusa aussah, und führte ihn dann nach draußen. Ein vollgekrümelter Stuhl und Pu, dessen Kopf im Honigtopf feststeckte, blieben zurück.

In einem angrenzenden kleinen Raum wurde Joseph in einen abgeschabten, dick gepolsterten Sessel mit verstellbarer Lehne vor einen weiteren Monitor plaziert. Die Elektroden wurden an eine Art Leitungszopf angeschlossen, der mit einem Gurt um seine Brust befestigt wurde. Die Wände waren zur Geräuschdämmung mit einem Jutegewebe gepolstert und mit Blei ausgekleidet, was verhindern sollte, daß die Elektronik außer Josephs Gehirnströmen auch noch die Signale der vor der Küste patrouillierenden U-Boote auffing. Als der Junge genügend verdrahtet und verschnürt war, gab ihm Coffey zur Beschäftigung einen Bogen voller kleiner bunter Stickers mit Tiermotiven. Sie war noch nicht draußen, als bereits ein rosa Brontosaurier auf seiner Wange klebte. Sie zog die gepolsterte Panzertür hinter sich zu und setzte sich in dem vollgestopften Vorzimmer an einen Computertisch. Von hier aus konnte sie kontrollieren, welche Bilder Joseph auf seinem Bildschirm sah und welche Sätze er dabei über seine Kopfhörer hörte. Hier würde sie außerdem die Mitteilungen der sich auf seinem Kopf sträubenden Elektroden empfangen und so seine Gehirntätigkeit »ausspionieren«, wie Neville es nannte.

Sobald die Computer gestartet waren, begann Coffey mit der ersten Aufgabe, einem Worterkennungstest, bei dem Joseph ein Wort, das er hörte, zu einem Bild, das er vor sich auf dem Fernsehschirm sah, in Beziehung setzen mußte. Manchmal stimmten die beiden überein (Schlüssel, Schlüssel) und manchmal nicht (Schlüssel, Messer), und diese Erkenntnis schoß in seinem Kopf herum wie ein munteres Fischchen im Goldfischglas. Die Computer draußen vor der Kammer verfolgten die Spuren der schwimmenden Impulse. Siebzehn wackelnde Nadeln kratzten in verschiedenen Farben siebzehn nervöse Linien auf eine sich drehende Rolle Polygraphenpapier. Plötzlich ruckten und zuckten die Nadeln, und Coffey nahm durch ein Mikrofon mit dem Jungen drinnen Kontakt auf.

»Joseph, du mußt dich entspannen, okay? Entspann dein Gesicht! Preß deine Lippen nicht so zusammen! Entspann dich einfach!« Ein anderes Mal sagte sie: »Joseph, werd' jetzt nicht übermütig!« Sie beobachtete die Papierrolle und einen oberhalb davon angebrachten Monitor, auf dem sich Josephs kleine Gestalt in körnigem Schwarzweiß abzeichnete, an den Stuhl in der Kammer gefesselt, um Konzentration ringend. Jetzt biß er die Zähne aufeinander, und Coffey rief Neville und mir zu: »Zurück!« Im selben Augenblick flatterten die Nadeln hoch, und rote, blaue und grüne Tinte spritzte in allen Richtungen vom Papier.

Da Joseph ein normales Kind ist, stellt er für Neville eines ihrer wichtigsten Studienobjekte dar, denn er dient als Vergleichsmaßstab für viele andere Kinder: gehirnverletzte, blinde, geistig zurückgebliebene, gehörlose – sowohl solche, die die Gebärdensprache beherrschen, wie solche, die sie nicht beherrschen – sowie Kinder, die in von der Norm abweichenden Verhältnissen aufgewachsen sind, und Kinder, die an seltenen Krankheiten leiden. Die Anzahl der normalen Kinder unter Helen Nevilles Testpersonen lag zu diesem Zeitpunkt bei hundert, und sie zu finden war nicht leicht gewesen. »Wir können dafür keine zweisprachig aufgewachsenen Kinder nehmen und auch keine, deren Eltern Alkoholiker sind«, erklärte mir Helen Neville. »Deren Gehirne funktionieren anders. Außerdem beachten wir auch immer den ›SÖS‹, den sozioökonomischen Status. Viele Kinder erleiden nämlich bei der Geburt eine leichte Hirnschädigung, keine seltene Angelegenheit. Doch nur wenn dein SÖS hoch ist, kannst du wieder ganz gesund werden. Wenn du arm bist, ist das anscheinend nicht der Fall.«

Helen Neville hat Genie nie getestet, aber bei der Arbeit mit ihrem Klientenstamm, ihrer »Population«, ist sie ihr schon ziemlich nahe. Der Test, den Sharon Coffey bei Joseph durchführte, ähnelt dem von Susan Curtiss entwickelten Test, dem Genie Mitte der siebziger Jahre unterzogen wurde.

Damals war Neville noch Doktorandin von Eric Lenneberg an der Cornell University gewesen. Ihre ersten Forschungen hatte sie an Tieren vorgenommen und war dabei auf den eigenartigen Einfluß der sensiblen Phasen gestoßen. So lernen Katzengehirne im Alter zwischen drei und zehn Wochen senkrechte Linien zu sehen. Wenn ein Katzenjunges während dieser Zeit nie mit senkrechten Mustern konfrontiert wird, kann es sein, daß für das Tier später senkrechte Linien, denen es in der realen Welt begegnet, unsichtbar sind. Dasselbe gilt für die waagerechten Linien: Wenn dem Jungen in dieser entscheidenden Phase keine Waagerechten begegnen, dann hat es für immer Probleme damit. »Für Katzen gilt außerdem«, fuhr Helen Neville fort, »daß die sensible Phase für die Tiefenwahrnehmung zwischen sechs und sechzehn Wochen liegt. Nach dieser Zeit können ihre Gehirne die Organisation, die für die Wahrnehmung der Tiefendimension nötig ist, nicht mehr aufbauen. Ähnlich ist es bei Kindern, deren Augen nicht koordiniert sind. Wenn diese bis zum Alter von zwei Jahren nicht korrigiert werden, wird das Kind nie die Tiefendimension sehen. Die sensible Phase für Tiefenwahrnehmung liegt also beim Menschen zwischen null und zwei Jahren.«

Ein Witzbold aus dem 19. Jahrhundert hat einmal gesagt: »Für den menschlichen Geist gilt dasselbe wie für den Kieselstein – nur das Abschleifen verleiht ihm Glätte und Glanz.« Dieses Sätzchen Gesellschaftskritik könnte heute als neurologischer Gemeinplatz gelten. »Wenn wir von Gehirnreifung reden, meinen wir nicht ein Wachstum des Gehirns«, hatte mir Catherine Snow gesagt, »sondern wir meinen einen fortschreitenden Verlust. Mit zunehmendem Alter schwinden nämlich die Neuronen.« Je mehr dieser Nervenzellen verloren gehen, desto mehr verliert das Gehirn seine Plastizität, sein Potential, das es als unbeschriebenes Blatt entfalten kann. Aber zur gleichen Zeit treten nun sein Charakter und seine speziellen Fähigkeiten ans Licht, ähnlich wie eine steinerne Skulptur durch das Abmeißeln Gestalt annimmt. Dieser Prozeß wird als Stabilisation bezeichnet.

»Am Anfang weist das Gehirn mehr Neuronen und mehr Kontaktstränge auf«, sagte Neville. »Beim Erwachsenen gibt es keine Verbindungen mehr zwischen der ursprünglichen Hörrinde und der ursprünglichen Sehrinde; bei Neugeborenen bestehen sie noch. Es gibt auch eine vorübergehende Verbindung zwischen der Netzhaut des Auges und den Zwischenhirnteilen, die mit dem Hören verbunden sind – ich könnte Ihnen noch eine ganze Reihe solcher Beispiele nennen. All diese Verbindungen werden normalerweise aufgelöst. Aber was entscheidet darüber, welche erhalten bzw. verstärkt und welche eliminiert werden? Nun, regelmäßig benutzte Verbindungen werden stabilisiert, nicht benutzte atrophieren. Unterschiedliche Funktionen stabilisieren sich zu unterschiedlichen Zeiten. Die Sinne werden früh stabilisiert, die Sprache erst spät. Die sensiblen Phasen für die verschiedenen Funktionen sind ganz unterschiedlich.«

Zu Beginn der Pubertät sind bereits alle sensiblen Phasen durchlaufen, und die Stabilisation ist beendet. »Warum die Pubertät von so großer Bedeutung ist, wissen wir noch nicht«, sagte Neville. »Die Hormone Testosteron und Östrogen sind Neurotransmitter, und in irgendeiner Weise spielen sie eine entscheidende Rolle für die Stabilisierung der Gehirnorganisation.« Bis zu dieser zeitlichen Grenze ist das Gehirn ausreichend flexibel, um auftretende Probleme zu kompensieren. »Eine Gehirnverletzung«, erklärte mir Helen Neville, »kann beispielsweise den frühen Spracherwerb behindern, aber wenn sie in der sensiblen Phase auftritt, können andere Teile des Gehirns die ausgefallenen Funktionen übernehmen.«

Helen Neville hat bei der Beobachtung ihrer Testpersonen gelernt, wie genial das noch nicht stabilisierte Gehirn improvisieren kann. »Wir lernen sehr viel von Gehörlosen, die ASL, die ›American Sign Language‹ (amerikanische Gebärdensprache) benutzen«, sagt sie. »Das Erfassen eines Gesichtsausdrucks ist normalerweise eine Aufgabe der rechten Gehirnhälfte. Mit ihrer Hilfe kann man von einem Gesicht ablesen, ob der- oder diejenige traurig oder wütend ist. Aber der Gesichtsausdruck hat auch für die Grammatik der ASL eine Bedeutung, und Grammatik wiederum ist eine Sache der linken Gehirnhälfte. Wir haben festgestellt, daß Gehörlose das auf die Grammatik bezogene Mienenspiel mit der linken Hemisphäre wahrnehmen und mit der rechten die Ausdrucksformen, die mit Gefühlen verbunden sind.«

Gehörlose haben für Neville auch widerlegt, daß die Lage des Sprachzentrums möglicherweise beliebig sei, sich nach rein praktischen Gesichtspunkten richte. Menschen mit intaktem Gehör sind äußerst geschickt beim Unterscheiden unterschiedlicher Laute, was uns in die Lage versetzt, die vorbeirasenden Phoneme zu erfassen. Der Unterschied zwischen »pa« und »ba« ereignet sich in nur zwanzig Millisekunden des Sprechens, und doch erfassen wir ihn, ebenso wie andere Unterscheidungen dieser Art, und dies fast immer, ohne uns zu irren. Eine ältere Hypothese besagte, daß die Sprachfähigkeit sich an diese außerordentliche auditive Leistung »angehängt« habe und in der linken Hemisphäre beheimatet sei, weil diese für die Lautwahrnehmung maßgeblich ist und Sprache ja zuallererst durch Hören aufgenommen wird.

Es geht also um Territorien und deren Abgrenzung. König Psammetichs Interesse an der Sprachentstehung war geopolitischer Natur – und nicht anders verhält es sich mit den Fragen, die in Helen Nevilles Labor herumschwirren. Nur das Terrain ist ein anderes – die Herrschaftsansprüche, mit denen Neville sich beschäftigt, stammen aus Zeiten, die vor der Antike liegen. Bei ihr geht es um die umstrittenen Grenzen zwischen benachbarten Staaten des Geistes. Welche unserer Fähigkeiten sind seßhaft, möchte sie wissen, und wel-

194

che können wie Nomaden umherziehen? Werden die zerebralen Königreiche von den Sinnen und der kognitiven Wahrnehmung regiert? Gehört die Sprache zum fahrenden Volk, das sich, je nachdem wo es die besten Verbündeten findet, überall auf der Landkarte des Geistes niederlassen kann?

Neville fand die Beweise für ihre Thesen an einer überraschenden Stelle, nämlich an den äußersten Randbezirken des Gesichtsfeldes von Menschen, die die Gebärdensprache ASL benutzen. Die verfeinerte Wahrnehmungsfähigkeit des Hörens, die sich bei normal sprechenden Menschen herausbildet, hat bei Gehörlosen natürlich eine andersgeartete Entsprechung. Sie müssen nämlich die Fähigkeit entwickeln, ihrem Gegenüber direkt ins Gesicht zu sehen, zugleich aber die schnell wechselnden grammatischen Strukturen aufzunehmen, die sich als ein filigranes Geflecht von Fingerbewegungen beiderseits des Gesichts und in einiger Entfernung von ihm darstellen. Aus diesem Grund entwickeln ASL-Sprecher ein außergewöhnlich gutes peripheres Sehen. Wäre es möglich, daß das Sprachzentrum bei ihnen auf die andere Seite gewandert ist, um es sich neben dem Gebiet des peripheren Sehens in der rechten Gehirnhälfte gemütlich zu machen?

Helen Neville begann damit, mir das Experiment zu beschreiben, das aus dieser Fragestellung hervorgegangen war: wie sie die Hirnstromwellen der Versuchspersonen gemessen hatte, während sie kleine, mit Hilfe einer Lichtquelle projizierte Quadrate in deren Gesichtsfeld verteilte. Ihr von lebhaften Handbewegungen begleiteter Vortrag sprengte beinahe das mit Elektronik vollgestopfte Vorzimmer. Im Testraum dahinter war Josephs Test beendet worden. Sharon Coffey hatte sein allgemeines Auffassungsvermögen und sein Satzverständnis an immer komplexeren Aufgaben erprobt. Der Junge sah erschöpft und genervt aus, als sie ihn nun von dem Stuhl erlöste und aus der beengten Kammer entließ.

»Es hat sich gezeigt«, fuhr Neville gerade fort, »daß ASL-Sprecher, im Gegensatz zu allen anderen Menschen, periphere Bewegungen mit ihrer linken Hemisphäre sehen. Sprachliche Aufgaben werden *nicht* auf die visuelle Hälfte des Gehirns hinübergeschoben, sondern die visuelle Fähigkeit wird in das Sprachzentrum herübergezogen. Es gibt einen starken, biologisch bedingten Zwang, der dafür sorgt, daß die Sprache in der linken Hemisphäre bleibt. Die Sprache wird also nicht mal hierhin und mal dorthin geschleppt!«

Joseph und Sharon Coffey drängten sich an Neville vorbei aus der bleibewehrten Tür.

»Hab' ich's richtig gemacht?« fragte der Junge und sah zu den Erwachsenen hoch. Auf seiner Nasenspitze klebte ein blaues Seepferdchen.

»Ja, du warst super, Joseph«, lobte ihn Sharon Coffey. »Du hattest perfekte kleine Hirnstromwellen.«

30

Susan Curtiss findet den Knoten

Schon seit den ersten Untersuchungen hatte alles darauf hin gedeutet, daß Genies Gehirn nicht ausgewogen funktionierte, sondern sozusagen eine starke Schlagseite nach Steuerbord hatte. Alle Aufgaben, die sie gut bewältigte, waren der rechten Gehirnhälfte zuzuordnen, während die Aufgaben, die sie nicht schaffte, zur linken Hälfte gehörten. Auf Aufgaben, die eine gleich starke Zusammenarbeit der beiden Hemisphären erforderte, reagierte Genie frustriert und zögernd, ganz ohne die rasche Zuversicht, die sie an den Tag legte, wenn sie »rechts« dachte.

Es gibt keine Aufgabe, bei der die Dominanz einer Hemisphäre oder eines Gehirnlappens absolut wäre. An jeder geistigen Aufgabe arbeiten beide Gehirnhälften mit, aber ihre Zusammenarbeit ist unterschiedlich gewichtet. Die jeweilige Arbeitsteilung hängt vom Individuum ab, auch unterscheiden sich möglicherweise die Organisation des männlichen und weiblichen Gehirns; manche Wissenschaftler meinen, daß Frauen weniger lateralisiert sind oder vielleicht mehr Verbindungen zwischen ihren Gehirnhälften besitzen. Auch gibt es Linkshänder, bei denen sich die gesamte Landkarte des Gehirns spiegelverkehrt darstellt, so daß sich die Sprache auf der rechten und die visuelle Fähigkeit auf der linken Seite befinden. In den Feinheiten der Gehirnausgestaltung unterscheiden sich alle Menschen voneinander.

Genie wies jedoch eine extreme Abweichung auf, und Susan Curtiss wollte wissen, warum. Eine Möglichkeit dazu bot sich durch einen anderen Aspekt der Gehirnphysiologie. Die jeweilige Gehirnhälfte kontrolliert die entgegengesetzte Körperhälfte, so daß die rechte Hälfte beispielsweise die Bewegungen der linken Hand steuert. Zum Bedauern der Neurolinguisten ist es unmöglich, der linken Gehirnhälfte etwas durch das rechte Ohr zuzuflüstern, ohne daß die rechte Hälfte mithört, denn jedes Ohr ist mit beiden Seiten verbunden. Die Verbindung mit der jeweils entgegengesetzten Hirnhälfte ist allerdings stärker, und bei einer Gelegenheit erreicht sie sogar fast eine Monopolstellung: Wenn man dem linken Ohr einen Laut anbietet, und zur selben Zeit dem rechten Ohr dazu einen konkurrierenden andersartigen Laut anbietet, dann meldet das jeweilige Ohr dies fast ausschließlich nur an die entgegengesetzte Hirnhälfte. Diese Besonderheit ermöglicht einen sogenannten binauralen Hörtest (»dichotic listening test«). Durch das gleichzeitige Einspielen verschiedener Töne in beide Ohren konnte Susan Curtiss direkt zu jeder Gehirnhälfte Genies sprechen und die jeweilige Reaktion beider Hemisphären messen.

»Es spielt eine Rolle, welches Lautmaterial das Ohr hört«, erklärte Curtiss mir. »Das rechte Ohr kann besser mit Sprache umgehen und das linke mit Umweltgeräuschen und Musik. Wir spielten Genie Umweltgeräusche vor und maßen ihre Reaktion. Jedes Ohr funktionierte für sich perfekt; wenn beide Ohren dasselbe Geräusch hörten, war es auch in Ordnung; aber wenn beide Ohren dank akustischer Reize miteinander konkurrierten, erbrachte das linke die bessere Leistung. Das ist normal – doch der bei ihr zu beobachtende Grad von Asymmetrie war auffällig. Als nächstes testeten wir sie auf die gleiche Weise mit Wörtern.« Die Ergebnisse bestätigten einen bereits seit langem von den Wissenschaftlern gehegten Verdacht. Genies Gehirn verarbeitete Sprache auf dieselbe Weise wie Umweltgeräusche – auf der rechten Seite. Ihre rechte Gehirnhälfte verrichtete die Arbeit, die für gewöhnlich auf der anderen Seite getan wird. Die größte Überraschung aber bedeutete das Ausmaß an Unausgewogenheit. Normalerweise tritt bei diesem Hörtest die Dominanz der einen über die andere Hälfte nur als eine subtile Präferenz zutage – also nicht sehr ausgeprägt. Bei Genie war sie nicht nur ausgeprägt, sondern absolut.

Um eine zweite Meinung einzuholen, brachte Susan Curtiss Genie zu dem auf dem UCLA-Campus angesiedelten Gehirnforschungsinstitut. »Wir befestigten Elektroden an ihrem Kopf, die ihre Hirnstromwellen registrieren sollten, während wir ihr Bilder zeigten oder Sätze vorlasen«, berichtete mir Curtiss. »Nach jedem derartigen Reiz erhält man eine Reaktion in Form einer Welle. Sobald das Bild entdeckt wird, läßt sich ein Sehreiz feststellen, und dreihundert Millisekunden später zeigt ein Signal an, daß die Testperson es erkannt hat (›recognition event‹). Als erstes zeigten wir ihr Gesichter. Hier war ihr Reaktionsmuster das gleiche wie bei den Umweltgeräuschtests, das heißt, die rechte Hemisphäre wies eine stärkere Reaktion als die linke auf. Also normal. Dann spielten wir ihr Sätze vor.« Wie zuvor waren die Ergebnisse sehr ausgeprägt. Genie wies eine solche Einseitigkeit auf, die sonst nur Kinder zeigen, denen die linke Gehirnhälfte operativ entfernt worden ist. Sie schien ihre linke Seite überhaupt nicht für Sprache zu benutzen. Hinsichtlich ihrer Hauptfunktion war ihre linke Hirnhälfte praktisch tot.

»Warum sollte das aber so sein?« fragte Susan Curtiss in einem Referat über Sprache und kognitive Wahrnehmung, das 1981 in *Working Papers in Cognitive Linguistics* veröffentlicht und später mehrfach in anderen Zeitschriften nachgedruckt wurde. Sie fuhr fort: »Der Fall Genie deutet darauf hin, daß möglicherweise eine normal verlaufende zerebrale Organisation darauf beruht, daß die Sprachentwicklung zur passenden Zeit stattfindet.« Auf die Frage: »Wie erwerben wir, was uns angeboren ist?«, schien Genies Existenz eine Antwort anzudeuten. Um es in den Worten Catherine Snows auszudrücken: »Eric Lenneberg behauptete, daß das Gehirn das Sprechenlernen organisiert. Jetzt scheint sicher zu sein, daß ein externer Reiz, eine Stimulierung, vonnöten ist, um das Gehirn zu organisieren.« Snow und einige andere Linguisten behaupten, daß jedwedes logische System als Stimulus geeignet sei – also zum Beispiel Musik oder die Logik der Integration im sozialen Zusammenleben. Susan Curtiss deutete ihre Daten jedoch anders: Allein die Sprache sei dazu geeignet.

Curtiss hatte ihren Finger an der Reihe von Genies Erfahrungen entlanggleiten lassen, bis sie an den berühmten, schwer zu fassenden Knoten – die Verbindung von Sprache und Menschsein – gelangte und feststellte, daß dieser Knoten sehr viel konkreter ist als Itard, Sicard oder Condillac sich je hätten träumen lassen. Wenn Genies Fall in irgendeiner Weise aussagekräftig ist, dann darin, daß der Einfluß von Sprache uns körperlich prägt. Ein wesentlicher Teil unserer persönlichen physischen Entwicklung wird uns durch andere Menschen verliehen und erreicht unser Inneres von außen, durch das Ohr. Die Organisation unseres Gehirns ist in derselben Weise genetisch bestimmt und erfolgt ebenso automatisch wie das Atmen, aber wie beim Atmen geht es nicht ohne den ersten Klaps der Hebamme nach dem Austreten aus dem Mutterleib. Im Fall der Sprache erfüllt die Grammatik die Aufgabe der Hebamme.

Mehr als ein Klaps ist nicht nötig. »Anscheinend genügt eine erstaunlich kleine Menge Input, um diesen speziellen Prozeß in Gang zu bringen«, erklärte mir Helen Neville. Zur Untermauerung der an Genie gemachten Beobachtungen führte Susan Curtiss die Experimente von Neville am Salk Institute an, aber das warf auch ein Problem auf. Neville hatte ihre diesbezüglichen Arbeiten an Menschen durchgeführt, deren Ohren niemals einen Laut vernommen hatten – an Gehörlosen, die die Gebärdensprache ASL sprachen, eine »Mundart«, die schon äußerlich gesehen so völlig anders ist als das Englische, daß es verwunderlich scheint, wie beide als Sprachen betrachtet werden können. Glücklicherweise jedoch war ebendieses Problem bereits gelöst worden, und zwar durch eine Wissenschaftlerin am Salk Institute, die ein Stockwerk unter Helen Nevilles Labor arbeitete.

31

Was bedeutet es, ein Mensch zu sein?

Ursula Bellugi war bereits seit Ende der sechziger Jahre am Salk Institute tätig. 1971 war sie nach Los Angeles eingeladen worden, um Genie kennenzulernen und an den Beratungen über ihr Schicksal teilzunehmen. Sie ist ein Mensch, der alle Sachen sehr direkt angeht, ein rothaariges Energiebündel mit einer Leidenschaft für abweichende Meinungen. An dem Morgen, als ich sie kennenlernte, trug sie ein königsblaues Kleid mit einem leopardenartig gefleckten blauen Schal und als Schmuck dazu eine große Muschel, die an einer Kordel um ihren Hals hing. Durch das wogende Blau von Bellugis bewegtem Gesprächsstil wurde die Muschel hin und her geworfen wie einst von den Meereswellen. Immer wenn ihr auf mich zurollender Wortschwall an den Rand der Unverständlichkeit geriet, stand Bellugi vom Schreibtisch auf und beschwor sich selbst: »Halt, stopp, Ursi! Ruhe!«, und zwang sich zu dem vergleichsweise trägen Sprechtempo eines Auktionators.

»Jonas Salk fragte mich, ob ich zu ihm kommen wolle, um ein Labor aufzubauen, in dem Methoden der Biologie auf die Untersuchung von Sprache angewandt werden sollten«, erzählte sie. »Ich habe mich sehr bald dafür entschieden, anhand von ASL generelle Probleme des Spracherwerbs zu untersuchen. Damit standen wir aber vor der Frage: Ist Gebärdensprache überhaupt eine Sprache? Oder nur eine weltweit verbreitete Pantomime oder ein gebrochenes, mit den Händen gesprochenes Englisch? Hat das, was miteinander kommunizierende Gehörlose tun, überhaupt eine Struktur? Und wir mußten uns mit der Frage herumschlagen, was wir eigentlich meinen, wenn wir etwas als Sprache bezeichnen. Es war schon eine großartige Entdeckungsreise. Was bedeutet es, wenn man von irgend etwas sagt, es sei eine Sprache? Ich habe mir allabendlich diese Frage gestellt, und es hat mir jedesmal wieder Spaß gemacht.«

Was immer es auch sein mag, ASL ist mit Sicherheit kein »Hände-Englisch«. Wenn es überhaupt mit etwas Gesprochenem verwandt ist, dann wäre es das Französische, denn seine Wurzeln liegen am Institut National des Sourds-Muets in Paris, zur Zeit des »Wolfsjungen von Aveyron«. ASL ist ein Zweig der Gebärdensprache, die der Abbé de l'Épée erdachte und die Sicard die aus dem Bicêtre befreiten Taubstummen lehrte. Im Jahre 1810 gelangte sie über den Atlantik, direkt vom Pariser Institut nach Connecticut, und zwar durch den amerikanischen Erzieher Thomas Hopkins Gallaudet. Trotz ihrer bemerkenswerten Vergangenheit war ASL nie zuvor ernstlich erforscht worden, zumindest nicht mit Bellugischer Gründlichkeit. Am Salk Institute befaßte sich Bellugi mit ASL-Witz und ASL-Metaphorik. Sie stieß auf eine taubstumme Lyrikerin und beschäftigte sich mit ASL-Versen. Sie entdeckte sogar das Vorhandensein von »Gebärden-Intonationen«, die sich in subtilen Schwingungsänderungen der ASL-Handbewegungen ausdrückten. Sie katalogisierte »Versprecher« der Hände und die mit den Fingern dargestellten Flexionsendungen eines gehörlosen Asiaten, dessen ASL einen Akzent aufwies, nämlich den der chinesischen Gebärdensprache. Schließlich untersuchte sie gemeinsam mit Ted Suppala, einem gehörlosen Linguisten (heute an der University of Rochester), die verborgene Struktur von ASL und stellte wesentliche Charakteristika der Syntax, Semantik und Phonologie fest.

»ASL ist genauso wie eine gesprochene Sprache«, sagte Bellugi zum Abschluß. Und sie ist lebendig, was sehr wichtig ist. Sie verändert sich, wie alle echten Sprachen, durch eine sich ständig verlagernde Reihe lokal begrenzt auftretender Formen. Linguisten haben Spaß daran, ihr feines Gespür für diese »Spezialformen« unter Beweis zu stellen, wie ich bei einem Interview mit Elissa Newport feststellen konnte. Sie hat bei Lila Gleitman studiert, unterrichtet jetzt in Rochester und ist mit Ted Suppala verheiratet. Wir hatten keine zehn Minuten miteinander gesprochen, als sie sich an ihre Studentin Jenny Singleton wandte und, auf mich deutend, fragte: »Na, was meinen Sie?«

»Georgia«, antwortete Singleton. »Aber er ist schon bald nach Virginia gezogen, irgendwo in Küstennähe, und noch vor dem vierten Geburtstag kam er nach New York, aber dann ist er wieder nach Georgia zurückgezogen.« Auch den weiteren Verlauf meiner ziemlich unruhigen Kinderjahre diagnostizierte sie richtig.

Hätte ich ASL gesprochen, wären die Stationen meiner Jugend noch leichter zu erfassen gewesen, denn die Dialekte der ASL sind ungewöhnlich gut zu unterscheiden. Die Sprache wird in kleinen Gemeinden gesprochen, die sich im Umkreis der Gehörlosenschulen bilden, wie zum Beispiel die Gallaudet in Washington, D.C., und die kalifornische Taubstummenschule in Fremont. Diese Gruppierungen sind voneinander isoliert. Es gibt keine allen zugänglichen Medien wie Radio oder Fernsehen, die die Unterschiede einebnen und zu einer landesweiten Gleichförmigkeit der ASL führen könnten. Beispielsweise pflegte sich eine ganze Generation von Schülern der Taubstummenschule von Michigan nach dem Unterricht bei einem Laden zu treffen, vor dem eine aus Holz geschnitzte Indianerfigur stand. Der Spruch »Bis nachher beim Indianer« gehörte bald zum dortigen Jargon – und wenn man heute irgendwo auf der Welt jemanden trifft, der die amerikanische Gebärdensprache benutzt und dabei das Zeichen für Indianer als ein Synonym für »Laden« verwendet, dann kann man sicher sein, daß er aus Michigan kommt.

Die gleiche Art von Evolution ist bei allen formalisierten Sprachen zu beobachten, und überall werden solche Neuprägungen von den Gebildeten als Beweis dafür angesehen, daß es mit der Muttersprache bergab geht. Es mag deshalb seltsam anmuten, daß derartige Verfallserscheinungen als Beweis dafür gelten, daß es sich um eine richtige Sprache handelt. Sollten die Sprachwächter von der Académie Française saloppe Argotwendungen also doch begrüßen? Belegt der Ghetto-Slang die Lebensfähigkeit des Englischen? Ja, genau, meint Catherine Snow. »Denken Sie daran, was Mark Twain einmal gesagt hat«, hielt sie mir vor. »›Eine Sprache ist ein Dialekt mit einer Armee hinter sich.‹ Wenn man Ghetto-Sprache analysiert, hat das auch eine nicht unproblematische politische Seite. Woher wollen Sie wissen, ob jemand falsch spricht oder ob er bloß keine Armee hinter sich hat?«

Aus Ursula Bellugis Sicht zeigt die Wandlungsfähigkeit der ASL, wie quicklebendig sie ist – sie lebt auf der Straße, nicht im Elfenbeinturm der Wissenschaft; sie gehört denen, die sie sprechen, und wird niemandem von höher gestellten Fachleuten aufgezwungen; sie ist über die ursprüngliche Erfindung hinausgewachsen, wurde und wird jeden Tag wieder »hausgemacht«. Bellugi und Suppala wurden zur Armee der ASL. Sie setzten sich dafür ein, daß sie als echte Sprache angesehen wird, so lebendig, robust und schwierig wie nur irgendeine andere.

Diese Form der Beglaubigung der ASL stellte ein wertvolles Geschenk für die moderne Linguistik und ihr Rüstzeug dar. Es läßt sich sogar behaupten, daß es kein bedeutenderes gegeben hat. Sicard, der zu Victors Zeiten lebte, sowie der Abbé de l'Épée vor ihm, gehören zu denen, die unserer Generation die Frage nach der Beziehung zwischen Mensch und Sprache hinterlassen haben. Dadurch daß sie die Grundlagen der heutigen ASL erfanden, wurden sie zu Ursula Bellugis Mitverschwörern, die einen Schlüssel zur Lösung des Rätsels bereitstellten.

Die Funktionsfähigkeit des Schlüssels beruht zum Teil auf der Geschichte der Taubstummen. Trotz ihrer symbolträchtigen Befreiung durch den Abbé de l'Épée leiden die Gehörlosen noch immer darunter, von ihrer Umwelt mißverstanden zu werden. Nur zu oft werden sie fälschlich als geistig zurückgeblieben diagnostiziert und müssen das Schicksal erdulden, in den falschen Hilfseinrichtungen untergebracht zu werden. Selbst in Familien, wo man die besondere Situation eines tauben Kindes richtig versteht, mag man gelegentlich der Auffassung sein, daß es besser für sie sei, zu lernen, ihren Mitmenschen die Sprache von den Lippen abzulesen, statt mit den Handzeichen einer fremd wirkenden, insularen Kultur vertraut gemacht zu werden. Auf diese Weise kommen manche Taubstumme erst mit zwei, fünf oder fünfzehn Jahren in Kontakt mit ihrer wahren ersten Sprache. Ihre Misere hat der Linguistik Tausende von Kindern wie Genie beschert, zum Glück allerdings nur in sprachlicher Hinsicht benachteiligte, nicht aber psychisch mißbrauchte.

Diese Benachteiligung kann einen erstaunlichen Erfindungsreichtum hervorbringen, der wiederum sehr aufschlußreich sein kann. An der Universität von Illinois beschäftigte sich Jenny Singleton mit dem sogenannten Pidgin- und Kreolen-Phänomen. Ihre Versuchspersonen waren Mitglieder einer Familie von Gehörlosen, die isoliert in einer Stadt von Hörenden lebte. Die Eltern benutzten ASL, sie hatten die Gebärdensprache jedoch erst spät erlernt, und ihre Grammatik war dürftig. Der taube Sohn kam von Geburt an nur mit ihrer Pidgin-ASL in Berührung; es war sein einziger linguistischer Außenreiz. Doch als Singleton das »Gebärdensprechen« von Eltern und Söhn analysierte, stellte sich heraus, daß der Junge trotz des fehlerhaften Vorbilds die richtige ASL entwickelt hatte. Er konnte besser sprechen als alle, die er je »gehört« hatte. Seine virtuose Leistung erhärtet Chomskys These, daß es die Biologie ist, die für die Syntax sorgt, und nicht die »lehrenden« Eltern.

In den Jahren 1977 und 1978 durchliefen viele Gehörlose Helen Nevilles Labor. Bei ihren an einem großen Kollektiv durchgeführten Lateralitätstests kam sie zu folgendem Ergebnis: In der linken Gehirnhälfte von Gehörlosen, die während ihrer Kindheit ASL gelernt hatten, hatte sich eine Zuordnung für Sprache wie auch für andere Funktionen entwickelt. Doch bei all jenen, die keine Gelegenheit zum frühen Erlernen der Gebärdensprache gehabt hatten, fehlte diese Spezialisierung – ihre Gehirne waren noch ungeformt. Die Hebamme hatte dem Baby keinen Klaps gegeben.

»Wenn man Nevilles Ergebnisse und Genies Fall zueinander in Beziehung setzt, liegt die Vermutung nahe, daß die Sprachentwicklung vielleicht der entscheidende Faktor für die Spezialisierung der Gehirnhemisphären ist«, schrieb Susan Curtiss in ihrem Aufsatz von 1981. »Wenn sich [Sprache] entwickelt, dann wirkt sich das maßgeblich darauf aus, auf welche sonstigen Fertigkeiten sich die Gehirnhälfte, die Sprache verarbeitet, spezialisieren wird. Findet eine Sprachentwicklung aber nicht statt, verhindert dies die Spezialisierung der Sprachhemisphäre auf alle höheren Funktionen des Kortex.« Diese Erkenntnis eröffnete die Möglichkeit, einige miteinander verknüpfte Grundgedanken neu zu definieren: Was bedeutet es, wenn man etwas als Sprache bezeichnet? Sprache ist ein logisches System, das so organisch auf die Mechanismen des menschlichen Gehirns abgestimmt ist, daß es tatsächlich der Auslöser des Gehirnwachstums zu sein scheint. Und was sind Menschen? Lebewesen, deren Gehirnentwicklung auf einzigartige Weise auf den Empfang einer, und sei es noch so geringen, Dosis von Sprache zur richtigen Zeit reagiert und davon abhängig ist.

Hält man sich all dies vor Augen, muß man sich fragen: Was war Genie?

32

Kleinkriege und Versagen der Diplomatie

Curtiss' erfolgreichste Annäherung an die eben genannte Frage ist immer noch ihre Doktorarbeit. Von allen mit Genie befaßten Forschungsvorhaben stellt diese Dissertation das bedeutendste veröffentlichte Ergebnis dar – sie wird in so gut wie allen gängigen amerikanischen Lehrbüchern über die Grundlagen der Linguistik, Soziologie oder Psychologie zitiert. Außerdem wurde die Arbeit vorab in Buchform veröffentlicht, was bei wissenschaftlichen Arbeiten nicht allzu oft vorkommt. *Genie: A Psycholinguistic Study of a Modern-Day ›Wild Child‹* (Genie: Psycholinguistische Studie eines modernen »Wolfskindes«) erschien Mitte 1977 bei der Academic Press. Anders als die Dissertation hat das Buch nicht nur einen festen Einband, sondern enthält auch die Widmung »Für Genie« sowie ein Frontispiz mit einer Bleistiftzeichnung: eine lächelnde Frauenfigur mit welligem Haar und großen Ohren, die ein kleineres Wesen in ihrem linken Arm hält. Die Bildunterschrift dazu lautet auszugsweise:

Dieses Bild malte Genie in Einsamkeit und Sehnsucht Anfang des Jahres 1977. Zuerst hatte sie nur ihre Mutter dargestellt und das Bild mit dem Titel »I miss Mama« (Mama fehlt mir) versehen. Dann malte sie plötzlich weiter. Kaum war sie fertig, nahm sie meine Hand, legte sie neben ihre Zeichnung und gab mir zu verstehen, ich solle etwas schreiben. Sie sagte »Baby Genie«. Dann zeigte sie auf eine Stelle unterhalb der Zeichnung und sagte »Mama Hand«. Ich diktierte die einzelnen Buchstaben. Zufrieden lehnte sie sich zurück und betrachtete das Bild lange. Da war sie zu sehen, als Baby in den Armen ihrer Mutter. Sie hatte sich ihre eigene Wirklichkeit erschaffen.

Von Ende 1977 bis Anfang 1978, als die Dissertation »Genie« dem Buch »Genie« gefolgt war, setzten sich die Leiden des Menschen Genie fort. An ihrer neuen Pflegestelle, in die sie nach ihrem zweiwöchigen Aufenthalt im Childrens Hospital gekommen war, ging es eine Weile gut, doch auf Druck der Familie der Pflegemutter brach dann alles auseinander. Während der Weihnachtsfeiertage wurde Genie kurzfristig anderweitig untergebracht und schließlich in einer neuen Pflegestelle aufgenommen, diesmal vermeintlich auf Dauer.

Susan Curtiss setzte sich weiter für das Wohl ihres Schützlings ein. »Genie ist durch die häufigen Umzüge verwirrt und traumatisiert«, schrieb sie am 6. Januar 1978 an John Miner. »Und zwar nicht nur, weil diese Umzüge sie aus dem gewohnten Alltag herausreißen und sie sich immer wieder neu anpassen muß, sondern auch, weil sie sich immer aufs neue abgelehnt fühlt – sie meint, daß sie jedesmal wieder fort müsse, weil sie ein ›böses Mädchen‹ sei.« Curtiss bedrückte insbesondere, daß man sich bei der neuesten Pflegestelle unerbittlich gegen Besuche gerade der Menschen sperrte, die während der glücklichen Jahre bei den Riglers eine wichtige Rolle in Genies Leben gespielt hatten. Curtiss hatte unter diesen Besuchern immer die erste Stelle eingenommen. Als sie den eben zitierten Brief schrieb, wußte sie noch nicht, daß ihr drei Tage zurückliegender Besuch bei Genie bereits ihr letzter gewesen war.

Die Verweigerung der Besuchserlaubnis war nur ein Glied in der Kette der vielen Scharmützel und diplomatischen Mißerfolge in dem andauernden Kleinkrieg zwischen dem alten »Genie-Team« und Genies neuen Pflegeeltern. Susan Curtiss war nicht die einzige, die sich darüber aufregte, daß Genie nach ihrem Aufenthalt bei den Riglers im Stich gelassen wurde wie ein ausgesetztes Kind. Die für Genies Fall zuständigen Sozialarbeiter der DPSS und des Regionalzentrums für Entwicklungsgestörte beschwerten sich, wie schwierig es war, John Miner zu erreichen, wenn sie seine Unterschrift als Vormund benötigten. Briefe an sein Büro blieben oft unbeantwortet, auf Anrufe erfolgten keine Rückrufe, so daß entscheidende Genehmigungen verschleppt würden, was negative Auswirkungen auf Genies Wohlergehen habe.

Genie war ein Jahr nach ihrem Weggang von den Riglers in eine ernste finanzielle Notlage geraten. In der Verwaltung der Sozialfürsorge hatte man entdeckt, daß das Haus in der Golden West Avenue zu einem Drittel ihr gehörte. Die

Behörde entzog Genie die Sozialhilfeberechtigung, stellte die Unterhaltszahlungen an ihre Pflegeeltern ein und forderte die Rückzahlung von 1230 Dollar für unrechtmäßig bezogene Sozialleistungen. Der für Genie zuständige Sozialarbeiter wandte sich hilfesuchend an Miner, doch dort erhielt er die Auskunft, daß Genie über die 4000 Dollar, die in ihrem Treuhandvermögen festgelegt waren, weder zur Zahlung ihres Unterhalts noch zur Begleichung ihrer Schulden verfügen könne. Das gesamte Geld stünde nämlich David Rigler zu, gab Miner an, und zwar für Aufwendungen, die er im Zusammenhang mit Genies Aufenthalt in seinem Haus gehabt habe. Thomas Greenan, der Sozialarbeiter, war darüber empört, und nach einem Besuch bei Rigler, der ihm sagte, er habe seiner Meinung nach wirklich Anspruch auf das Geld, leitete er offizielle Schritte ein. Im Oktober 1976 legte Greenan bei der Vormundschaftsbehörde Beschwerde ein und beschuldigte Miner, sich nicht ausreichend um Genies Wohlergehen zu kümmern. Er beantragte, die Vormundschaft auf das Regionalzentrum von East Los Angeles zu übertragen.

Miner seinerseits hielt Greenan und die anderen Sozialarbeiter für bürokratische Bremsklötze, denen es nur darum gehe, in Fragen der Kompetenz die Nase vorn zu behalten. Von den Angestellten im Regionalzentrum spricht er als »üble Saukerle erster Klasse« und bezeichnet deren Vorgesetzte als »Pferdeärsche«. Aus seiner Sicht hatten sich die Behörden böswillig und unkooperativ verhalten und ihm bei seinen Bemühungen in Genies Interesse nur Steine in den Weg gelegt, statt ihn zu unterstützen. Miner focht die Entscheidung über die sozialen Fürsorgeleistungen an und erreichte schließlich, daß sie aufgehoben wurde; er hatte darauf hingewiesen, daß Genies Elternhaus kein flüssiges Vermögen darstelle und deshalb nicht als ein ihren Anspruch auf Sozialleistungen ausschließendes Sachvermögen gelten dürfe.

Die Mitarbeiter an der DPSS und am Regionalzentrum wiederum waren überzeugt, Miners Untätigkeit in der Geldfrage habe mit zum Scheitern in Genies erster Pflegestelle geführt – und damit indirekt zu Genies regressivem Verhalten und ihrer Wiedereinweisung ins Krankenhaus beigetragen – und sich dann auch auf die Situation in den folgenden Pflegestellen negativ ausgewirkt. Sie bemühten sich weiterhin um den Entzug seiner Vormundschaft. Sie beauftragten eine Anwältin namens Janice Stone, Erkundigungen in der Sache einzuziehen, und diese stellte fest, daß Miners Rolle als Vormund durch seine eigene Unaufmerksamkeit anfechtbar geworden war – er hatte es nämlich 1975, als Genie achtzehn Jahre alt geworden war, versäumt, die Vormundschaft von der über ein Kind in eine über eine geschäftsunfähige Erwachsene abändern zu lassen. Deshalb war seine Vormundschaft offiziell erloschen. Ohne Miner davon in Kenntnis zu setzen, ließ das Regionalzentrum die Vormundschaft neu übertragen – auf Genies leibliche Mutter. Am 20. März 1978 wurde Irene schließlich wieder zur gesetzlichen Vertreterin ihrer Tochter.

33

Was ihr Vermögen gestattet

Faktisch konnte Irene allerdings immer noch nicht über Genies Vermögen verfügen, und zwar aus dem schlichten Grund, daß Miner es nicht herausgeben wollte. Auf wiederholte schriftliche Anträge von Janice Stone und wiederholte Anträge des Gerichts, er solle darlegen, warum er das Geld nicht auszahlen wolle, reagierte

John Miner mit seiner alten Behauptung. Er stellte fest, daß David Rigler eine Forderung gegen das Vermögen habe, nämlich eine ausstehende Rechnung für eine psychotherapeutische Behandlung Genies, die fast vier Jahre zuvor, während des ersten Halbjahres 1975, stattgefunden hatte. Auf das Honorar von 50 Dollar pro Stunde hätten sich Rigler und Miner in einem Gespräch im Sommer 1971 geeinigt. Miner behauptete, daß er damals als Genies Vormund gehandelt habe; vor Gericht wurde er jedoch daran erinnert, daß er erst im folgenden Jahr zu Genies Vormund bestellt worden war.

Bei der Gerichtsverhandlung im November und Dezember 1978 beschrieb David Rigler, welche Form seine therapeutischen Bemühungen gehabt hatten. »[Sie] fanden unter natürlichen Bedingungen statt«, sagte Rigler aus. »Sie fanden nicht in der für Gesprächstherapien üblichen Arbeitszimmerumgebung statt.«

Stone forderte Rigler auf, zu erklären, was »natürliche Bedingungen« seien.

Er antwortete: »Gern. Genie lebte in unserem Haus. Sie wurde immer zur Schule gebracht. Manchmal fuhr sie mit dem Bus, manchmal wurde sie im Auto mitgenommen. Sie wurde regelmäßig zu Einkaufsfahrten mitgenommen. Sie wurde bewußt zu Spaziergängen ausgeführt. Mit ihr wurde hinten im Garten, also im Umfeld der natürlichen Lebenssituation, gearbeitet. Diese Art der Behandlung wurde zum größten Teil in diesem natürlichen Umfeld geleistet.«

Rigler konnte keine schriftlichen Unterlagen über diese therapeutischen Sitzungen vorweisen und hatte auch keine spezifizierten Rechnungen gestellt. Er hatte jedoch Miner mitgeteilt, daß seiner Schätzung nach therapeutische Gespräche in der Höhe eines Gesamthonorars von 7800 Dollar zusammengekommen waren. Das Gericht erkundigte sich, welche sonstigen Kostenerstattungen den Riglers während der Zeit, die Genie bei ihnen verbrachte, zuteil geworden waren. Es erfuhr von Marilyns Stipendium von 500 bis 1000

Dollar im Monat, von Riglers bezahlter Freistellung von der Krankenhausarbeit und von dem Pflegegeld, das die Riglers bekommen hatten. Dieses Geld war im Jahre 1975 auf 552 Dollar im Monat gestiegen, wobei nicht angerechnet wurde, daß Genie ein Drittel der Zeit bei Irene verbrachte. Außerdem hatte das Ehepaar Rigler durch Honorare für Artikel und Vorträge Einkünfte gehabt.

»Die Riglers sind in der Tat um ein Vielfaches überbezahlt worden«, behaupteten Irenes Anwälte. Sie sprachen auch ein praktisches Problem an: Genie besaß gar nicht genug Geld, um Riglers Rechnung zu begleichen. Dies war auch den Antragstellern bekannt, die deshalb nur 4500 Dollar verlangten. Wie Miner aussagte: »... sagte [Rigler] einfach: ›Gut, ich bin mit dem einverstanden, was ihr Vermögen gestattet.‹«

»Hat er die Summe von 4500 Dollar vorgeschlagen?« fragte R. Samuel Paz, einer von Irenes Anwälten.

»Nun, ja«, erwiderte Miner, »mehr war ja nicht vorhanden. Deshalb war er mit allem einverstanden, was ihr Erbe hergab.«

Am Ende zeigte sich das Gericht beeindruckt durch die Aussagen von Rigler und Miner, daß das Verbleiben im Haus der Riglers von »substantiellem Nutzen für das Kind« gewesen sei: Ihr Wortschatz habe sich erweitert, ihre Sauberkeitserziehung sei mit Erfolg durchgeführt worden, und sie habe gelernt, sich mit ihrer Umwelt auseinanderzusetzen. Diese Erfolge seien schwer erkämpft worden, erklärte Miner dem Gericht. »Aus meiner eigenen Kenntnis weiß ich, in welchem Ausmaß sich die Familie Rigler vor unvorhergesehenen Problemen sah, denn für Genie gibt es keinen Präzedenzfall. Sie hatten vier Jahre lang Tag und Nacht damit zu tun. Genie hatte Anpassungsleistungen zu erbringen, und im Laufe des Lern- und Erziehungsprozesses wurde sie sehr unruhig, bekam Wutanfälle, wurde äußerst schwierig im Umgang und ... Also, ich konnte nicht verstehen, wie Menschen, die mit diesem Kind gar nicht verwandt waren, sich freiwillig einem derartigen Streß aussetzen konnten, der sich schließlich auf ihre ganze Familie auswirkte.«

»Vielleicht könnte ich noch etwas bezüglich dieser Fortschritte hinzufügen«, sagte Miner bei anderer Gelegenheit. »Genie stellte derartige Ansprüche an die Riglers, daß ich mir die Frage, wie irgend jemand das auf sich nehmen und soviel für Genie tun konnte, nur mit einem großen Gefühl von Liebe und Mitleid erklären konnte.«

Als einen Beweis für die Wirksamkeit von Riglers Arbeit führten die Antragsteller auch die Tatsache an, daß Genie im Jahre 1975 solche Fortschritte gemacht hatte, daß sie zu ihrer Mutter heimkehren konnte. Ein weiterer Beweis sei auch, daß Genies Zustand seit ihrem Wegzug von Laughlin Park »eine erhebliche Verschlechterung« erfahren habe.

Im Gerichtsbeschluß sprach der Richter Rigler seine Bewunderung für dessen Bemühungen aus. »Hier ist etwas geleistet worden, wodurch dieses Kind aus, nun ja, einer Nichtexistenz, einem Leben als Tier, zurückgeholt und so weit gebracht wurde, daß es, wenigstens teilweise, in der Gesellschaft zurechtkommen konnte. Allerdings wohl nur in sehr geringem Maße. Das Kind ist anscheinend geistig recht beschränkt und kann sich vielleicht nicht über einen bestimmten Punkt hinaus entwickeln. Wie auch immer, er [Rigler] hat es jedenfalls erreicht, das Kind ein erhebliches Stück von seinem ursprünglichen Leben, das ich wohl eher als ein Nicht-Leben bezeichnen möchte, wegzubringen.«

»Allerdings«, fuhr der Richter fort, »haben wir es mit einem sehr bescheidenen Vermögen zu tun.« In Anbetracht dessen senkte er das Honorar auf 3100 Dollar, von denen er 600 Dollar als Satz für die Gerichtskosten der Antragsteller bestimmte.

»Ich habe nie daran verdienen wollen. Es ging mir wirklich nicht ums Geld, als ich Genie aufnahm«, antwortete mir Rigler, als ich ihn auf seine Ansprüche gegen Genies Vermögen ansprach. Er saß zusammengesunken auf dem Ledersofa in seinem Büro und schien sich unbehaglich, ja fast hilflos zu fühlen. An seine vor Gericht durchgesetzte Forderung erinnerte er sich nur bruchstückhaft und einsilbig. Es sei Miners Idee gewesen, nicht seine. Er habe nie etwas von dem Geld erhalten. Er wisse nicht, ob Miner das Geld bekommen habe. Und im übrigen hätten sie beabsichtigt, die Summe, wie hoch auch immer sie sein würde, als Treuhandvermögen für Genie anzulegen. Bei späteren Gesprächen sprach er etwas ausführlicher über die Angelegenheit und sagte, daß Miner befürchtet habe, daß das Geld, wenn er es freigäbe, gar nicht an Genie, sondern an den Staat fallen würde. Dadurch, daß er das Geld unter Treuhänderschaft stellte, hoffte Miner, es zu Genies Nutzen so lange sichern zu können, bis er ihre Vormundschaft wieder übernehmen konnte. Da er selbst keinen unwiderlegbaren Anspruch auf das Geld hatte, war er an Rigler herangetreten, damit dieser einen Antrag auf Kostenerstattung stellen sollte. Rigler hatte unter der Bedingung eingewilligt, so erklärte er mir, daß Miner mit dem Geld einen Unterstützungsfonds für Genie gründen würde. »Ich stand nicht voll hinter meiner Aussage«, sagte mir Rigler zu seinem Auftreten vor Gericht. »Ich hörte mir beim Sprechen zu, aber ich glaubte nicht wirklich daran.« Er schnaufte auf eine Weise, die teils wie ein reumütiges Lachen, teils wie ein Seufzer der Erleichterung klang, und fügte hinzu: »Das gestehe ich hier zum erstenmal ein.«

John Miner bestätigte Riglers Darstellung. In einem Brief, den er als Antwort auf meine Fragen zu diesem Fall schrieb, wies er darauf hin, daß seine Akten zu Genies Fall bei einem Umzug verlorengegangen seien und er sich nicht genau an alles erinnern könne. Mit Bezug auf Riglers Antrag sagte er: »Es war meine Idee, nicht seine«, und fuhr fort: »Zu behaupten, daß Rigler die Hilfe, die er Genie zukommen ließ, aus finanziellen Erwägungen geleistet habe, ist schäbig. Gewiß, es war eine einzigartige berufliche Chance. Aber niemand sollte vergessen, daß Dr. Rigler verdammt nah daran war, seine Familie für Genie aufzuopfern.«

Beide Männer bleiben dabei, daß die Geldforderung, trotz der Stattgabe des Gerichts, nie erfüllt worden sei, und sie nie Geld aus Genies Treuhandvermögen erhalten hätten. Miner erklärte mir gegenüber, daß er selbst die Forderung nie hätte begleichen können, denn er habe niemals ein frei verfügbares Sonderkonto besessen, aus dem er Dr. Rigler hätte bezahlen können. Zu einem späteren Zeitpunkt zeigte ich ihm ein Dokument (worüber er einigermaßen verblüfft war, wie er sagte), das belegte, daß er in der Tat noch lange nachdem gerichtlich über Riglers Antrag beschlossen worden war, Genies Vermögen kontrolliert hatte. Das Dokument war eine Eingabe, von ihm selbst unterschrieben und im Juli 1979 beim übergeordneten Gericht, dem Superior Court, eingereicht, in dem er die Aufhebung von Irenes Vormundschaft forderte, weil diese dazu ungeeignet sei. Miner schlug im weiteren vor, selbst wieder zum Vormund bestellt zu werden, wobei er anbot, wie zuvor ehrenamtlich zu arbeiten; außerdem gab er an, daß er immer noch 2126,02 Dollar zur Verwahrung habe, welche nach dem ein halbes Jahr zuvor Riglers Ansprüche klärenden Gerichtsbeschluß in Genies Besitz verblieben seien.

Der Antrag wurde abgelehnt, und Irene blieb Genies Vormund, doch erst nach weiteren anderthalb Jahren und einigen noch folgenden Gerichtsverhandlungen gelang es ihr, Genies Vermögen von John Miner zu erhalten. Als schließlich im Februar 1981 der Scheck bei ihr eintraf, fehlte der angeblich an Rigler ausgezahlte Betrag. Rigler und Miner geben beide an, sie wüßten nicht, was aus dem Geld geworden sei.

34

Am Ende gingen die wahren Kosten des Gerangels um Genies Vormundschaft über bloße Dollars und Cents weit hinaus. Ich habe Rigler einmal gefragt, ob er es für möglich halte, daß sein Prozeß um die Honorarzahlung aus Genies Erbe Irenes Feindseligkeit den Wissenschaftlern gegenüber noch verschärft habe. »Das mag sein«, räumte Rigler ein und nickte. »Daran habe ich nie gedacht.«

Die größte Kränkung für Irene bedeutete jedoch ein Exemplar von Susan Curtiss' Buch, das sie Anfang 1978 erhielt. Sie reagierte anscheinend von vornherein ablehnend – noch bevor sie es geöffnet hatte. »Als ich den Buchtitel sah, war ich sehr verletzt«, schrieb Irene. »Meine Tochter ... als ›Wolfskind‹ bezeichnet.«

Irenes Gegendarstellung hatte sie mit der Hand auf liniertes Schreibpapier geschrieben und »An Sam« adressiert – an den Anwalt R. Samuel Paz, der gemeinsam mit seiner Kollegin Louise Monaco in dem folgenden, sich lang hinziehenden Gerichtsverfahren die Interessen Irenes vertreten sollte. Irenes Protestbrief gegen die Dissertation wurde dabei als Beweisstück B geführt. Beweisstück A war die Doktorarbeit selbst.

Irene war besonders über das Anfangskapitel empört, in dem Susan Curtiss Irenes Leben mit Clark und den gräßlichen Leidensweg ihrer Kinder beschrieb. In einer eidesstattlichen Erklärung, die Irene mehrere Jahre später abgab, schilderte Irene ihre Reaktion darauf. »Mir wurde speiübel«, erklärte sie. »Mir war regelrecht schlecht, wissen Sie, als ich diese Sachen, Sie wissen schon, da abgedruckt sah.«

Sie fügte hinzu: »Da muß schon einiges zusammenkommen, bis mir schlecht wird.«

In ihrem Brief an Paz (in dem sie ihre Tochter bei ihrem richtigen Namen nennt, für den ich hier »Genie« eingesetzt habe) führte Irene die Punkte auf, an denen sie etwas an Curtiss' Beschreibung auszusetzen hatte. Irene schrieb:

– Ich wurde nicht häufig geschlagen. Zweimal in dem letzten Jahr. Es stimmt, daß er einmal versuchte, mich umzubringen.

– Genie wurde nie vergessen, und ich habe sie so gut versorgt, wie ich es nur konnte...

– Es hing vom Wetter ab, was sie anhatte, wenn sie auf dem Töpfchenstuhl saß. Sie konnte ihre Arme und Beine bewegen und sich nach vorn und zu den Seiten bücken.

– [Curtiss] stellt es so dar, als ob Genie die ganze Zeit auf dem Töpfchenstuhl blieb.

– Genie wurde nie vergessen.

– Genie konnte ihre Arme bewegen, wenn sie ihren Schlafsack anhatte. Es war keine Zwangsjacke. Es war ein großes Kinderbett mit Drahtgeflecht an den Seiten. Es gab auch ein Draht-Oberteil, aber ich habe es nie benutzt...

– Genie hat sehr wohl Sprechen gehört.

– Unser Haus ist sehr klein ...

– Sie konnte die Verkehrsgeräusche auf der Straße hören.

– Sie hörte die direkt nebenan wohnenden Nachbarn kommen und gehen ...

– Sie hörte Flugzeuge, Vögel, Nachbarn, Verkehrsgeräusche.

– Genie wurde nicht vergessen.

– Ihr Vater hat sie nicht geschlagen.

– Der Stock war nicht ständig in Genies Zimmer.

– Ihr Vater hat doch mit ihr gesprochen.

– Ab und zu hat er sie tatsächlich angebellt, damit sie abgelenkt wurde und Ruhe gab, aber ohne die Tür aufzumachen.

- Er hat sie nie direkt, von Angesicht zu Angesicht, ange-
  bellt.
- Er hat mit ihr geredet.
- Er hat sie nicht gekratzt ... Er hat Genie nicht geschlagen.
- Er hat nicht draußen vor ihrem Zimmer gestanden und sie
  angebellt und geknurrt ...
- Im Zimmer waren eine Kommode, ein Stuhl, ein Klapp-
  bett, zwei große Koffer, Jalousien und Vorhänge. Großes
  Kinderbett. Töpfchenstuhl.

In Irenes ausformuliertem Antrag bei Gericht ging es jedoch
nicht um irgendwelche Ungenauigkeiten. Eher um das Gegenteil – daß nämlich so detaillierte Beschreibungen, wie sie
bei Susan Curtiss sowie in verschiedenen Referaten und Vorträgen anderer Wissenschaftler zu lesen waren, nur unrechtmäßig aus Irenes der Schweigepflicht unterliegenden Gesprächen mit ihrer Therapeutin Vrinda Knapp und deren
Supervisor Howard Hansen entnommen sein konnten. Im
Oktober 1979 erhob Irene am »Superior Court« Klage gegen
Hansen, Knapp, David Rigler, James Kent, Susan Curtiss
und das Childrens Hospital wegen wiederholter Verletzung
der Schweigepflicht zwischen Patient und Therapeut sowie
Patient und Arzt. Die Beklagten hatten, hieß es in der Klage,
»persönliche, vertrauliche und intime Details aus den Jahren der Gefangenschaft, des Leidens, der Isolation, des Mißbrauchs und der Folterung«, die Irene und Genie erlitten
hatten, »der Öffentlichkeit preisgegeben, verraten und
publiziert«.

Das war noch nicht alles und auch nicht der schwerwie-
gendste Vorwurf. Im vierten von insgesamt fünf Klagegründen
wurden die Wissenschaftler beschuldigt, Genie »extremen,
unzumutbaren und verbrecherischen Intensiv-Tests, Experimenten und Beobachtungen« unterzogen zu haben, »durch
Anwendung von Drohung und Gewalt« – kurz gesagt, sie wurden wegen Durchführung von unethischen (dem Berufsethos
widersprechenden) Menschenversuchen angezeigt. Der letz-

te Klagegrund betraf John Miner, der in Verletzung seiner Fürsorgepflicht Genie nicht vor Schaden bewahrt habe. Irene verlangte sowohl Entschädigung als auch die Festsetzung einer Geldstrafe.

Der Anwalt Sam Paz war auf diese Streitfragen bestens vorbereitet, sowohl in wissenschaftlicher als auch in rechtlicher Hinsicht. In seinem Grundstudium an der UCLA hatte er Psychologie im Hauptfach belegt, und er hatte sich auf ähnlichen Feldern wie Victoria Fromkin und Susan Curtiss getummelt. »Ich habe mich einmal darangemacht und Curtiss' Buch darauf durchgeforstet, welche Experimente vorgenommen wurden«, sagte er zu mir. »Die Sitzungen waren sehr intensiv und fanden sehr kurz hintereinander statt. Außerdem gibt es noch weitere Unterlagen zu Untersuchungsergebnissen, und wenn Sie sich die ansehen, können Sie sich vorstellen, was Genie zu erdulden hatte. Zeitweilig wurde sie sechzig oder siebzig Stunden in der Woche getestet. Als wir die Wissenschaftler darauf ansprachen, meinten sie, es habe Genie Spaß gemacht – sie habe das meiste für ein Spiel gehalten.«

Susan Curtiss wehrt sich dagegen, daß ihre Tests jemals derart hohe Anforderungen gestellt hätten. »Meine Testabschnitte dauerten niemals länger als 45 Minuten am Tag«, erklärte sie mir. »Sonst haben wir gespielt, gingen spazieren und hatten es einfach nett miteinander.« Diesen Punkt sowie ihren Eindruck, daß Genie die Aufgaben Spaß gemacht hätten, betonte sie auch in ihren Aussagen unter Eid. »Sie genoß das Lob und die Belohnungen, die sie grundsätzlich erhielt, allein schon für das Mitmachen, ganz gleich, ob sie es richtig oder falsch gemacht hatte«, sagte Susan Curtiss aus. »Die Zeit, die wir mit Tests verbrachten, waren normalerweise Stunden, in denen wir uns sehr nah waren. Da waren nur Genie und ich, ganz eng beieinander, und es gab eine Menge Augenkontakt, eine Menge – also wir kuschelten und juchzten und machten sonst was für Sachen, und kein anderer war dabei –, ich will damit sagen, daß wir keine Massen von fremden Leuten um uns hatten, um die wir uns dabei hätten kümmern müssen. Deshalb glaube ich, daß dabei vieles mitspielte, was ihr etwas bedeutete. Und am Schluß bekam sie immer eine Belohnung oder sogar – also, entweder erhielt sie ein Geschenk, oder wir machten etwas, was ihr besonders gefiel, wie zum Beispiel, daß wir zusammen irgend etwas einkauften oder etwas unternahmen. Das gehörte dazu, und sie genoß das auch.«

Susan Curtiss wies außerdem darauf hin, daß Tests manchmal auch auf Genies eigenen Wunsch hin gemacht wurden. Im Jahr 1977 hatte sie gänzlich aufgehört, Genie zu testen, da sie sich in ihrer von der Nationalen Wissenschaftsstiftung geförderten Arbeit nun auf andere Kinder konzentrierte, deren besondere Lebensumstände möglicherweise noch mehr Licht auf das, was Genie sie gelehrt hatte, werfen konnten. Curtiss war geschockt, als sie von dem von Irene angestrengten Gerichtsverfahren hörte, und den übrigen Wissenschaftlern ging es nicht anders.

»Die Klage kam wie aus heiterem Himmel«, sagte Rigler zu mir. »Eines Sonntagmorgens rief ein Freund von uns an und fragte: ›Wißt ihr, daß euer Name in der Zeitung steht?‹ Wir besorgten uns die *Los Angeles Times*, und so haben wir erfahren, daß wir verklagt wurden. Und da war sogar Genies wirklicher Name abgedruckt, während wir uns all die Jahre so bemüht hatten, ihn nicht an die Öffentlichkeit dringen zu lassen.« Angesichts der Anklagebegründung »Experimente am Menschen« meinten Rigler und Hansen zuerst, daß man sie wegen der Schlafexperimente zur Rechenschaft ziehen wollte, die Jay Shurley ganz zu Anfang der Forschungen durchgeführt hatte, denn diese Untersuchungen hatten noch am ehesten die Körperintegrität verletzt. Doch sie irrten sich – tatsächlich hatten Irenes Anwälte Kontakt mit Jay Shurley aufgenommen, und er hatte sich bereit erklärt, für die Anklage und gegen seine früheren Kollegen auszusagen.

So viele Steine des Anstoßes es auch gab, die Klage erschien doch ziemlich abenteuerlich angesichts einer Klägerin, die selbst ihre eigenen Anwälte als ausgesprochen zaghaftes Wesen beschrieben. David Rigler erinnert sich noch gut an den Augenblick, als er auf des Rätsels Lösung stieß und erkannte, wer da die Hand im Spiel gehabt hatte. »Als ich meine Aussage machte, benutzte Irenes Anwalt eine mit Anstreichungen versehene Ausgabe von Susan Curtiss' Dissertation, in der die Passagen markiert waren, die angeblich Irene verleumdeten«, berichtete er mir. »Ich fragte, ob ich das Buch sehen dürfe, und als er es mir gab, klappte es am Titelblatt auf, und da stand ein Name: *Jean Butler Ruch.*«

Während der acht Jahre, in denen Jean Ruch sich als Riglers unermüdliche Widersacherin in der wissenschaftlichen Welt betätigte, ahnte Rigler nichts von ihrer immer enger werdenden Verbindung mit Irene. Nach Ruchs Darstellung war diese Verbindung vier Jahre lang unterbrochen gewesen, nachdem Irene eines Nachmittags einen Besuch bei ihr telefonisch abgesagt hatte, weil Rigler ihr angeblich gedroht hatte, sie würde das Besuchsrecht für ihre Tochter verlieren, wenn sie sich nochmals mit Ruch treffe. Als die Riglers nicht mehr Genies Wächter waren, fühlten sich die Mutter und die Lehrerin ermutigt, sich miteinander gegen den gemeinsamen Feind zu verbünden.

»Ruch blieb im Hintergrund, doch sie war ständig dabei, Irene aufzuhetzen – sie hat ihr den Floh ins Ohr gesetzt, daß die Wissenschaftler ihre Kompetenzen überschritten«, erklärte mir Sam Paz. »Sie schien mir die treibende Kraft hinter der ganzen Sache zu sein. Nach meiner Einschätzung war Irene sehr passiv, sie allein hätte sich nie auf die Sache eingelassen. Wenn sie anrief, sprach ich eigentlich nicht mit ihr, sondern mit Mrs. Ruch. Irene klang gar nicht wie sie selbst; sie wirkte sehr entschieden. ›Ich will das soundso haben!‹ oder ›Ich weiß, was hier vorgeht!‹ Ich hatte das Gefühl, es nicht mit Irene allein zu tun zu haben.«

»Ruch war so eine Art böser Geist für Irene«, sagt Louise Monaco. »Sie war der eigentliche Drahtzieher hinter der Klage. Sie war ungeheuer wütend, daß Rigler sie in all diesen Machtkämpfen um Genie ausmanövriert hatte. Sie hat die Vorstellung ins Spiel gebracht, daß Susan Curtiss' Buch Irenes Intimsphäre verletzte.«

35

Keine Nachsendeadresse

Der Prozeß nahm immer größere Formen an, er zog sich lang hin und wurde erbittert geführt. Insgesamt sechs Jahre vergingen mit der Klage in der ersten Fassung und in abgeänderter Form, mit Erzwingungsanträgen, Anträgen auf Parteivernehmung, Vertagungen, Anhörungen, Zeugenaussagen und Entscheidungen. Im Laufe des Verfahrens erhielten Irenes und Jean Butler Ruchs Empörung ständig neue Nahrung. Bereits ganz zu Anfang gab Howard Hansen zu Protokoll, daß die Unterlagen zu Irenes Psychotherapie, die so persönliche Informationen enthielten, daß sie die psychiatrische Abteilung nicht verlassen durften, zur Gänze verlorengegangen seien – einfach spurlos verschwunden.

Doch alles in allem reduzierte sich im Laufe der Zeit die Schärfe der Klage. Je länger sich der Fall hinzog, desto mehr verstärkte sich bei Irenes Anwälten der Verdacht, auf unsicherem Boden zu kämpfen. Die endlose Aufzählung von Testanordnungen und Testresultaten in Susan Curtiss' Buch, die den ursprünglichen Vorwurf von Experimenten am Menschen begründet hatten, ließ andererseits die Vorstellung lächerlich erscheinen, sie habe ihre Dissertation als rein kommerziell ausgerichteten Bestseller geplant und Genies Lebensgeschichte aus purer Gewinnsucht ausgebeutet. Von Anfang an hatte Susan Curtiss den Wunsch geäußert, daß etwaige Honorarüberschüsse aus der Publikation ihrer Dissertation Genie zugute kommen sollten; sie hatte das Geld auf ein Treuhandkonto eingezahlt, das sie auf Genies Namen eingerichtet hatte. Solange ein ständig zwischen Desinteresse und Konflikt schwankendes Klima in den Gerichtsverhandlungen herrschte, war Curtiss auf niemanden gestoßen, der ihr bei diesem Vorhaben helfen wollte, bis schließlich Paz und Monaco in ihrem großzügigen Angebot eine Möglichkeit sahen, aus der festgefahrenen Situation herauszukommen. Sie empfahlen Irene, das Geld anzunehmen.

»Wir hatten einen Punkt erreicht, wo wir meiner Meinung nach den Streit in Genies berechtigtem Interesse hätten beilegen können«, sagte Paz. »Doch Irene wurde von Jean Ruch angestachelt, Curtiss' Angebot abzulehnen. Ruch hielt es für nicht ausreichend – sie wollte, daß Irene sehr viel mehr Geld erhielt. Aber Irenes Persönlichkeitsrecht konnte nicht mehr geltend gemacht werden. Sie war inzwischen zu einer Person des öffentlichen Interesses geworden.«

Angesichts Irenes kompromißloser Haltung legten Paz und Monaco ihr Mandat nieder. Der Fall sollte nun in einem nichtöffentlichen Verfahren entschieden werden, und Irene vertrat sich selbst vor dem Richter. Inzwischen schrieb man das Jahr 1984, und seit der Klageerhebung hatten sich bei den Hauptpersonen nach und nach (oder auch plötzlich) Veränderungen ergeben. Floyd Ruch war 1982 an Knochenkrebs gestorben, Jean als Witwe zurückgeblieben. Susan Curtiss, inzwischen Dr. Curtiss, hatte geheiratet und ihr erstes Kind bekommen. Paz war Vorsitzender eines Berufsverbands geworden. Auf Grund von »ökonomischen Erfordernissen« hatte das Childrens Hospital einen größeren finanziellen Aderlaß hinnehmen müssen, und die Abteilung für Psychiatrie war praktisch aufgelöst worden. James Kent war an das Children's Institute International, eine therapeutische Einrichtung für mißbrauchte Kinder, gegangen, und David Rigler hatte eine kleine Privatpraxis in Nordkalifornien eröffnet. Er mußte mit dem Auto nach Los Angeles zurückfahren, um den Vergleich zu unterzeichnen.

Irenes Klage war im wesentlichen abgelehnt – oder auch, in einer Juristerei à la Tom Sawyer, gewissermaßen bestätigt worden. Exakt das, was Curtiss immer für Genie hatte tun wollen, sollte nun auf richterlichen Beschluß hin geschehen. Sie erklärte sich bereit, ein Behandlungsprogramm für Genie zu leiten, das linguistische, neurolinguistische und neuropsychologische Auswertungen sowie Sprachunterricht umfaßte. Das Childrens Hospital wurde verpflichtet, Genie einmal im Jahr physisch und psychiatrisch zu untersuchen. Um diese Auflagen erfüllen zu können, wurde Susan Curtiss und den übrigen Beschuldigten volle Akteneinsicht und -nutzung zugestanden, ebenso die Verwendung von Genies Familiengeschichte in wissenschaftlichen Veröffentlichungen und Vorträgen, sofern sie dabei bestimmte Rücksichten wahrten und etwaige Einkünfte auf Genies Treuhandkonto überwiesen. Als ersten Schritt in diese Richtung löste Susan Curtiss das von ihr für Genie eingerichtete Konto auf, auf dem sich inzwischen 8383,79 Dollar befanden, die Honorare aus dem Verkauf ihrer Dissertation. Ansonsten wurden keine finanziellen Bußen verhängt.

Im September 1984 schrieb David Rigler einen Brief an Irene. »Endlich ist es nach einer endlos langen Zeit so weit, daß mir kein Anwalt mehr untersagen kann, Ihnen zu schreiben. Es ist schon seit langem mein Wunsch, Ihnen zu schreiben oder mit Ihnen zu reden«, schrieb er. »Es gibt sehr viel, das ich Ihnen sagen möchte ... Ich weiß nicht, mit welchen Gefühlen Sie einen Brief von mir lesen, ja nicht einmal, ob Sie ihn überhaupt lesen werden. Es ist mehr als fünf Jahre her, seit wir zuletzt miteinander gesprochen haben, und angesichts all dessen, was in den vergangenen fünf Jahren geschehen ist, haben Sie vielleicht einen Eindruck von mir gewonnen, der mir nicht der Wahrheit zu entsprechen scheint.«

Rigler betonte, daß er seiner ehemaligen Prozeßgegnerin wohlgesonnen sei (»Ich war nie ärgerlich auf sie«), und bat sie, seine Darstellung der Dinge, die sich in den letzten vierzehn Jahren ereignet hatten, anzuhören. Nach den langen Jahren voller detaillierter eidesstattlicher Erklärungen und Zeugenaussagen erinnert die Darstellung in ihrer beständigen Wiederholung fast an ein Mantra, so, als bedürfe es nur einer allerletzten Wiederholung der bekannten Formeln, damit sich alles endlich in friedvoller Harmonie auflöse.

»Als Genie im Dezember 1970 im Childrens Hospital aufgenommen wurde, hätte niemand von uns vorhersehen können, welche Folgen das haben sollte«, schrieb Rigler. »Uns die größte Mühe zu geben und unser Bestes zu versuchen, war alles, was wir tun konnten. Im Juli 1971 ließ man sie ›auf Urlaub‹ zu Mrs. Butler, und wer miterlebte, wie es ihr außerhalb des Krankenhauses ging, wünschte ihr, daß sie draußen bliebe. Mrs. Butler und ich waren damals zwar unterschiedlicher Meinung darüber, was für Genie das Beste sei (und unsere Meinungsverschiedenheit war erheblich), doch hatten wir alle (Jean Butler eingeschlossen) nur das Beste für Genie im Auge. Mrs. Butler wird mir wohl niemals glauben, daß ich nicht das geringste damit zu tun hatte, daß sie nicht das Sorgerecht für Genie erhielt und wir sie schließlich nur deshalb bei uns aufgenommen haben, weil keine andere gute Pflegestelle zur Verfügung stand. Aber wir hatten nie die Absicht, sie allein für uns zu behalten, und Sie können sich sicher daran erinnern, daß wir während der fast vier Jahre, die sie bei uns wohnte, mit Ihnen zusammengearbeitet haben, weil wir wußten, daß Genie Sie liebte. Wir haben also immer die Vorstellung gehabt, Ihnen und Genie dabei zu helfen, wieder zusammenzukommen. Natürlich waren wir enttäuscht, als Sie Genie in die Pflegefamilie geben mußten, aber es war nie einfach gewesen, sie zu betreuen. Weder für uns noch für Sie oder sonst irgend jemanden ...

Unsere Arbeit mit Genie begann, als sie noch Patientin im Krankenhaus war, und war noch nicht abgeschlossen, als sie zu uns kam. Wir haben sie im Lauf der Zeit liebgewonnen. Wenn ich irgendetwas bedaure, dann die Tatsache, daß wir unser Bestes getan haben und dies nicht ausreichte, um Genie, so wie wir es wollten (und immer noch möchten), zu einem intakten Menschen zu machen. Ich nehme an, daß ein anderer möglicherweise alles ganz anders angefangen hätte, aber ich denke, wir haben unsere Sache so gut gemacht, wie es nur möglich war. Sicherlich hatten Jean Butler und Floyd Ruch das Gefühl, wir machten alles falsch, und sie hätten es viel besser gekonnt, doch bisher hat es noch keiner besser als wir gemacht. Ich hatte auch den Eindruck, daß Jean meinte, Genie sei bei uns nicht glücklich gewesen. Das ist ein Irrtum. Genie war glücklich bei uns und hat uns und die ganze Familie liebgewonnen ... (Ich glaube allerdings, daß ihr der Kontakt zu Jean fehlte, und ich glaube, daß diese sie auch liebte. Ich glaube, es wäre schön für sie gewesen, wenn sie in der Zeit, als sie bei uns lebte, weiter in einem bestimmten Ausmaß Kontakt zu ihr gehabt hätte, aber man sagte uns damals, wir sollten das nicht zulassen, und uns blieb keine andere Wahl.)«

Den Kern des Briefes bildete ein kummervoller Appell: »In all den Jahren war es schwer zu ertragen, daß wir so gar keine Verbindung mit Ihnen oder Genie hatten, und wir haben uns oft gefragt, wie Sie zurechtkommen und wo Genie ist und wie es Ihnen beiden ergangen ist. Wir hätten auch gern gewußt, ob Genie je nach uns gefragt oder von uns gesprochen hat. Wir würden uns aufrichtig freuen, wenn wir sie einmal anläßlich eines Besuchs in Los Angeles sehen könnten, sofern das möglich ist.«

Der hoffnungsvolle Wunsch der Riglers stieß auf taube Ohren. »Sehr geehrter Herr Dr. Rigler«, stand in dem Antwortschreiben. »Ich habe viel zu tun, deshalb wird dies ein sehr kurzer Brief. Ich bin Genies Vormund. Ich möchte Sie nicht sehen. Ich gebe Ihnen nicht die Erlaubnis, über Genie oder mich und meine Familie zu schreiben.« Darunter stand Irenes Unterschrift.

Irene hatte sich durch das Gericht gedemütigt gefühlt, und das hatte nicht dazu beigetragen, ihre Verbitterung zu mildern. Sie ignorierte die Auflage aus dem Vergleich, daß sie den Wissenschaftlern den Zugang zu ihrer Tochter nicht verwehren dürfe, und versteckte sie; Genie lebt heute in einem Heim für geistig behinderte Erwachsene und kommt einmal im Monat über das Wochenende zu Besuch zu ihrer Mutter. Mit Ausnahme von Jay Shurley hat keiner der Wissenschaftler sie je wieder gesehen. Sie wissen weder, wo sie sich befindet, noch, wie es ihr geht, und haben außer Gerüchten nichts mehr von ihr gehört. 1987 verkaufte Irene das Haus an der Golden West Avenue. Sie hinterließ – zumindest für die Wissenschaftler – keine Nachsendeadresse.

V

DIE WELT WIRD ES NIE VERSTEHEN

36

Vor kurzer Zeit [d. h. 1993] besuchte ich David und Marilyn Rigler in ihrem neuen Zuhause, einem hübschen zweistöckigen Holzhaus an der nordkalifornischen Küste. Es war kleiner als ihr vorheriges Heim in Laughlin Park, brauchte aber auch nicht soviel Leben zu beherbergen. Die Kinder waren erwachsen, der Steinway-Flügel verkauft, und Toris Asche war auf einem Feld auf der anderen Straßenseite verstreut worden, hinter einem Windschutz aus Eukalyptusbäumen. Genie war nur noch in Form von Berichten, Filmen, Zeichnungen und Fotos anwesend, eine umfangreiche Sammlung, die tief vergraben im hinteren Teil der Garage lagerte.

Wir saßen in David Riglers Arbeitszimmer im Erdgeschoß, einem mit Papieren, Büchern, alten Tonbandgeräten und Filmprojektoren derart vollgestopften Raum, daß er mehr wie das Museum einer einstigen Karriere als eine Stätte zu deren Fortführung wirkte. Da war ein Ledersofa, ein grauer Schreibtisch aus Metall und an der Wand die Kopie eines Bildes, das sich als Dekoration im Arbeitszimmer eines Therapeuten merkwürdig ausnahm: eine optische Illusion von M. C. Escher, eine Wendeltreppe, die ohne Ende ins Nirgendwo und nur scheinbar aufwärts führt.

Rigler war Ende Sechzig, von kräftiger Statur, ergraut; eine Aura kultivierter Behutsamkeit umgab ihn sowie ein Ausdruck von aufrichtiger, etwas zerstreuter Liebenswürdigkeit. Was ihn beim Erzählen von Genies Geschichte bewegte, beschrieb er als »Unbehagen«, später als »Grauen«. Doch sofern er sich nicht in Schweigen hüllte, hatten seine

Äußerungen nicht selten etwas von einer Beichte. Seinen versteckten Dokumentenschatz hütete er eifersüchtig, doch um mir einen persönlichen Einblick zu gewähren, unternahm er wiederholt einen Ausflug in die geheimnisvolle Garage und brachte mal ein Schriftstück, mal ein Videoband, mal eine Zeichnung zurück.

Einige der kritischsten Äußerungen, die ich über David Rigler gehört hatte, stammten aus dem Mund von Leuten, die aufzusuchen er mich nahezu drängte. »Hat Ihnen gegenüber irgend jemand Jay Shurley erwähnt?« fragte er. »Als es zu dem Zerwürfnis kam, hatte er eine sehr freundschaftliche Beziehung zu Irene aufgebaut und schlug sich auf ihre Seite. Ich weiß aber nicht mehr, ob er als Zeuge gegen uns ausgesagt hat oder nicht.« Und ein anderes Mal: »Sie müssen mit Sam Paz sprechen. Ich habe immer gedacht, daß er ein Mann wäre, den ich gemocht hätte, wenn er nicht als Kläger gegen mich aufgetreten wäre.«

»Verstehen Sie«, sagte er, als wir auf die Jahre zu sprechen kamen, in denen er die wissenschaftliche Erforschung seiner Pflegetochter leitete: »Niemand kam zu mir und sagte ›Dave, Sie sollten X, Y und Z tun‹ – außer Jay Shurley, der einen philosophischen Gesichtspunkt einbrachte. Ausgehend von seinen Erfahrungen mit Fällen von in Isolation Aufgewachsenen regte er an: ›Sie müssen den Druck langsam reduzieren, als hätten Sie einen Druckluftkranken vor sich, den Sie aus dem Caisson an die Oberfläche bringen. Lassen Sie sie in kleinen Schritten hervorkommen.‹ Das hat mich beeindruckt. Damit konnte man etwas anfangen. Ich weiß nicht, ob Shurley jemals verstanden hat, wie sehr ich mich bemühte, mich nach seinen Ideen zu richten.«

Rigler blickte eine Zeitlang auf seine Hände. »Doch es ist eine Sache, Theorien zu entwerfen, und eine andere, mitten beim Frühstück zu entscheiden, wie man sich am besten verhält«, sagte er. »Irgend jemand hatte sich den Anforderungen der Forschungsarbeit zu stellen, und irgendwer muß-

232

te sich Genies therapeutischen Bedürfnissen widmen. Mir aber waren beide Rollen zugefallen. Ich war mir ständig bewußt, wie heikel es war, beides miteinander zu vermischen. Bisweilen hatte ich sehr widersprüchliche Gefühle in dieser Frage. Doch gemessen an der Art und Weise, wie wir Genie behandelt haben – was wir im einzelnen für sie getan haben –, da war, glaube ich, unsere Arbeit so gut, wie man sie überhaupt nur tun konnte.

Was die Vielgestaltigkeit des Falles angeht, ich wünschte, es hätte sie nicht gegeben. Meine Hoffnungen hatten mich blind gemacht für diese Aspekte. Sie hemmten mich, behinderten die konsequente Arbeit. Die Zustimmung des aufgeklärten Patienten zu erlangen, wie es sonst in der Forschung am Menschen selbstverständlich geworden ist, war hier nicht möglich. Doch bei Genie gab es nie ein Anzeichen, daß die Filmaufnahmen oder andere Vorgänge für sie eine Zumutung waren. Sonst hätten wir das gelassen. Gelegentlich konnten wir bemerken, daß sie das Testen überforderte. Aber das ist wie mit der Angst von Kindern am ersten Schultag: Wenn sie wieder nach Hause kommen, sind sie sehr stolz auf sich selbst. Genie hatte bei vielen Dingen, die sie zum erstenmal tat, ein Triumphgefühl. Der Mensch wächst nicht, wenn man ihn in Watte packt. Er wächst, wenn man ihn mit der Welt konfrontiert.

Meiner Ansicht nach vereinfachen die negativen Deutungen des Falles die Dinge allzusehr. Wenn ich mich selbst zu analysieren vermag, so war meine Haltung nicht durch Erwartung, sondern durch Hoffnung geprägt. Der Himmel war nicht hoch genug für meine Hoffnungen, aber meine Erwartungen waren realistisch. Es wäre für mich ein leichter Ausweg gewesen, frühzeitig zu sagen, daß ich mich weniger engagieren wolle. Wenn ich das Ende vorausgeahnt hätte, hätte ich die Sache nicht angefaßt – ich meine das Ergebnis insgesamt und für mich persönlich.«

Andere aus dem Genie-Team fühlen sich durch die Ereignisse ebenso betroffen wie Rigler. Sie haben sich geradezu ein Sprechverbot verordnet und reden nur widerwillig über den Fall. So wurde ein bemerkenswertes Stück wissenschaftlicher Arbeit ins Dunkel abgedrängt. Die Beteiligten haben weitgehend die Verbindung zueinander verloren. Bereits lange vor Irenes gerichtlichem Feldzug war die in jenem hoffnungsfrohen Winter im Kinderkrankenhaus gegründete große Arbeitsgemeinschaft auseinandergebrochen. Die Mischung aus beruflichem Ehrgeiz, Mitleid und Neugier, die Genie allseits auf sich zog, erwies sich als explosiv.

»Jeder attackierte jeden«, sagte Jay Shurley dazu. »Diese vielen Klagen und Gegenklagen! Das pflegt in einer gut geleiteten wissenschaftlichen Unternehmung nicht zu passieren. Gewöhnlich kommen die Forscher einander näher durch ihre gemeinschaftliche Arbeit. Doch in diesem Fall steckte eine zentrifugale Kraft.«

Einige der Beteiligten standen selbstverständlich zu keiner Zeit an zentraler Stelle der Forschungsarbeit, und andere, wie Shurley, wurden frühzeitig an den Rand geschleudert. David Elkind war einer von jenen, die im Mittelpunkt hätten stehen können. Er war mit den Riglers seit den sechziger Jahren bekannt, als er das Child Development Center (Institut für frühkindliche Entwicklung) an der University of Denver leitete und Marilyn im Kindergarten des dortigen Krankenhauses arbeitete. Die Riglers luden Elkind zu der Konferenz vom Mai 1971 ein, doch schon gleich nach deren Abschluß entschied dieser sich für einen frühzeitigen Abgang. »Ich erklärte, daß ich mit der Sache nichts zu tun haben wolle«, sagte er mir. »Es war wie ein Krieg. Das Kind stand im Mittelpunkt von Karrierestreben und Tauziehen um die Geldmittel. Die klinischen Tests, die vorgeschlagen wurden, gefielen mir nicht. Ich war überzeugt, daß dieses Kind einfach erst mal Zeit benötigen würde, wenn man es erforschen wollte. Über den vielen egoistischen Bestrebungen verlor man das Kind aus den Augen. Ich fühlte mich sehr unwohl bei alldem. Ich stieg aus.«

Andere Wissenschaftler, die Genie in jenen ersten, hoffnungsfrohen Monaten kennengelernt hatten, waren betroffen, als ihnen die Gerüchte über ihr späteres Schicksal zu Ohren kamen, und häufig wurden diese Gerüchte von Jean Ruch in die Welt gesetzt. »Ich bin dankbar für die Übersendung diverser Dokumente und Berichte über Genies trauriges Leben und das unglaubliche Verhalten einiger Vertreter der ›helfenden Berufe‹«, heißt es in einem Antwortschreiben, das Jean Ruch 1984 erhielt. Der Absender, ein Kollege Eric Lennebergs, war von Rigler in seinem ersten Antrag auf eine Bezuschussung durch das NIMH (National Institute of Mental Health – Nationales Institut für geistige Gesundheit) als Gutachter aufgeführt worden. »Die käuflichen und betrügerischen Typen bloßzustellen, die sich in geltungssüchtiger Absicht über diese arme Frau hermachen, ist aus ethischer Sicht sicherlich wichtig, obwohl ich bezweifle, daß irgendein Wort von Ihnen diese Leute aufhalten wird«, erklärte er und ermutigte Jean Ruch, in einem eigenen Bericht die Veröffentlichungen der Wissenschaftler als »Blödsinn« zu entlarven. »Vielleicht wird auf diese Weise verhindert, daß die Lügen von einem Lehrbuch in das nächste übernommen werden, aber ich bin da skeptisch.«

Die angeblichen Lügen waren natürlich weitgehend jene Enthüllungen, die Susan Curtiss in ihrer Dissertation veröffentlicht hat. Wie Riglers angebliche Fehler zur ständigen Zielscheibe von Jean Ruchs Angriffen wurden, so auch Susan Curtiss' Erfolg. Selbst als bürokratische Sturheit Susan Curtiss auf Dauer von Genie getrennt hatte, ließ Jean Ruch nicht von ihren Verfolgungen ab, belästigte sie mit Telefonanrufen und besuchte ihre Vorlesungen, um aggressive Fragen zu stellen. Die »Wolfskind«-Dissertation, gerichtlich von jeder Beanstandung freigesprochen, hatte in zahlreichen Unterrichtsräumen Anerkennung gefunden, wurde aber, wie andere Arbeiten der Linguistin, in Jean Ruchs Briefwechsel verdammt. Irgendwie sind die Anklagen im kollektiven wissenschaftlichen Bewußtsein haftengeblieben, und es gibt im universitären Umfeld immer noch Leute, die bei aller Anerkennung für Susan Curtiss' Forschungsarbeit von Jean Ruchs Negativurteilen beeinflußt bleiben.

Nach dem Tod ihres Ehemannes bewohnte Jean Butler Ruch weiterhin das von dem Ehepaar in Santa Monica erworbene Haus am Meer. War Genie dort mit ihrer Mutter zu Besuch, so stand sie oft mit angehobenen Händen – ihrer unveränderlichen Häschenhaltung – hinter der Glasschiebetür und beobachtete die Wellen, die früher einmal soviel Erschrecken und Freude in ihr ausgelöst hatten.

Jean Ruch schrieb weiterhin ihre Briefe. Auf dem Höhepunkt ihrer Kampagne plante sie, in einem gemeinsam mit Jay Shurley verfaßten Buch Bilanz zu ziehen. »Ich wollte aufdecken«, sagte Shurley dazu, »sie wollte Rache.« Aus ihrer Zusammenarbeit ging eine Abhandlung hervor, die sie gemeinsam auf einer 1985 an der Stanford University abgehaltenen Konferenz vortrugen. Dort war Shurley aber so entsetzt über die persönlichen Attacken seiner Ko-Autorin auf Genies frühere Betreuer, daß er beschloß, sich von ihren weiteren Aktionen zu distanzieren. Sein Abfall trug ihm den Rang der letzten Eintragung auf Jean Ruchs langer Liste von Feinden ein.

Ihre Proteste endeten, nachdem sie 1986 einen Schlaganfall erlitt, eine Spätfolge ihrer seit der Schulzeit chronischen Vaskulitis. Danach litt sie unter Aphasie und war nie wieder in der Lage, zusammenhängend zu sprechen. Wer an ein gerechtes Schicksal oder einen persönlichen Gott glaubt, dem mag dieses qualvolle Ende zu gut ins Bild passen, um darüber hinwegzugehen – eine schrille Stimme mußte verstummen, die Leidenschaft des Mitleidens endete durch dieselbe Kinderkrankheit, die sie Mitleid zu empfinden gelehrt hatte. Ein weiterer Schlaganfall führte 1989 zu ihrem Tod.

37

Jean Butler Ruchs Behauptungen zum Trotz hat Susan Curtiss' Forschungsarbeit ihre Nützlichkeit bewiesen. Sie wurde zum Ausgangspunkt für weitere wissenschaftliche Beobachtungen, welche die Glaubwürdigkeit der an Genie gewonnenen Erkenntnisse erhärteten. »[Es] war eine der ersten Studien, bei denen sich die Wissenschaft den Fall eines atypischen Kindes zunutze gemacht hat, um Typisches zu verstehen«, erklärte mir Susan Curtiss. »Noch während der Studien an Genies Fall wurde eine ganze Reihe ähnlicher Projekte in Angriff genommen.«

Eins dieser Projekte beschäftigt sich mit einem kleinen Mädchen namens Marta und könnte als direkter Abkömmling der Genie-Forschung bezeichnet werden. Die Untersuchung übernahm Jeni Yamada, eine Sprachwissenschaftlerin, die als graduierte Studentin Susan Curtiss dabei half, die Genie betreffenden Daten zu sammeln, und mit ihr gemeinsam in den späten siebziger Jahren versuchte, bessere Lebensbedingungen für Genie zu erreichen. Das Mädchen Marta war bei Pflegeeltern aufgewachsen; sie war auf eine ungewöhnliche Weise geistig erkrankt. Im Gegensatz zu Genie waren ihre kognitiven Fähigkeiten geschädigt, nicht jedoch ihr Sprachvermögen. Ihr Intelligenzquotient lag unter 50 Punkten, doch ihr Grammatikverständnis war gut. Sie sprach grammatikalisch korrekte Sätze – wozu Genie nicht in der Lage war. Doch ihr fehlten die semantischen Fähigkeiten, so daß sie keine eigenen Gedanken ausdrücken konnte, was Genie unbeirrbar tat.

»Ihre Äußerungen klangen, als hätten sich ihre Lippen verselbständigt«, sagte Jeni Yamada. »Ihre Formulierungen waren grammatikalisch nicht zu beanstanden, aber ohne jeden Inhalt. Sie sprach bedeutungslose Sätze, die richtig konstruiert waren. Sie waren zum Teil recht verdreht, doch ohne Fehler im Satzbau.« Marta – sie war 18 bis 19 Jahre alt, als Jeni Yamada sie kennenlernte – konnte sich durch den Namen einer Farbe oder Zahl, sogar durch irgendeine Redensart so beeindrucken lassen, daß sie dieses Wort einen von Sätzen erfüllten Tag lang ständig wiederholte, ohne verstanden zu haben, welche Farbe oder Zahl damit bezeichnet wurde. War sie etwa vom Wort »after« (nach, danach, nachdem) fasziniert, ratterte sie los: »My uncle who used aftershave died after a heartattack after tennis. Afterwards ...« (Mein Onkel, der After-shave benutzte, starb nach einer Herzattakke nach dem Tennisspiel. Danach ...«), obwohl ihr Onkel am Leben war und keinerlei Ballsportart nachging. Sie beschrieb Gefühle, die sie nicht fühlte. »Sie sagte beispielsweise, sie sei ›traurig‹, wenn ihre Eltern nicht zu Hause seien, oder als John Lennon gestorben war, doch das klang wenig überzeugend. Kamen ihre Eltern zurück, nahm sie keine Notiz von ihnen«, sagte Jeni Yamada. »Ich glaube, sie war gern mit mir zusammen, aber ich konnte es ihr nicht anmerken, wenn ich sie anschaute. Sie konnte besser von ihren Gefühlen reden, als sie wirklich fühlen. Genie besaß wirkliche Ausstrahlung. Sie hatte etwas Gewinnendes. Man spürte, daß sie sich freute, wenn man ihr begegnete. Man konnte es auch an ihrem Gesicht ablesen, daß sie und Susan einander wirklich gern hatten.«

Martas Behinderung bestätigte gleichsam von der anderen Seite, was bereits aus Genies Störung zu folgern war: die getrennte Veranlagung von kognitiven Fähigkeiten und Sprache. »Theorien, die das Sprachvermögen aus nicht-sprachlichen Fähigkeiten wie der sozialen Interaktion usw. abzuleiten versuchen, werden durch Marta widerlegt«, sagte Jeni

Yamada zu mir.«Diese Dinge – soziale Interaktion, kognitive Fähigkeit – treten gewiß hinzu, reichen aber zur Erklärung der Sprache nicht aus. Unser Sprachvermögen ist etwas Besonderes, ganz Einzigartiges.«

Susan Curtiss ist immer noch diesem einzigartigen Etwas auf der Spur. Genies aufschlußreiches Persönlichkeitsprofil – klares Denken, eine glänzende Begabung für nonverbale Kommunikation und zugleich das gänzliche Unvermögen, die grammatischen Anfangsgründe der Sprache zu meistern – veranlaßte Susan Curtiss, nach Menschen zu suchen, die andersartige »selektive Defizite« oder – wie Marta – »Begabungsinseln« aufwiesen und dadurch neues Licht auf die Unabhängigkeit der Grammatik im Aufbau des Geistes werfen könnten. »Bei Genie hatte ich die eine Seite dieser Beziehung von Sprache und Kognition vor mir«, sagte Susan Curtiss. »Ich versuchte nun Fälle zu finden, die wie die andere Seite derselben Münze zu Genies Ausfallserscheinungen paßten.«

Zu diesem Zweck studierte Susan Curtiss die Gebrechen älterer Personen, deren Kommunikationsfähigkeit aufgrund von Senilität allmählich dahinschwand. »Die Verwendung des Wortschatzes wird immer ungenauer«, sagte sie. »Sie reden von ›Zeug‹ und ›Sachen‹. Ihre Sprache verliert die Melodie. Doch ihre Syntax bleibt unversehrt.«

Susan Curtiss hat auch mit entwicklungsgestörten Kindern gearbeitet. In den letzten Jahren hat sie sich mit einer Frau beschäftigt, die scheinbar zurückgeblieben war: Chelsea ist ein klassisches Beispiel für Taubheit, die als Geistesschwäche mißverstanden wurde. »Sie ist als Modellfall besser geeignet als Genie«, sagte mir Catherine Snow von der Harvard University. »Chelsea ist neurologisch betrachtet normal. Sie ist gehörlos und in einer ganz entlegenen Gegend aufgewachsen. So entbehrte sie trotz der Fürsorge ihrer Familie jede Form sprachlicher Kommunikation, bis sie schon über dreißig Jahre alt war.« Dann erst wurde die richtige

Diagnose von dem Neurologen Peter Gluscar gestellt, der seitdem ihre Behandlung überwacht und sie einmal im Jahr beim Salk Institute und an der UCLA, von Helen Neville bzw. Susan Curtiss, testen läßt. Obwohl bei Chelsea jede Verknüpfung mit einem emotionalen Trauma fehlt, ähneln die Reaktionen ihres Gehirns den bei Genie festgestellten. Ihre linke Hemisphäre weist keine Spezialisierung auf; sie vermag Bedeutungen zu erfassen, nicht aber eine Syntax zu erlernen.

Diese Bestätigung überrascht Susan Curtiss nicht. »Sprache ist nicht eine Frage von Gefühlen oder Antrieben«, erklärte sie mir. »Sprache wächst. Weil das nun einmal so ist, wird das Problem des Spracherwerbs um so vieles interessanter. Sprache wächst wie ein Organ. Wenn es um körperliches Wachstum geht, fragt niemand nach dem Warum – warum wachsen Arme? Sprechenlernen ist wie Gehenlernen eine biologische Notwendigkeit, die parallel zu einem bestimmten Entwicklungsstadium verläuft. Es ist kein gefühlsbestimmter Prozeß.«

In jüngster Zeit hat Susan Curtiss hemisphärektomierte Kinder untersucht, also Kinder, denen eine erkrankte oder verletzte Gehirnhälfte chirurgisch entfernt worden ist. Genies rein funktionelle Störung ist bei diesen Kindern körperlich bedingt. »Ich will die Frage klären, ob Kinder nach einer Hemisphärektomie Grammatik erlernen können«, erzählte sie mir. »Wie wesentlich ist die linke Hemisphäre des Gehirns für das Begreifen der Grammatik? Was kann die rechte Gehirnhälfte bezüglich der grammatischen Funktionen ausrichten, wenn die linke Hemisphäre entfernt worden ist?«

Um das herauszufinden, testet Susan Curtiss die Kinder am Abend vor ihrer Operation und beobachtet danach ihre Genesung. Im Sprachgebrauch der Chirurgen heißen solche Operationen »Eingriffe mit Verstümmelungsrisiko«, und Susan Curtiss' einleitende Gespräche werden »Aufzeichnungen in Risikosituationen« genannt. Mir fiel ein, daß ebendiese Frau einmal von sich gesagt hatte, daß in ihrer Jugend Krankenhausbesuche nicht gerade ihre Stärke gewesen seien.

Eines Sommerabends saßen Susan Curtiss und ich bei ihr zu Hause am Küchentisch und sprachen über ihre derzeitige Arbeit, während ihr Ehemann John das Abendessen vorbereitete. Ihr Bungalow, ein bescheidener Holzbau, lag einige Häuserblocks von der Autobahn nach Santa Monica entfernt, in der weiten, platten Ebene von Los Angeles. Das winzige Gärtchen hätte nicht einmal zum Volleyballspielen ausgereicht. Während wir am Tisch saßen, sprach Susan Curtiss über S. M., einen Jungen mit Hemisphärektomie, den wir früher am Tage in einem benachbarten, ärmlichen Vorort – nicht weit von Genies Elternhaus in Temple City – besucht hatten.

»Sein Persönlichkeitsprofil paßt nicht zu unseren ursprünglichen Vorstellungen«, sagte sie. »Sein Sprachverständnis ist völlig in Ordnung. Seine Grammatik stimmt. S. M.s Fall legt nahe, daß das Potential der rechten Hemisphäre zur Beherrschung der Grammatik so gut wie ausreichend ist, wenn es früh genug eingesetzt wird.«

»Das ist gar nicht so überraschend«, fuhr sie fort. »Sprache ist eine der Grundfähigkeiten, die uns unser Überleben als Gattung ermöglicht. Aus gutem Grund ist das Gehirn flexibel genug, um diese Fähigkeit wie auch immer zu schützen.« Sie schrieb die Anpassungsfähigkeit des Jungen dem Einfluß eines äußeren Faktors zu, der für ihn bedeutsamer ist als die nackten biologischen Tatsachen. »Seine Mutter ist ein wunderbarer Mensch«, sagte Susan Curtiss. »Wenn wir bei ihr waren, sind wir jedesmal wieder geradezu von Ehrfurcht erfüllt. Sie hat keine Rücklagen, kein eigenes Geld. Aber sie nimmt es mit der ganzen Welt auf. Sie ist eine Kämpfernatur. Seine Fortschritte sind großenteils ihr zu verdanken. Sie hat ihn angetrieben, seine Schwierigkeiten zu meistern.« Die Mutter hat S. M. sogar dahin gebracht, die Lähmungen zu überwinden, die gewöhnlich als Folge eines solchen Eingriffs auftreten, obwohl das motorische Steuerungssystem sogar noch weniger zu beeinflussen ist als die Sprache und die kognitiven Systeme des Gehirns. »Das motorische System paßt sich Veränderungen grundsätzlich nicht an«, sagte Susan Curtiss. »Und doch leidet S. M. nicht an Lähmungen. Er hat sie überwunden.«

»Ist es nicht bemerkenswert, daß eine solche Genesung durch harte Arbeit erreicht werden kann?« fragte ich Susan Curtiss. »Sieht es nicht so aus, als würde das Gehirn sich selbst wiederherstellen – oder auch nicht, jedenfalls aber keinem Zwang gehorchen?« Sogar das Erlernen der Sprache, ein nicht von Gefühlen gesteuerter Vorgang, schien bei S. M. auf eine wunderbare Weise für den Einfluß einer liebevoll sorgenden Hand empfänglich zu sein.

Susan Curtiss sprang auf, um ihre vierjährige Tochter abzufangen, die hereingerannt kam, um ihrem Vater zu helfen, der gerade am Spülbecken Haut und Knochen von einem Hähnchen entfernte. Sie setzte sich wieder, die zappelnde Tochter auf dem Schoß, und überdachte meine Frage. Dann sagte sie: »Ja, es ist ungewöhnlich. Das stimmt. Aber es gibt eine Fülle ungewöhnlicher Vorkommnisse, die sich jeder medizinischen Erklärung entziehen.«

38

Ein letzter Blick

Es entzieht sich jeder medizinischen Erklärung«, das hatte ich doch schon einmal gehört, von einem anderen Wissenschaftler, in einem Raum, der diesem gar nicht so unähnlich war. Es war der Tag, an dem

ich auf David Riglers Empfehlung hin Jay Shurley auf-
suchte.

Sein Arbeitszimmer ist eine Glasveranda mit Alumini-
umwänden zu beiden Seiten, die an der rückwärtigen Seite
seines Hauses in Oklahoma City klebt. Nichts an dieser
Räumlichkeit scheint bemerkenswert, bis man sich ein
Weilchen darin aufgehalten hat und einem auffällt, daß sie
wie eine Eisscholle von Pinguinen bevölkert ist – winzige
Dinger aus Keramik, die in Marschordnung auf den Fen-
sterbänken oder wie Wachposten auf seinem Schreibtisch
stehen; auch Shurleys Golfhemd zierte ein eingesteckter
Pinguin, und als er mir Kaffee servierte, waren Pinguine auf
der Tasse. An der Wand hängt eine Karte von Texas und
daneben eine der Antarktis – die beiden Regionen auf der
Welt, in denen er seine tiefen Erfahrungen mit dem Phäno-
men der Isolation machte, wobei er die eine zu ihrer wissenschaftlichen Erforschung auf sich nahm, die andere als
Kind ertragen mußte. Aus der offenen Tür zum hinteren
Garten drangen das helle Geklingel von dort aufgehängten
Klangstäben und das unablässige Zwitschern der Finken im
silbrigen Grün der Ahornbäume.

Als der Kaffee vor mir stand, verließ Shurley den Raum
und kehrte mit zwei großen, mit Aktenordnern gefüllten alten Pepsi-Cola-Kartons zurück. Er rückte einen Pinguin
beiseite, um sie auf den Schreibtisch zu stellen. Das war
sein Genie-Archiv. Während unserer mehrere Tage andauernden Gespräche, die nach dem Frühstück begannen, uns
die Mittagsmahlzeit vergessen ließen und sich nach dem
Abendessen fortsetzten, grub er immer wieder einmal in diesen Pappkartons herum, um Briefe, Beiträge für Symposien
oder Mitschriften von Telefongesprächen, die er vor fast
zwanzig Jahren mit Rigler, Jean Ruch, Kent und Hansen
geführt hatte, hervorzuholen. Einer der Aktenordner war mit
der Aufschrift »Schlafspindeln« versehen, doch was Shurley
in seinem Archiv verwahrte, war letztlich nicht der wissen-

schaftliche Ertrag des Falls Genie, sondern seine persönliche Begegnung mit ihr. Die ihn bedrängende Frage lag irgendwo jenseits der gesammelten Daten.

»Hier«, sagte Shurley, als er in einen der Kartons langte. Die Mappen trugen Aufschriften wie »Genie tritt ans Licht«, »Jeans Beitrag« und »Das Buch von Genie« (in welchem Genies Lebensgeschichte in die Kapitel »Genesis« und »Exodus« unterteilt war). Er zog eine Mappe mit der Beschriftung »Fotos« hervor.

Als erstes gab er mir ein Foto, das ein unauffälliges Haus hinter einer Reihe von Palmen zeigte, aufgenommen von der anderen Straßenseite. Lose Zeitungsblätter fliegen durch den Vorgarten bis in den kalten, grauen Schatten eines Zitronenbaumes. Auf einem zweiten Foto sieht man dasselbe Haus, doch von der Einfahrt her, wo Irene steht – im Schottenrock, eine Stoffhandtasche gegen ihre glatte gelbe Strickjacke gepreßt, als wehre sie einen kalten Wind ab. Es war kurz nach ihrem Freispruch von der Anklage der Kindesmißhandlung und -vernachlässigung, an jenem Dezembertag, an dem das Haus erstmals für neugierige Fremde zur Besichtigung freigegeben war.

»Meiner Meinung nach besaß Irene alle mütterlichen Instinkte«, sagte Shurley, »außerdem war sie aber sehr frustriert und sehr schwach. Erst nach einer langen Zeit der freundschaftlichen Zuwendung von Jean Ruch war sie fähig, das Kreuz geradezumachen und sich Geltung zu verschaffen. Ich erinnere mich noch, wie ihr, die in kümmerlichster Armut lebte, vor einigen Jahren die Vertreter eines großen Medienunternehmens – mag sein aus Übersee – 10 000 Dollar für ihre Geschichte boten und all diese Papiere vor ihr ausbreiteten und wie sie entschieden ablehnte. Ich hielt mich damals in Los Angeles auf, führte Gespräche mit ihr, und ich muß schon sagen, ihre Stärke beeindruckte mich – ob nun die Stärke ihrer Furcht oder die ihrer Überzeugung.«

Shurley legte die Bilder von dem Haus beiseite, nahm ein

Stück Papier und zeichnete ein Rechteck auf. Er unterteilte es in kleinere Rechtecke. »Hier ist das Zimmer, von dem es hieß, es sei ganz dem Andenken an Clarks Mutter gewidmet gewesen«, sagte er. »Es war das Elternschlafzimmer und fast völlig mit dem Bett ausgefüllt. Es war ja kein sehr großer Raum. Hier ist das Wohnzimmer, und hier stand der Lehnstuhl und der nicht funktionierende Fernseher. Meist schlief Clark in diesem Stuhl. Er schlief also dort, und hier ist die Matratze, auf der sein Sohn schlief, auf dem Fußboden.« Genies Zimmer zeichnete er als Quadrat in eine der Ecken ein. »Sie hatte hier ein Fenster und, im Winkel gegenüber, noch eins – hier. Dazwischen war eine Kommode, und hier schlief sie.« Er zeichnete ein kleines Rechteck und schrieb darauf in großen Buchstaben CRIB (Gitterbett). »Und hier stand der Töpfchenstuhl«, sagte er. »Manchmal stand er auch an dieser Stelle.« Shurley blickte auf und dann wieder aufs Papier und zeichnete einen Garten rund um Genies Elternhaus, mit der Auffahrt und dem Zitronenbaum, den er, aus der Vogelperspektive, durch eine Wolke von Punkten andeutete.

Die nächsten Fotos waren an demselben Wintertag aufgenommen worden, aber drinnen, in Genies Zimmer. Ein schwach beleuchteter Raum. Da waren die drei Schranktüren – getäfeltes Sperrholz mit verchromten Griffen. Die Kommode war aus Kiefernholz und hatte vier Schubladen. Und hier die beiden Fenster, deren obere Hälften mit Rollos versehen waren. Den unteren Teil verdeckten halbhohe gelbe Vorhänge aus dünnem Stoff mit rotem Blumenmuster. An einem der Fenster war der Vorhang zur Seite geschoben und mit Paketklebeband an der Wand befestigt.

»Genies Zimmer bewirkte gar nicht so sehr den völligen Entzug von Sinneseindrücken als vielmehr Eintönigkeit«, sagte Shurley. »Eintönigkeit. Wissen Sie, Abwechslung ist nicht allein die Würze des Lebens, sie ist dessen eigentlicher Stoff. Für die Entwicklung eines widerstands- und anpassungsfähigen Ichs ist Monotonie tödlich. In diesem kleinen Raum war ein Mensch genötigt, innere Bilder nach außen zu projizieren, anstatt Bilder von außen aufzunehmen; Wirkliches und bloß Vorgestelltes müßten für ihn ineinanderfließen – die Fähigkeit, Traum und Wachsein zu unterscheiden, schwindet. Sozial isolierte Kinder haben meist psychotische Eltern, von denen sie wie Tiere gehalten werden. Menschliche Nähe wird in keiner Weise gefördert. Es ist typisch für solche Familien, daß die Kinder in einen Wandschrank gesperrt werden – durchaus keine Seltenheit. Kürzlich entdeckte man in Oklahoma City einen Vierjährigen, den seine Eltern hinter dem Haus bei ihren Hunden hausen ließen. Der Junge bewegte sich auf allen vieren fort. Die Krone gebührt aber mit Abstand immer noch Genie und ihrem Schicksal. Sie hält den Rekord. Wenn es auch ein Rekord ist, um den sie niemand beneidet.«

Das nächste Foto war ein halbes Jahr später aufgenommen worden. Es ist Sommer, und Genie sitzt munter lachend auf dem Fußboden. Eine Notiz auf der Rückseite lautet: »Dieses Foto wurde bei mir drei Tage nach ihrem Einzug gemacht (sie trägt noch den Krankenhauspyjama).« Es ist Jean Ruchs Handschrift. »Die Fähigkeit dieses kleinen Mädchens«, sagte Shurley, »bei seinen Beobachtern Gefühle auszulösen, war enorm. Man muß das selbst erlebt haben. Bloß davon zu hören, ist ganze Welten entfernt von der tatsächlichen Erfahrung.

Jean und Floyd Ruch waren geradezu vernarrt in dieses Kind. Jean fühlte sich schon in den ersten Tagen zu Genie hingezogen, und das beruhte durchaus auf Gegenseitigkeit. Jean hatte allerdings nie ein eigenes Kind gehabt. Rigler hatte drei Kinder und meinte, das als Erfahrung für sich verbuchen zu können. Doch nachdem ich Jean kennengelernt hatte, konnte ich nichts an ihr entdecken, was dagegen sprach, daß sie eine gute Pflegemutter sein würde. Sie war Genies Lehrerin und hatte innerhalb weniger Wochen eine sehr positive Beziehung zu Genie entwickelt. Ich habe nie bemerkt, daß die Riglers so warmherzig oder einfühlsam mit ihr umgingen. Im Haus der Riglers kam es mir vor, als werde Genie eher in einem kalten Außengehege als in einem warmen Gewächshaus studiert. Ich kann einige von Riglers Gefühlen gegenüber Jean Ruch schon verstehen. Sie hatte einen sehr interessanten, widersprüchlichen Wesenszug: Sie konnte Kindern gegenüber außerordentlich liebevoll und einfühlsam sein – und sie hat das als Lehrerin von manch einem schwerbehinderten und kranken Kind bewiesen –, und zugleich war sie imstande, bösartig und, ich würde sagen, sadistisch vorzugehen – nicht gegen die Kinder, aber gegen Personen, die hinsichtlich der Behandlung der Kinder nicht mit ihr einer Meinung waren.

Doch eine ganze Reihe von uns fanden es bedauerlich, daß Genie nicht bei einem Menschen wie Jean Ruch bleiben konnte, die sich ihr nicht bloß als wissenschaftlichem Studienobjekt, sondern persönlich verbunden fühlte. Was mich betrifft, so neige ich dazu, mich nach dem Kind zu richten. Wenn das Kind sagt: ›Diese Person mag ich‹, dann ist da etwas Echtes, woran sich das Kind klammern kann, auch wenn es den Erwachsenen so scheinen mag, als könne irgendein Anlaß zu Besorgnis bestehen. Doch beim Wichtigsten irrt sich der Instinkt des Kindes meist nicht.«

Es gab noch weitere Fotos aus dem Sommer 1971: Genie in einem schicken rotbraunen Kleid mit weißem Kragen und großen weißen Taschen, wie sie aus einer Kunstgalerie in grelles Sonnenlicht tritt; Genie am Strand, im Badeanzug, sichtlich vergnügt beim Betrachten einer zurückströmenden Welle, die ihre Füße umspült, während ihre angehobenen Hände das Zeichen für Okay – Zeigefingerspitze an Spitze des Daumens – machen.

Die letzten beiden Fotos zeigten, so dachte ich zunächst, eine andere Person: eine plumpe, unbeholfene Frau mit dem stumpfen Gesichtsausdruck einer Kuh. Auf dem einen Foto sitzt sie hinter dem Lenkrad eines Autos und tut so, als fahre sie – die Augen auf Halbmast, in breitem Grinsen die Schneidezähne freigegeben, und in der Windschutzscheibe eine Spiegelung raketenartig auseinanderstrebender Palmenkronen. Das zweite Foto zeigt diese Frau im Haus. Sie will gerade eine Geburtstagstorte mit weißem Zuckerguß anschneiden. Ihre Augen wirken, als könne sie den Kuchen nicht richtig erkennen. Ihr auf dem Oberkopf wie mit einer Gartenschere gestutztes schwarzes Haar verleiht ihr das Aussehen einer Irrenanstaltsinsassin. Irgend etwas an ihrem Kleid wirkt traurig und weckt Erinnerungen: Es hängt formlos an ihr herab und hat ein rotes Blümchenmuster. In der rechten Hand hält sie das Kuchenmesser; Zeigefingerspitze und Daumen der angehobenen linken berühren einander.

Jay Shurley beobachtete mit grimmiger Miene, wie es mir dämmerte. »Die Feier zu ihrem 27. Geburtstag«, sagte er. »Ich bin dabeigewesen, und dann sah ich sie wieder, als sie 29 war, und immer noch bot sie diesen trostlosen Anblick. Auf mich machte sie den Eindruck eines Falles von Dauerverwahrung. Es war herzzerreißend.« Auf der Rückseite des Fotos hatte Shurley notiert: »Genie hält sich sehr krumm und nimmt selten Augenkontakt auf. Dies war ihr bester Moment, abgesehen von der kurzen Begrüßung (mit ihrer Mutter und mir) eine Stunde zuvor.«

Als ich das Foto nochmals umdrehte, wurde mir klar, woran mich der Kleiderstoff erinnerte. »Ja, Irene hat es genäht«, bestätigte Shurley. »Sie konnte sehr gut schneidern, bevor sie erblindete.« Mit seinem schlappen dünnen Stoff und dem Blumenmuster ähnelte das Kleid den Vorhängen in dem kleinen Kinderzimmer.

»Was sagen Sie zu ihrem Gesichtsausdruck?« fragte ich Shurley.

»Was ich dazu sage?« wiederholte er. »Sie sieht wie eine Schwachsinnige aus.« Er hielt inne und sprach dann mit Nachdruck, als wäre er jetzt an einem wesentlichen Punkt.

»Ja, was kann ich zu Genie sagen? Ich sehe sie als diesen in Isolation gehaltenen Menschen, eingesperrt über so viele Jahre; und eines Tages ist sie aufgetaucht, hat eine Zeitlang in einer vernunftgemäßeren Welt gelebt und sich schließlich dieser Welt geöffnet – und dann ging die Tür wieder zu; sie zog sich wieder in sich selbst zurück, und ihre Seele wurde krank.« Ohne mich aus den Augen zu lassen, wies er auf das Foto mit der Frau im Auto. »So sieht eine seelische Erkrankung aus«, sagte er. »Es gibt keine medizinische Erklärung für diesen Abstieg bis in einen Zustand, der sich wie organischer, biologischer Schwachsinn ausnimmt.«

39

Eine Bitterkeit

Eine Weile schien Shurley nicht weitersprechen zu wollen, und wir lauschten dem Gezwitscher der Finken im Garten. Dann sagte er: »Zu der Zeit, da Genie ans Licht trat, unternahm ich den Versuch, nach Leitlinien irgendwelcher Art zu suchen, wo immer sich mir die Möglichkeit dazu bot. Irgend etwas, was da sagt: ›Wenn ein Wirbelsturm kommt, mach das; bei einem Erdbeben das; und bei einem Experiment an der menschlichen Natur, tu das.‹ Nirgendwo fand ich etwas; dergleichen gibt es nicht. Trotzdem, aus meiner Sicht hätte das Forschungsprogramm für Genie gar nicht schlechter gehandhabt werden können. Schon am Tag, als man es konzipierte, geriet es aus der Bahn. Und nach kurzer Zeit machte es eine Kehrtwendung um 180 Grad weg von der Richtung, die es ursprünglich hatte nehmen sollen. Hier liegt ein fundamentales Problem, das niemand gesehen hat. Aufgrund der Erfahrungen, die ich in den verschiedensten Zusammenhängen mit Isolation gemacht habe, bin ich heute der festen Überzeugung, daß die akuten Auswirkungen der Isolation nicht der wesentliche Punkt sind. Das eigentliche Problem stellt die Rückführung in den Lebenszusammenhang dar, von dem das Kind isoliert worden ist. Durch Isolation wird die persönliche Reaktionsbereitschaft wie in eine Kühltruhe eingelagert. Stellen Sie sich vor, Sie sollten ein Bein oder einen Arm benutzen, das oder der lange in einem Gipsverband oder einer Schlinge war. Wenn man die Einschränkung entfernt, muß der Muskel zunächst trainiert werden, denn die Stillegung hat eine Atrophie bewirkt. Zur Rehabilitation gehört auch die Überlegung, wie die Belastbarkeit wieder gesteigert werden kann, ohne daß etwas zerreißt.

Wir werden als hilflose Wesen geboren. Wir kommen zur Welt ohne Abgrenzung zwischen Ich und Nicht-Ich. Wir verbringen die ersten 20 Jahre unseres Lebens damit, diese Grenze zu errichten. Mißhandelte und vernachlässigte Kinder verlieren diesen Kampf im Alter von drei oder vier Jahren. Ich hatte das Gefühl, daß Genie ein solches Kind war – ein kleines Mädchen ohne ein Gefühl für sich selbst als einer eigenen unverletzlichen Einheit. Ich wünschte mir, daß Genie als ein Ich mit einem starken Kern in diese Welt eintrat, fähig zu Vertrauen wie zu Mißtrauen. Die richtige Form der Rückführung in die Alltagswelt ist die Schlüsselfrage, in Therapie wie Forschung. Eine Rückführung ist nicht gelungen, wenn ihr eine ungehemmte wissenschaftliche Ausbeutung vorangeht.

Ein Kind braucht mehr als nur Bestätigung. Ein Kind braucht ein Gefühl der Sicherheit und Geborgenheit – die absolute Überzeugung, daß es einen eigenen Wert besitzt. Nun, Genie hatte ein Elternhaus, wo weder der Vater noch die Mutter sich selbst leiden konnten und niemand Genie mochte. Und später war sie ein gefeierter Star. Da waren all

diese Menschen, die dieses äußerst primitive Kind be-
trachteten – diese Larve eines Kindes. Ein Mädchen von
13 Jahren im Körper einer Sechsjährigen! Es war sonderbar, unheimlich, irgendwie verhext. Nennen wir sie ein verzaubertes Kind. Und so wurde sie von allen behandelt – als
ein verzaubertes Kind: ›Was tut man nur mit einem armen
verzauberten Kind wie diesem?‹ Man betrachtete Genie
wie ein Kind seine Exkremente – erst als Schatz, dann als
Scheiße, angelsächsisch ausgedrückt. Was hatte Genie, genau besehen, der Welt anzubieten? Außer der Einzigartig-
keit ihrer frühen Entwicklung nicht viel. Nicht viel.

Genies Problem ist viel zu sehr als pädagogisches gesehen worden und nicht als emotionales. Wir haben versucht,
sie Sprache zu lehren. Tja, ich weiß nicht so recht. Hier gibt
es ein Problem. Linné definiert in seiner Klassifikation der
Tierwelt den Menschen Homo sapiens durch den Begriff
cultura (Kultur), nicht lingua (Sprache). Unsere Heranbil-
dung ereignet sich in einer Beziehung. Damit ein Kind etwas
lernt – und das führt uns zurück zu Victor, dem Wolfsjungen
von Aveyron –, muß eine Beziehung gegeben sein, in der das
Kind genug Hege und Pflege erhält, um auf den Weg zu
kommen. Gefühlsbande spielen dabei die Hauptrolle. Es ist
kein intellektueller Prozeß. Der Intellekt reitet gleichsam
auf dem Rücken einer liebevollen Bindung. Und Liebe
kommt nicht einfach von selbst. Menschen besitzen ein einzigartiges Talent nicht nur zur Grausamkeit, sondern auch
zur Gleichgültigkeit. Mitgefühl wurde von den Philosophen
der Aufklärung nicht als wesentlicher oder bestimmender
Charakterzug des Menschseins genannt. Das ist etwas in unserem Wesen, das uns gelehrt werden muß.«

Shurley machte eine wegwerfende Handbewegung. »Das
sind alte Kamellen«, sagte er. »Ich habe beschlossen, falls
ich lange genug lebe, eine Fallstudie durchzuführen, die
deutlich macht, wie man an Fälle dieser Art herangehen sollte. Experimente wie dieses werden immer wieder vorkom-

men. Victor um 1800. Kaspar Hauser in den zwanziger Jahren des 19. Jahrhunderts, glaube ich. Genie im Jahre 1970. Keins dieser ›Wolfskinder‹ erfuhr die richtige Behandlung. Bei keinem hat man es anders gemacht als bei Genie. In ihrem Fall wäre gute Arbeit möglich gewesen. Sie würde in mancher Hinsicht enttäuscht haben, aber das Ergebnis wäre gewiß befriedigender gewesen. Als Genie in das Krankenhaus kam, dauerte es nicht lange, und sie wurde hungrig. Die Welt, aus der sie kam, war nicht freundlich, aber ohne innere Widersprüche. Jetzt war sie in einer neuen Umgebung mit vielen Geräuschen und anderen Kindern. Im Krankenhaus wird man mit Reizen überflutet. Da stellte sich die Frage, wie sie da herauszuholen und in ein richtiges Zuhause einzugliedern sei. Doch sie mußte von einem Heim in das nächste wandern. Noch mehr Geräusche. Sie kam aus dem Hunger in den Überfluß. Ihre Reaktion bestand darin, nicht am Festmahl teilzunehmen. Sie war zu überwältigt. Das gehört zu diesem Auftauchen. Sie war in höchstem Maße vom Hunger gezeichnet, aber die Entbehrung war so chronisch, von so langer Dauer, daß sie der Welt nicht zutraute, ihr das zu geben, was ihr fehlte. Sie fürchtete, manches von dem ihr Angebotenen würde für sie giftig sein. Sie hatte recht, wie sich dann herausstellte.

Die Menschen, mit denen sie es zu tun hatte, waren keineswegs schlecht. Sie versagten diesem Kind lediglich eine Entwicklung in den normalen Bahnen. Die Forschungsarbeit vereitelte die Therapie, und diese schädigte die Forschung. Die Wissenschaft wäre besser gefahren, wenn man den menschlichen Aspekt an die erste Stelle gesetzt hätte. Wahrscheinlich hätten wir sehr viel mehr gelernt, und das Gelernte wäre auf andere Fälle übertragbar gewesen. Es bleibt eine einzige allgemeingültige Erkenntnis, die eines schlechten Beispiels – wie man es eben nicht machen sollte.

Was sich mit Genie vor unseren Augen ereignet hat, ist eine ziemlich krasse Form von Ausbeutung. Ich hätte erkennen müssen, woran ich mitwirkte, und mich deutlich distanzieren müssen. Im Endeffekt wurde Genie, die so grauenhaft mißhandelt worden war, ein zweites Mal ausgebeutet. Wie sie innerhalb ihrer Familie mißbraucht worden war, so nun auch außerhalb – nur das Personal hatte sich geändert, dem traurigerweise auch ich angehörte. Genies Schicksal war so gut wie unausweichlich. In solch einer Situation kann es eine zweite Chance geben – das Kind war noch zu retten. Eine dritte Chance gibt es nicht, und so steht es jetzt. Wir können das Experiment nicht wiederholen. Es gibt kein Zurück. Das ist das Bittere an der Sache.«

40

Doch ich frage mich: Was würde ich sagen?

Genies Geschichte, wie ich sie in jenen Tagen in Oklahoma City von Jay Shurley erzählt bekam und im Laufe mehrerer Jahre von anderen Leuten hörte, erscheint mir im nachhinein als eine Geschichte von Grenzen und deren Überwindung. Genau besehen, sind es zwei Geschichten: die einer jungen Frau in ihrem verzweifelten, heroischen und schließlich vergeblichen Versuch, die einengenden schrecklichen Erfahrungen ihrer Kindheit zu überwinden, und die Geschichte von Wissenschaftlern, die den Versuch unternahmen, innerhalb des säuberlich abgesteckten Rahmens ihrer Fachgebiete die Grenzen ihres Wissens zu erweitern. Was die Forscher zu entdecken trachteten, wünschte Genie für sich zu erringen – das Geburtsrecht, ein Mensch zu sein, den Schlüssel zu unserer fundamentalen, unveränderlichen Menschennatur. In diesem beiderseitigen

Streben verflochten sich Erfolg und Versagen der Forscher und ihrer Versuchsperson, sie verflochten sich so unentwirrbar wie Lob und Tadel, Hoffnung und Scheitern, die noch heute in den Gemütern derjenigen mit diesem Fall einhergehen, die ihn mitgelebt haben. Ich wußte in jenen Tagen in Oklahoma City – und sollte noch oft daran erinnert werden –, daß nicht alle Jay Shurleys Ansichten teilten – manche empfanden die häusliche Atmosphäre bei den Riglers als wärmer oder das Forschungsstreben als weniger aufdringlich, andere sahen in Jean Butler Ruch oder den Sozialarbeitern die Hauptverantwortlichen für Genies letztendlichen Verfall. Auf diesem Feld weitgefächerter Meinungen konnte ich unter Genies Beobachtern keinen finden, der mit einem der anderen ganz und gar übereinstimmt. Einige monierten an Shurleys Kritik nur deren moderaten Ton. Den einzigen größeren gemeinsamen Nenner unter meinen vielen Gesprächspartnern traf ich auch bei Shurley an. Es war sein Blick, wenn er sprach, jener Ausdruck von Zorn und zugleich flehentlicher Bitte, der sich nicht von dem unterschied, was ich in Riglers Augen wahrnehmen konnte, oder – und nicht zum erstenmal – in den Augen von Susan Curtiss, bei unserem letzten Gespräch, abends in ihrem Haus.

Ich konnte spüren, daß sowohl für jene, die durch Genie zu Erfolg kamen, wie für jene, deren Karrieren zerbrachen, die mit diesem Mädchen verbrachte Zeit einen anderen, nicht vom Beruf bestimmten Raum einnahm. Es stellte in ihrem Leben ein Ereignis dar, das von so zentraler, bestimmender und sich der Beurteilung entziehender Bedeutung war wie die erste Liebe und die Geburt der eigenen Kinder. Aus ihrem kleinen Zimmer heraus war Genie vor ihnen erschienen, und sie hatten ganz im Stil von Wissenschaftlern gedacht, daß hier jemand war, dem man Fragen stellen, der Fragen beantworten konnte. Sie dachten ganz im Stil von Wissenschaftlern, daß solche Fragen aus einer unbeteiligten Distanz und ohne emotionales Risiko gestellt werden können. Aus sicherer Entfernung machten sie sich daran, diese fremde Spezies zu erforschen, diese Irene, diesen Clark und diese Genie, mitsamt ihrer traurigen, unvorstellbaren Geschichte. Später allerdings vermengten sich die Geschichten, die der Beobachter und die der Beobachteten, und es gab keinen sicheren Abstand mehr. Es zeigte sich, daß die Wissenschaftler Genie nicht etwa aus ihrem kleinen Zimmer befreit hatten, Genie hatte sie vielmehr hineingeführt – hineingeführt und dann verlassen. Sie war durch ihr Leben geschritten wie ein erbarmungslos kritischer Prophet und hatte sie zurückgelassen – mit einem Bildchen an einem Raumteiler ihres Büros und einem Pappkarton voller Erinnerungsstücke und mit der Frage nach Isolation und Gefangenschaft, die nicht annähernd so vertrackt wäre, gälte sie nicht ihnen selbst.

Am Tisch in Susan Curtiss' Haus waren wir mit dem Abendessen fertig. John hatte seine beiden kleinen Töchter weggelotst, damit seine Frau und ich weiterreden konnten. Aus einem unsichtbaren Raum drangen das eintönige Geräusch eines zum xtenmal wiederholten Fernsehprogramms und ab und zu ein Gekicher herüber. Ich hatte Susan Curtiss im Umgang mit ihren Töchtern und, früher an diesem Tag, mit ihrem jungen Probanden S. M. beobachtet und dabei bemerkt, daß Kinder eine unbeschwerte, spielerische Liebenswürdigkeit aus ihr hervorlockten. Sie ist ohne Frage ein Mensch, bei dem man unverhofft auf weiche Stellen stößt. Bei unserer ersten Begegnung hatte sie mir entschieden erklärt, daß sie sich nur zum Wissenschaftlichen äußern würde und alles, was sie mit Genie persönlich verbinde, unberührt zu bleiben habe. Doch gegen Ende jenes Gesprächs und eines jeden der folgenden durchbrach sie die Einschränkung, die sie sich auferlegt hatte, und sprach, ohne Drängen meinerseits, in bewegender Weise über ihre Gefühle für das von ihr erforschte Kind. »Bei mir entstand ein

Bedürfnis nach ihr«, sagte sie. »Ich vermißte sie, wenn sie nicht bei mir war.«

Während unserer Mahlzeit und beim Nachtisch und nunmehr über den noch nicht abgeräumten Tellern, brachten Susan Curtiss und ich unsere letzte Stunde über Syntax und Semantik, sensible Phasen und Hemisphärektomie zum Abschluß. Als ich mein Notizbuch zuklappte und den Stift wegsteckte, lenkte sie das Gespräch noch einmal aus dem vertrauten Bereich der Forschung in jenen verbotenen Innenraum des Persönlichen. Trostlosigkeit lag in ihrer Stimme. »Ich würde viel Geld dafür geben, sie zu sehen«, sagte sie. »Ich würde viel dafür tun. Ich habe seit Jahren nichts von ihr gehört. Nur zweimal hat man mir von ihr berichtet. Das letzte war, daß sie sehr wenig spräche, sich in sich selbst verkrochen habe und depressiv geworden sei. Genie war sehr liebenswert. Sie war schön. Als John und ich uns zum erstenmal sahen, erzählte ich ihm von ihr, bis er sagte: ›Hör auf, hör auf. Du machst aus ihr eine so fabelhafte Person, daß ich sicher enttäuscht bin, wenn ich ihr begegne. Niemand kann so wunderbar sein.‹ Dann traf er sie selbst, und als wir gingen, sagte er: ›Guter Gott, warum hast du mir nichts davon gesagt?‹«

Susan Curtiss' ältere Tochter tanzte in die Küche, um uns ihre Sonnenbrille zu zeigen. Die Bügel fehlten, und die Gläser auf ihrer Nase waren herzförmig. Sie lehnte sich an ihre Mutter, die einen Arm um ihre Schulter legte. Doch Susan Curtiss war mit den Gedanken nicht dabei, und rasch lief das Mädchen wieder fort ins Innere des Hauses.

»Was kann die Sprache für einen Menschen leisten?« begann Susan Curtiss. »Sprache ermöglicht es uns, ein Bewußtsein zu haben, zu denken, und das ist wichtig für mich, weil ich diese Art Mensch bin. Sie ermöglicht, daß wir uns mit anderen austauschen – unsere Vorstellungen und Gedanken mitteilen. Und das macht einen gewaltigen Teil von dem aus, was ich in meinem Dasein als menschlich betrachte. Genie lernte, Vorstellungen in Worte zu fassen. Sie benutzte die Sprache als Werkzeug: Sie konnte Dinge, Gedanken, Gefühle benennen. Die Sprache eröffnete ihr eine ganz neue Art und Weise, ihrer Umwelt zu begegnen. Wenn ich unter den verschiedenen Bestandteilen der Sprache die auszusuchen hätte, die mir am besten dabei helfen würden, ein Mensch zu sein, dann wären es jene, die Genie besaß. Was wir über ihre Vergangenheit erfahren haben, stammte von ihr selbst. Sie hat uns ihre Gefühle beschrieben. Sie hat uns mitgeteilt, was ihr im Kopf herumging und was ihr Herz bewegte. Wenn man das bedenkt, was kümmert einen da die Grammatik? Die Aneignung dieser Sprachmittel hat sie nicht geheilt. Sie ist aufs schwerste gestört. Aber die Sprache gestattete ihr, mit anderen zu sprechen. Nachdem es mir nicht mehr erlaubt ist, sie wiederzusehen, frage ich mich seit Jahren, was ich zu ihr sagen würde, wenn ich ihr begegnete. Nicht bloß, wie ich reagieren würde – ich weiß, ich würde sie umarmen –, doch was würde ich zu ihr sagen?

Genie ist der eindrucksvollste und inspirierendste Mensch, dem ich je begegnet bin. Ich würde meine Arbeit aufgeben, meinen Lebensweg in andere Bahnen lenken, wenn ich sie wiedersehen dürfte. Ich habe mit ihr gearbeitet, und ich war wirklich mit ihr befreundet. Und das Wichtigere von beidem war die persönliche Begegnung. Alles andere würde ich aufgeben, könnte ich nur wieder mit ihr zusammensein.«

Nachwort*

Jedes Buch enthält zwei Geschichten. Die eine ist diejenige, die erklärtermaßen das Thema des Buches ist, und, wie es in der Natur der Sache liegt, kommt sie unüberhörbar laut daher – der Autor posaunt sie Seite für Seite hinaus, und der Verlag und die Presseabteilung rühren die Werbetrommel, wo immer es geht. Die andere Geschichte aber ist die seines Entstehens, und diese ist im allgemeinen leiserer Art – manchmal bleibt sie selbst dem Autor, aus dessen Erleben sie doch Gestalt gewinnt, verborgen. Zwischen diesen beiden Geschichten besteht eine Beziehung, die ebensowenig greifbar und doch ebenso schicksalhaft ist wie die bestimmter Zwillingsgestirne, bei denen – so erklären es uns die Astronomen – der dunkle Stern nur aufgrund der Erschütterungen wahrgenommen wird, die er in den Umlaufbahnen seines helleren und größeren Zwillingssterns bewirkt. Die Stärke einer derartigen Anziehungskraft – die Tiefe und Lebendigkeit, die Eindringlichkeit und Ehrlichkeit der Verbindung zwischen den beiden Geschichten – hat einen erheblichen Einfluß darauf, wie sehr ein Buch an das heranreicht, was wir als Literatur bezeichnen.

* Der Text erschien als Einleitung zur französischen Ausgabe dieses Buches.

Nachdem *Das Wolfsmädchen* in den Vereinigten Staaten erschienen war, stellte ich mit Verwunderung fest, wie viele Fragen an mich herangetragen wurden, die sich keineswegs auf die augenfälligere, explizite Geschichte bezogen, sondern auf die verborgene – mein ganz persönliches Erleben. Auf welche Weise hatte ich von Genies Existenz erfahren? Welche Auswirkungen hatte es auf mein Leben gehabt, daß ich mich auf ihres eingelassen hatte? Und besonders nachdrücklich: Hatte ich sie (überhaupt) kennengelernt? Und welchen Eindruck hatte sie dabei auf mich gemacht? Ich reagierte darauf mit der unausgesprochenen Gegenfrage: »Wie kommen die Leser dazu, gerade danach zu fragen?« Denn in der Tat hatte Genie mich innerlich tief berührt, und zwar auf eine Art und Weise, die mich – und damit auch das Buch – verändert hat. Ich registrierte die Wahrnehmung der Leser als eine weitere Überraschung, auf die ich aufgrund meiner Unerfahrenheit als Buchautor – *Das Wolfsmädchen* war mein erstes Buch – nicht vorbereitet war.

Als Neuling war ich auf so manches nicht vorbereitet, insbesondere darauf, daß ein Buch – ähnlich wie ein Kind – das Leben seines Erzeugers aus den gewohnten Bahnen wirft, indem es höchst eigensinnig ein unberechenbares Eigenleben zu führen beginnt. Wie ein Kind entwickelte sich auch Genies Geschichte allmählich immer weiter, bis sie zu ihrer endgültigen Gestalt fand. Als ich zum erstenmal von dem Fall gehört hatte, hatte es sich nur um eine beiläufige Bemerkung eines Linguisten der University of Illinois gehandelt, und die Anzahl der handelnden Personen war nicht größer als bei einem Krippenspiel, das in der Schule eines Villenvororts aufgeführt wird: eine Mutter, ein Vater und ein Kind, umgeben von einem diffusen Kreis kaum zu unterscheidender Tiere und Weisen aus dem Morgenland. In meinen ersten Gesprächen mit Genies Wissenschaftler-Weisen schien hinter deren akademischer Selbstbeherrschtheit etwas von den Schuldgefühlen, der Wut und der Angst auf, die hinter den glänzenden Fassaden lauerten, und mich beschlich eine Ahnung, welche Untiefen und Weiterungen die Geschichte haben könnte. Ich bot sie dem *New Yorker* an, der einzigen amerikanischen Zeitschrift, bei der die Veröffentlichung längerer Texte möglich ist, und gab das Versprechen ab, einen Text von 20 000 Worten nach Ablauf von neun Monaten abzuliefern. Drei Jahre später schickte ich einen 70 000-Worte-Text ab, und darüber hinaus stand für mich fest, daß ich diesen zu einem Buch ausweiten würde.

Wie sich die Geschichte innerhalb dieses Zeitraums veränderte, zeigt sich an den Konsequenzen zweier Telefongespräche, die ich – das eine am Anfang meiner Recherchen, das zweite an ihrem Ende – mit Genies Mutter Irene führte. Mit Irene zu sprechen und von ihr die Erlaubnis zu einem Gespräch mit Genie zu erlangen, hatte mir bereits seit dem Beginn meiner Recherchen als verlockende und zugleich äußerst angstbesetzte Perspektive vor Augen gestanden. Es war nicht einfach gewesen, Irene ausfindig zu machen; sie hatte alles daran gesetzt, ihre Spuren zu verwischen und ihren Aufenthaltsort vor allen, die ihre Tochter gekannt und mit ihr gearbeitet hatten, geheimzuhalten. Während ich noch dabei war, sie aufzuspüren, fühlte ich mich keineswegs von purer Neugier getrieben; mir war, als hinge die gesamte Zukunft meines Vorhabens davon ab. Mein Projekt steckte nämlich in Schwierigkeiten. Keiner der Wissenschaftler, auf die ich mich bei meinem Porträt Genies stützte, hatte meine Einmischung begrüßt; aus ihrer Sicht rissen meine Fragen nur schmerzliche Wunden wieder auf. Einige von ihnen weigerten sich, überhaupt davon zu reden, und diejenigen, die zugänglicher waren, stellten die Dinge ausnahmslos so dar, daß sie mit den Schilderungen ihrer Kollegen nicht übereinstimmten, denn die gleiche Angst und Wut, die sich wie eine Mauer zwischen sie und mich stellte, hatte sie auch untereinander getrennt. Es war ein journalistischer Alptraum, eine Unmenge von rivalisierenden, sich widersprechenden

Wirklichkeiten, und jeder glaubte unerschütterlich nur an die eigene. In der Annahme, daß der einzige Mensch, der dem Chaos widerstreitender Ansichten ein Ende bereiten könne, die Person war, die im Mittelpunkt der Geschichte stand, machte ich meinen ersten Anruf bei Irene.

Das Telefongespräch verlief katastrophal. Die Frau, die sich am anderen Ende der Leitung meldete, hielt so unerbittlich an ihrer ablehnenden Haltung fest, daß sie nur das Allernötigste sprach, um meine Bitte um ein Gespräch zurückzuweisen. »Kein Interesse«, sagte Irene und begegnete jedem einzelnen meiner stümperhaften Versuche, meinen Vorschlag verlockend klingen zu lassen, mit der Wiederholung dieses Satzes. Kein Interesse, mich kennenzulernen. Kein Interesse, mich mit Genie bekannt zu machen. Schlicht und einfach »kein Interesse«. Als ich den Hörer wieder auflegte, überwältigte mich ein ohnmachtsähnliches Gefühl äußerster Entmutigung, eine Hoffnungslosigkeit, die mich noch vier Monate später bedrückte, als ich das Ganze für verlorene Liebesmüh erklärte und aus Kalifornien wegzog.

Mein Fortgang war schlicht und einfach eine Flucht, und ich floh vor mehr als nur dem Schiffbruch, den ich mit meiner Geschichte erlitten hatte. Im Laufe der letzten Jahre hatte sich mein Leben auf eine Weise verändert, die in jedem Kompendium schriftstellerischer Ängste als Banalität notiert worden wäre – eine langjährige Beziehung hatte ein unglückliches Ende genommen, eine Familie war zerbrochen, ein Bankkonto abgeräumt, ein Haus verkauft worden, um das Schreiben zu finanzieren, und am Ende stand mein verzweifelter Versuch, dem allen zu entkommen und das Weite zu suchen. Ich weiß nicht, warum ich gerade Paris als meinen Zufluchtsort auserkor. Zwischen der Stadt und der Geschichte von Genie bestand eine vage Verbindung, nämlich insofern Victor, der »Wolfsjunge von Aveyron«, Anfang des 19. Jahrhunderts dort im Institut National des Sourds-Muets gelebt hatte. Aber der Gedanke an Victor lag mir fern.

Vielleicht lag es nur daran, daß Paris sofort nachdem ich die Stadt vor vielen Jahren zum erstenmal gesehen hatte, meine Phantasie und meine Gefühle in Beschlag genommen hatte. Ich hatte jedoch noch keinen einzigen Wintertag in Frankreich verbracht, und bei meinem Eintreffen lastete der Winter schwer auf der Hauptstadt. Das Gesellschaftsleben der dunklen Jahreszeit war in vollem Gange. Eine feuchtkalte Melancholie hatte sich auf die Marmorfassaden und gepflasterten Straßen gesenkt, und falls das Herz der Stadt überhaupt Wärme und Intimität ausstrahlte, nahm ich diese anheimelnde Wärme doch nur von außen wahr, als gelben Lampenschein hinter den Fensterscheiben. Anfänglich zog ich Gewinn aus dieser Melancholie – sie kam meiner düsteren Stimmung im selben Maß entgegen, wie ihr die Sonne Kaliforniens zum Hohn gereicht hatte, und deshalb hatte sie etwas Tröstliches. In den ersten Wochen wohnte ich in der Nähe von Buttes Chaumont in einem Appartement, das mir großzügige Bekannte während ihrer Abwesenheit überlassen hatten, ein imposantes, asketisches Appartement, höhlenartig und leer, ausgestattet nur mit Bett, Stuhl und Tisch sowie einer außergewöhnlichen Aussicht auf eine Stadt mit fünf Millionen Unbekannten. In einer Buchhandlung hatte ich das Glück, Bekanntschaft mit einem dieser Unbekannten zu schließen, der freundlicherweise arrangierte, daß ich mir für den Rest meines Aufenthalts ein Zuhause mieten konnte, ein winziges »chambre de bonne« in der Rue Henri Barbusse, in der Nähe des Observatoriums im fünften Arrondissement.

Ich hielt es für ein gutes Vorzeichen, daß mein neues Heim an einer Straße lag, die nach einem Journalisten, noch dazu einem besonders geplagten, benannt war. Aber das wahre Ausmaß meines Glücks hätte ich mir nicht träumen lassen. Dieses Viertel gehörte nicht zu denen, die ich bisher erkundet hatte – ich kam spätabends dort an, den Anweisungen eines hingekritzelten Zettels folgend, der mich zu der R.E.R.-Haltestelle Porte Royal führte und dann weiter durch

dunkle Straßen, an Boulangerien und Charcuterien mit her-
abgelassenen Gittern und an einem geschlossenen Lycée
vorbei, beladen mit einem Koffer, der meine Kleidung enthielt, und einem zweiten, noch schwereren Koffer mit den
»Wolfsmädchen«-Notizen. Ich hatte diese Aufzeichnungen
aus den Vereinigten Staaten hergeschleppt, um wenigstens
dem äußeren Anschein nach als bestallter Schriftsteller zu
gelten und um vor mir selbst den Anspruch aufrechtzuerhalten, daß ich keineswegs vor etwas davonlief. Der Koffer war seit meiner Ankunft noch nicht geöffnet worden – ich
wußte beim besten Willen nicht, was ich mit den Aufzeichnungen anfangen sollte; sie schienen überhaupt nichts mit
mir zu tun zu haben und meinen Erfahrungen und Vorhaben
fremder zu sein als alles andere, was mich in dieser fremden
Stadt umgab. Im besten Fall waren sie eine Last. Daß ich sie
nicht vom Pont-Neuf ins Wasser geworfen hatte, zeugte mehr
von meiner Achtung für die Seine als für die Geschichte, vor
deren Niederschrift ich kapituliert hatte. Aber es gab noch
einen weiteren Aspekt, auf den mich meine Unerfahrenheit
mit dem Bücherschreiben nicht vorbereitet hatte, nämlich
der, daß der glückliche Zufall gelegentlich wie ein freund-
licher Fremder auftritt, um eine auf Irrwege geratene Geschichte in einen sicheren Hafen zu geleiten.

Als ich am ersten Morgen aus dem Dachfenster meines
Appartements blickte, leuchteten die Dächer des Quartier
im Licht einer strahlenden Novembersonne. Ich machte meinen ersten Rundgang durch den Cour mit seinem Katzen-
kopfpflaster, an den Wohnungstüren und der gläsernen Fassade einer Vergolderwerkstatt entlang. Auf dem Hof stand
eine Ulme, und die Füße der Passanten hatten ihr gelbes
Laub links und rechts auf den Pflastersteinen zur Seite geschoben, so daß ein dunkler Pfad entstanden war, der zu dem
zur Straße hin gelegenen Tor führte. Im selben Augenblick,
als ich die schwere grüne Tür aufdrückte und auf den Geh-
weg trat, traf mich ein Schock, der meine Wahrnehmung der

Stadt und meine zukünftige Arbeit verändern sollte. Auf der anderen Seite des engen Prospekts erblickte ich einen ausgedehnten Garten und die weiße, vielfenstrige Fassade eines Gebäudes, von dem ich nicht einmal gewußt hatte, daß es noch immer existierte, das ich aber auf genügend alten Stichen gesehen hatte, um es jederzeit wiedererkennen zu können: das »Institut National des Jeunes Sourds« (wie es heute heißt), das Haus, in dem Genies bedeutender Vorgänger gelebt hatte, Victor von Aveyron. Irgendwie hatte ich es fertiggebracht, Victors Nachbar zu werden, ein glücklicher Umstand, den ich als ein Zeichen nahm, daß es mir – was auch immer meine Absichten gewesen waren, als ich nach Paris reiste – nicht bestimmt war zu fliehen, sondern daß meine Geschichte eben hier war und ich sie, wenn auch völlig unabsichtlich, gefunden hatte. Oder sie mich? Wie dem auch sei: In jenem Augenblick in der Rue Henri Barbusse wußte ich, daß das Buch geschrieben werden würde.

Im Laufe der nächsten Monate nahm ich die Arbeit an der Geschichte ernsthaft in Angriff, bearbeitete fleißig meinen Laptop (allzeit der auffällige Amerikaner) in der Bibliothèque St. Geneviève, im Centre Pompidou und in dem wunderschönen hohen Heiligtum des Leseraums der Bibliothèque Nationale. Die Vorteile, die die Stadt für einen amerikanischen Autor bot, lagen auf der Hand: Ich kannte keine Menschenseele, und mein Französisch war nicht gut genug, um irgendwelche Gespräche zu belauschen, so daß ich einen bestimmten Gedanken den ganzen Tag lang mit mir herumtragen konnte, ganz gleich, wer sich in meiner Nähe aufhielt – es gab keine Ablenkung. Mein »chambre de bonne« war zu klein, um darin auf und ab zu gehen, deshalb harrte ich an meinem blechernen Klapptischchen aus, auf dem ich meine Papiere ausgebreitet hatte: An einigen glorreichen Tagen brachte ich es auf 5000 Worte, bevor ich gegen Mitternacht ausging, um mich dafür in der Brasserie an der Closerie de Lilas mit huîtres de mer oder steak tatare zu belohnen.

Später, als einige Monate – und der Winter – vergangen waren und es Zeit wurde, nach San Francisco zurückzukehren, wußte ich, daß ich die Geschichte endlich »geknackt« hatte, wie man so sagt. In meinem kleinen Zimmer, allein in einer Welt, deren Sprache ich nicht sprach, hatte ich ausgeharrt und zugesehen, wie meine Geschichte allmählich mit einer gewissen Sicherheit vorankam und an Zuversicht gewann. Es hatte sich auch noch etwas anderes entwickelt, wenn ich auch nur im Rückblick erkennen konnte, worum es sich dabei handelte. In dem fiebrigen Klima meiner Klausur hatte ich meine Geschichte schließlich auf eine neue Weise verstanden und war zum erstenmal mit dem Teil zurechtgekommen, der mich von Anfang an in seinen Bann gezogen hatte. Ich glaube, es gilt für alle Autoren, daß sie, solange sie in ein leidenschaftliches Unterfangen verwickelt sind, ein Doppelleben führen, eines in ihrem Kopf und eines in der Öffentlichkeit, wobei jedes mit seinen eigenen Personen und Ereignissen, Gefühlen und besonderen Anforderungen bevölkert ist. Unweigerlich vermischen sich die beiden Welten, und jedes der beiden Leben wird in Teilen auch im Bereich des anderen gelebt. So ging es auch mir, und in der Verquickung meines alltäglichen Lebens mit dem Genies entwickelte sich bei mir ein Verständnis für die Geschichte, das mir zuvor noch gefehlt hatte. Ein halbes Jahr nachdem ich in die Vereinigten Staaten zurückgekehrt war, hielt ich ein fertiges Manuskript in den Händen, und was noch wichtiger war, es war auch unterwegs zum *New Yorker*, und nun rief ich auch zum zweitenmal bei Irene an.

Ich hatte lediglich die Absicht, Irene mitzuteilen, daß die Geschichte in Kürze veröffentlicht werden würde. Ich glaubte, ihr das schuldig zu sein. Bevor ich zum Hörer griff, zermarterte ich mir den Kopf wegen des Anrufs, lief unruhig auf und ab und probte, was ich sagen wollte, denn ich wollte sichergehen, daß sie meine Mitteilung verstand, bevor sie mir, wie zu erwarten stand, das Wort abschneiden würde.

Aber das tat sie nicht. Ganz im Gegenteil. Sie nahm meinen Anruf liebenswürdig entgegen und sprach bereitwillig mit mir, eineinhalb Stunden lang. Mein Erstaunen war vollkommen, als sie mich auch noch zu sich nach Hause einlud. Ich besuchte sie tatsächlich, nicht nur einmal, sondern immer wieder, und die Gespräche, die wir im Laufe des folgenden Sommers führten, sowie die vielen Dokumente, die sie mich einsehen ließ, bildeten den Hauptbestandteil des Materials, das die ursprüngliche Geschichte im *New Yorker* auf den Umfang des vorliegenden Buches anwachsen ließ. Darüber hinaus war es eine eigenartige und überwältigende Erfahrung, mit Irene zu sprechen. Da saß ich doch tatsächlich der Person gegenüber, deren Leben mich jahrelang in seinen Bann geschlagen hatte, ohne daß ich je damit gerechnet hatte, sie kennenzulernen. Wäre ich der Verfasser einer Biographie Martha Washingtons gewesen, hätten meine Freude und mein Entsetzen angesichts des Glücksgefühls, dem Gegenstand meines Schreibens leibhaftig gegenüberzustehen, nicht größer sein können.

Wir gelangten schnell zu einer Art zwangloser persönlicher Nähe, ich und diese winzige, vom Alter gekrümmte Frau, deren Hand- und Fußbewegungen durch ein immer wieder von Phasen der Blindheit befallenes Leben außerordentlich präzise und unbestimmt fragend geworden waren – inzwischen war ihr das Augenlicht wieder geraubt worden, diesmal durch den grünen Star. Auf dem Weg zu ihr ging ich immer beim Chinesen vorbei und kaufte etwas zum Essen ein, und sie bestand dann darauf, mir das Geld zurückzugeben, aus ihrem Plastikportemonnaie, und dann saßen wir ganze Nachmittage an einem Küchentisch in ihrer peinlich sauberen Wohnung, in der trockenen Wüstenhitze Südkaliforniens, und redeten miteinander, so als gäbe es den wahren Grund unserer Begegnung nicht und als wäre ich in Wirklichkeit kein Reporter und sie nicht die Frau, die zwölf Jahre ihrer Ehe mitangesehen hatte, daß ihre Tochter als gefesselte

Gefangene in einem abgeschlossenen Hinterzimmer gelebt hatte. Der Tochter, die sie mir beschrieb, geht es heute besser als jemals zuvor in den vergangenen zehn Jahren – sie ist in vielerlei Hinsicht geplagt, doch im allgemeinen vergnügt, und sie spricht, wenn auch nicht sehr verständlich. Wenn Genie auch in keiner Weise das erreicht hat, was man in der hoffnungsvollen Anfangszeit ihres Erscheinens in der Öffentlichkeit vor Augen hatte, so geht es ihr trotzdem weit besser als zu ihrer schlimmsten Zeit. Sie befindet sich in einem neuen Pflegeheim, wo sie besser versorgt wird, und sie macht immer noch regelmäßige Besuche bei Irene. Irenes Aufgeschlossenheit zwang mich zu einer Entscheidung – sollte ich darauf drängen, daß sie mir gestattete, Genie kennenzulernen und bei einer ihrer Zusammenkünfte dabeizusein? Die Erfüllung meines alten Traums war endlich in Reichweite gerückt, doch nach einigem Nachdenken entschied ich mich dafür, die Gelegenheit nicht wahrzunehmen.

Schließlich konnte ich ihr nicht einfach als ich selber gegenübertreten, als ein guter Freund; unweigerlich würde ich ein Journalist bei der Arbeit sein, mir Notizen machen, eine Erklärung erwarten. Ich könnte unmöglich vermeiden, ein weiteres Kapitel in der langen Geschichte von Genies Ausbeutung zu eröffnen. Und was würde ich mit meiner Erklärung anfangen, wenn ich sie denn bekäme? Heutzutage, und besonders in Amerika, herrscht eine derartige Ungeduld in bezug auf den wahren Gehalt von Geschichten: Sie sind uns zu ambivalent, zu unklar und zu wenig schlüssig; sie werfen mehr Fragen auf, als sie beantworten. Wir hätten gern eine Erklärung – eine Lösung, danke schön –, ganz gleich wie simpel sie wäre. Und daher rührt unsere Vorliebe, alles aus nächster Nähe anzusehen, in natura, und zu gaffen, wo wir auch zuhören könnten. In der Tat forderten später diejenigen unter den Rezensenten, die nicht viel begriffen hatten, von mir, ich solle das Kind, von dem ich erzählte, endlich persönlich kennenlernen. Aber so sehnlich ich einst gewünscht hatte, Genie zu sehen, so überzeugt war ich nun, daß dieser Wunsch sensationslüstern war und außerdem sinnlos. Falls ich sie wirklich kennenlernte, wie sollte es mir gelingen, dem Leser diese Erfahrung vorzuenthalten, ohne unerträglich kokett zu wirken? Stünde aber Genies überwältigende Gestalt im grellen Licht der Scheinwerfer, wie könnte der Leser dann die Schatten wahrnehmen, die ich zu erkunden versuchte? Es hatte sich herausgestellt, daß meine Geschichte an einem anderen Ort zu finden war, als ich ursprünglich vermutet hatte; inzwischen glaubte ich, daß das Bild dieses tragischen Mädchens am besten durch all die Eindrücke und Erinnerungen, all die Hoffnungen, Befürchtungen, Ambitionen, den Mut, die Feigheit, den Zorn und die Liebe derjenigen dargestellt würde, die sie zu der Zeit ihres Auftauchens gekannt hatten und deren Aufgabe es gewesen war, sie ins Leben zurückzuführen. Kurz gesagt, ich wollte, daß meine Leser Genie nicht direkt sehen würden, sondern in den von ihr ausgelösten Reflexionen, in jederlei Sinn des Wortes.

Mit dieser Entscheidung hatte ich einen Großteil meiner Geschichte wieder den Wissenschaftlern und Sozialfürsorgern überlassen, die mein Unternehmen so heftig abgelehnt hatten und die, zumindest in einigen Fällen, wütend über die Ergebnisse sein würden. Die gewaltigen Diskrepanzen zwischen ihren jeweiligen Darstellungen, jenen miteinander konkurrierenden Wirklichkeiten, die mich einst zur Verzweiflung getrieben hatten, kamen mir nun vor wie der Beweis für die eigentliche Tragweite von Genies Fall. Die Frage, mit der ihr die Wissenschaftler ursprünglich begegnet waren – »Was heißt es, ein Mensch zu sein?« –, ist nun diejenige, die Genie am Ende wieder an sie zurückgab, und welche Antwort sie darauf fanden, ließ sich daran ablesen, wie sich die Begegnung mit ihr auf das Leben jedes einzelnen ausgewirkt hatte. Wie sollte es also möglich sein, daß die Antwort nicht so vielfältig ausfiele wie die Lebenswege, auf die sie eingewirkt und die sie verändert hatte? Diese Einsicht erschloß sich mir ganz von selbst, denn hatte Genie nicht eine ähnliche Verwandlung auch in meinem Innern durchgemacht – vom Objekt der Beobachtung zu einer Person von bezwingender, unausweichlicher Präsenz, deren Geschichte eng mit der meinigen verflochten war? Ja, so war es gewesen – in jenem Winter, als sie und ich durch die Straßen des fünften Arrondissements wanderten, in jenem Winter, den wir nebeneinander im Institut National des Jeunes Sourds und in der Bibliothèque St. Geneviève verbrachten. Dort hatte ich den Schlüssel erhalten, die tiefere Einsicht, die es mir ermöglichte, ihre Geschichte zu erzählen. Dafür hat mir Paris die Augen geöffnet.

In der Zeit nach der ersten Veröffentlichung des *Wolfs-mädchens* war ich erfreut über die Veränderungen, die das Buch bewirkte. Die Wissenschaftler, die ihre Kontakte untereinander zehn oder mehr Jahre zuvor abgebrochen hatten, waren wieder ins Gespräch gekommen, hatten sogar in einigen Fällen eine Erneuerung ihrer Zusammenarbeit angedeutet. Auch wächst eine gewisse Hoffnung – mit Sicherheit jedenfalls bei mir –, daß Genie noch einmal in die Welt zurückkehrt, zu ihrem eigenen Nutzen. Ich half mit, den Weg für eine Versöhnung zwischen einigen der Wissenschaftler und Irene zu ebnen, und dies trägt Früchte, unabhängig von irgendwelchen direkten Bemühungen meinerseits: Im letzten Frühjahr wurden David und Marilyn Rigler von Irene zu einem Besuch bei ihrem einstigen Pflegekind eingeladen. Bei ihrem ersten Wiedersehen mit den Riglers nach 15 Jahren sprach Genie sie beide mit ihren Namen an.

Über Monate habe ich zahlreiche Briefe erhalten, die das bestätigen, was ein Schriftsteller vor allem anderen erhofft, nämlich daß diese Geschichte einen Menschen persönlich angesprochen hat. Es gibt Leser, die mehr über Genie wissen wollen, und manche fragen an, ob sie irgend etwas für sie tun können. Sehr viele aber schreiben mir, um von sich selbst zu

erzählen. Auch dies hat mich überrascht. Ein paar teilen
ganze Generationsromane über Kindesmißbrauch oder
Sprachbehinderungen mit, doch es gibt auch Menschen, die
selbst keine Vernachlässigung oder Entbehrungen erlitten
haben und trotzdem eine starke Identifikation mit Genies
Geschichte empfinden. Ich weiß, was sie mir damit sagen
wollen: daß Genies Leben ein Teil des ihren geworden sei
und daß sie in ihrem einzigartigen und extremen Unglück
eine allgemeine menschliche Befindlichkeit wiedererkennen. Keiner von uns hat das gleiche durchmachen müssen
wie Genie, gewiß nicht. Aber wer von uns hat sich nicht
schon einmal isoliert gefühlt, als Gefangener seines Schicksals, vergeblich nach Worten suchend, die ausdrücken, was
ihm angetan wurde? Aus diesem Grund berührt Genie jeden
von uns. Ebendies sagen mir die Briefe. In diesen habe ich
den letzten Umstand entdeckt, auf den ich durch meine Unerfahrenheit als Buchautor nicht vorbereitet war. Ein Buch
erzählt viele Geschichten: die seines Gegenstands. Die seines Verfassers. Und, wenn es irgendwie an das heranreicht,
was wir als Literatur bezeichnen könnten, auch die seiner
Leser.